Klaus Wanninger

Schwaben-Engel

KBV
KRIMI

Originalausgabe

www.kbv-verlag.de
E-Mail: info@kbv-verlag.de
Telefon: 0 65 93 - 99 86 68
Fax: 0 65 93 - 99 87 01
Umschlagillustration: Ralf Kramp
Redaktion: Dorothee Steuer
Druck: Grenz-Echo AG, Eupen
www.grenzecho.be
Printed in Belgium
ISBN 978-3-940077-39-4

Meiner Frau Olivera
für ihre Liebe und überaus große Geduld

Die Personen, Namen und Handlungen dieses Romans sind frei erfunden. Jede Ähnlichkeit mit lebenden Personen oder tatsächlichen Ereignissen wäre rein zufällig. Leider beruhen die Hintergründe aber auf Tatsachen.

1. Kapitel

Genau in dem Moment, als die mächtigen Mauern der weitläufigen Klosteranlage vor ihm aus dem Nebel auftauchten, begann der Hund zu bellen. Erschrocken blieb Martin Reisinger stehen, starrte auf das heftig an der Leine zerrende Tier. Der Retriever streckte den Kopf in die Höhe, sog die Witterung heftig schnuppernd in die Nase. Irgendein verspäteter Hase, überlegte er, oder ein anderes Wild, das es versäumt hat, sich rechtzeitig zum Einbruch der Dämmerung in seinen Bau zurückzuziehen. Er lockerte den Druck der Leine, sah, wie der Hund nach vorne schoss.

Die Bäume der schmalen, alten Lindenallee, der er wie fast jeden Abend um diese Zeit in sanftem Anstieg nach oben folgte, hatten in den heftigen Windböen der vergangenen Wochen auch die letzten Blätter verloren. Schemenhaft, wie dürre Gespenster, ragten sie in den nur noch spärlich von den letzten Strahlen des verlöschenden Tages beleuchteten Himmel, das mächtige Mauerwerk der *Comburg* über sich. Reisinger sah die roten Ziegeldächer der *Alten* und der *Neuen Dekanei* sowie des *Wamboldbaus* weit über den Befestigungswall ragen, erspähte die drei schlanken spätromanischen Glockentürme hoch über der gesamten Anlage. Der gewaltige Bau der Klosterkirche schien wie ein gigantisches Luftschiff über der burgähnlichen Festung zu schweben.

Wann immer er aus dem Tal zur *Comburg* hoch blickte, glaubte sich Reisinger ins späte Mittelalter versetzt. Der weitläufige, sich vollständig über die Anhöhe hinweg erstreckende Gebäudekomplex beherrschte die gesamte Umgebung. Eingerahmt von der mit einem außerordentlich gut erhaltenen hölzernen Wehrgang und mehreren anmutigen runden

Türmchen gekrönten, fast fünfhundert Meter langen mächtigen Mauer, erweckte das schon seit dem 11. Jahrhundert als Kloster genutzte Ensemble unweigerlich den Eindruck einer gewaltigen Burg. Erst Wochen, nachdem er mitsamt seiner Familie der günstigen Immobilienpreise und der guten Zugverbindung wegen vor wenigen Jahren von Stuttgart in den Schwäbisch Haller Vorort Hessental umgezogen war, hatte Reisinger sich bei einer ausführlichen Besichtigung davon überzeugt, dass es sich bei der *Comburg* um eine der bedeutendsten romanischen Sakralanlagen des ganzen Landes handelte. Staunend hatte er das Stiftstor durchschritten und das wuchtige Mauerwerk mit der von ihrem blanken Hintern geprägten Figur des *Lecksfidle* passiert, einem Stein gewordenen Symbol, das in vergangenen Jahrhunderten der Abwehr alles Bösen gedient hatte. Er hatte die Anmut des mit kleinen Türmchen und Säulen verzierten inneren Tores bewundert, war in den Kopfsteinpflastergassen des weitläufigen Klosters herumgeschlendert, von der Vielzahl und dem Charme der alten Gebäude überrascht. Der Ausblick vom Wehrgang der Mauer auf die ländliche Umgebung sowie die nahe gelegene Altstadt-Silhouette Schwäbisch Halls boten überwältigende Panoramen. Zu guter Letzt hatte er der Kirche einen Besuch abgestattet, deren von romanischen Strukturen geprägter Bau einen barocken, von schlanken Sandsteinsäulen charakterisierten Innenraum mit einem weithin berühmten, von der Decke hängenden romanischen Radleuchter und eine kunstvoll emaillierte und vergoldete Altarvorderseite präsentierte.

Fasziniert vom Flair des heute als Lehrerfortbildungsakademie genutzten ehemaligen Benediktinerklosters war er nun bestrebt, dem immensen Bewegungsdrang seines Vierbeiners täglich durch einen abendlichen Spaziergang von der neuen Wohnung zur mittelalterlichen Festung nachzukom-

an Reisingers Bein, rieb seinen Kopf an dessen Hose heftig hin und her. Immer. In jeder Situation. – Nur heute nicht!

Heute zeigte das Tier überhaupt keine Reaktion, schien die Stimme seines Herrn nicht wahrzunehmen. Stattdessen verschärfte er das Stakkato seines Gebells, zerrte immer heftiger an der Leine.

Reisinger wusste keinen Rat, lockerte den Druck der Leine, soweit dies möglich war, sah den Hund vor sich den Weg hochspurten. Er hatte irgendeine Witterung in der Nase, kämpfte sich von Baum zu Baum. Der Mann hatte Mühe, ihm zu folgen, hörte das erregte Gebell des Vierbeiners, spürte, wie der Druck der Leine plötzlich nachließ. Der Retriever war hinter einem dicken Stamm verschwunden.

»Toni, was ist los?« Reisinger rang um Luft, passierte die alte Linde. Die seltsame Körperhaltung des Hundes war das Erste, was ihm auffiel. Sie war ungewohnt, passte absolut nicht zu dem Tier, irritierte ihn sehr. Der Hund wandte ihm seine Rückseite zu, stand breitbeinig, den Schwanz und das Fell seltsam gesträubt, vor dem ins Dunkel getauchten Gestrüpp am Rand des Weges, ließ seinem Gebell ein unsicheres Winseln folgen.

Der Mann rollte die Leine ein, zerrte ihn zurück. Ohne seine aufgeregte Haltung zu ändern, gab der Hund nur unwillig nach, zog sich wenige Zentimeter zurück. Reisinger hatte Mühe, seine Augen an den Dämmer zu gewöhnen. Er starrte ins Gewirr hinter der Linde, war zunächst nicht imstande, etwas zu erkennen. Nur langsam, von Sekunde zu Sekunde, lichtete sich das Bild. Er fuhr sich mit der Rechten über die Augen, erahnte die Umrisse eines menschlichen Körpers, bevor er ihn wirklich sah. Den bellenden, winselnden Hund an der kurzen Leine wurde er sich dessen, was da vor ihm aus dem Dunkel tauchte, immer deutlicher bewusst:

Der Kopf, der Leib, die Gliedmaßen einer rücklings auf den januarkalten Boden gelegten Frau.

Reisinger spürte das Zittern, das sich zuerst in seinen Armen, nach und nach dann in seinem ganzen Körper ausbreitete, konnte sich dennoch nicht dazu durchringen, seinen Blick von dem unbekannten Menschen zu lösen. Zu deutlich hatte er jetzt das schmale, vom Schatten der Zweige nur unwesentlich entstellte Gesicht einer Frau, ihre langen blonden Haare, die welligen Locken vor Augen. Ein *Engel*, schoss es ihm unwillkürlich durch den Kopf, ein junger, blond gelockter *Engel* hier im Gras unter der Comburg. Gedanken an die gerade verklungene Advents- und Weihnachtszeit kamen ihm dabei aber nicht in den Sinn. Nicht einmal im Entferntesten.

2. Kapitel

Die Aussicht von der Stadt aufs Bett des Neckars und die ihn umgebende Landschaft war trotz der auch am Nachmittag immer noch nicht vollständig aufgelösten Nebelschwaden allein schon den Besuch wert. Schon bei der Anfahrt im Zug hatten sie die traumhaft schöne Silhouette Bad Wimpfens von Weitem erblickt. Die exponierte Lage der alten Stadt am Hang über dem Neckartal, ihre schmalen Gassen mit viel Fachwerk und spitzen Giebeln, dazu die gewaltige Befestigungsanlage mit Toren, Türmen, Mauern und Kasematten vermittelten Steffen Braig den Eindruck, sich in einem mittelalterlichen Freilichtmuseum zu bewegen. Er hatte es keine Sekunde bereut, Ann-Katrin Räubers Drängen nachzugeben und sich für einen Urlaubstag und das Treffen mit einer Freundin seiner Lebensgefährtin – Eva Weiper, die vor wenigen Monaten nach Bad Wimpfen gezogen war – entschieden zu haben.

»Ich bin im fünften Monat. Wer weiß, wie lange wir uns solche Ausflüge in nächster Zeit noch erlauben können«, hatte Ann-Katrin argumentiert.

Seit ihr Bauch sich immer deutlicher zu runden begann, war er um besondere Rücksicht ihr gegenüber bemüht. Braig erinnerte sich noch genau an den Moment, als er von ihrer Schwangerschaft erfahren hatte. Bei einem ihrer seltenen Besuche des Mineralbades in Bad Cannstatt hatte sie ihn damit überrascht. »Schau mich genau an«, sie lachten heute noch gemeinsam über ihre Worte, »wenn du mich schlank in Erinnerung behalten willst.« Am Rand des Beckens stehend, hatte sie ihm die ärztliche Bestätigung ihrer längst artikulierten Vermutung übermittelt.

Einen besseren Zeitpunkt hätten sie kaum finden können. Wenige Wochen vorher war es dem beim Stuttgarter Landeskriminalamt tätigen Kriminalhauptkommissar Braig und seiner Kollegin Katrin Neundorf gelungen, die Mordserie an einem jungen Schachspieler, einem Politiker und zwei weiteren jungen Männern in Reutlingen, Köngen, Ostfildern und Strümpfelbach im Remstal aufzuklären – ein Erfolg, der ihn endlich von dem wochenlang anhaltenden Druck befreit hatte, der während langwieriger Ermittlungen oft auf ihm lastete, auch wenn er in diesem Fall durchaus zwiespältiger Natur und mit einem hohen Preis erkauft worden war: Seine Kollegin hatte, die unmittelbare Bedrohung von Braigs Leben durch eine vierfache Mörderin vor Augen, die Frau erschossen. Den Schock über diese ohne jeden Zweifel in purer Notwehr begangene und von der Getöteten bewusst provozierte Tat hatte Neundorf bis heute nicht vollkommen überwunden; zwar war in tagelangen polizeiinternen Ermittlungen jeglicher auch nur geringste Hauch eines Zweifels an der Rechtmäßigkeit ihres Verhaltens ausgeräumt worden, doch hatte sich seine Kollegin immer noch nicht von allen Selbstvorwürfen befreit. Sie war auf Drängen ihrer Vorgesetzten hin fünf Wochen in therapeutischer Behandlung gewesen, hatte anschließend bis über Weihnachten hinweg dieselbe Zeitspanne Urlaub genommen und dann erst vor wenigen Tagen wieder den Dienst angetreten. »Ich stehe tief in deiner Schuld«, hatte Braig sie begrüßt, »du hast mir das Leben gerettet.« Neundorf hatte nur unwillig abgewinkt.

Ann-Katrin Räubers erste Schwangerschaftsmonate waren bislang weitgehend beschwerdefrei verlaufen. »Du traust dir das wirklich noch zu?«, hatte Braig mehrfach einzuwenden versucht, wenn seine Partnerin allzu wenig Bereitschaft zeigte, Rücksicht auf ihre körperliche Veränderung zu nehmen.

»Noch liege ich nicht in der Klinik auf der Intensivstation«, war sie nicht müde geworden, alle seine Befürchtungen gebetsmühlenartig abzuwehren.

Sie hatte sich für unbeschränkte Zeit beim Waiblinger Polizeirevier in den Innendienst versetzen lassen, war außerdem noch um eine Reduzierung ihrer Dienstverpflichtung auf fünfzig Prozent vorstellig geworden.

»*Regis wimpina,* das *königliche Wimpfen* hat man die Stadt genannt«, hatte Eva Weiper voller Stolz über ihre neue Heimat ihren Besuchern bei einem kleinen Rundgang erklärt, »immerhin war es die größte Pfalz, die Kaiser Friedrich Barbarossa auf deutschem Boden hat errichten lassen. Später wurde Wimpfen Freie Reichsstadt. Und 1803, infolge der Neuordnung der Länder durch Napoleon, kam die Stadt zu Hessen und blieb bis 1945 in dessen Händen. Aber damit hat es sich noch lange nicht. Denn weitaus älter als die Bergstadt ist das Wimpfen im Tal. Dort siedelten schon die Kelten. Und die Römer gründeten an dieser Stelle die Unterstadt *Cornelia,* an deren Stelle heute noch die romanische Ritterstiftskirche in Form der Benediktinerabtei steht. Ihr seht, ich habe die Geschichte meines neuen Wohnortes gut gelernt.«

Sie hatten sich die ausführlichen Erklärungen geduldig angehört, waren dann in die kleine Wohnung ihrer Gastgeberin zurückgekehrt, wo diese sie mit Kaffee und selbst gebackenem Kuchen bewirtet hatte. Eva Weiper hatte sich vor etwas mehr als einem halben Jahr von ihrem Mann getrennt, war, weil es sich beruflich hatte einrichten lassen, von Frankfurt weg in die kleine Stadt am Neckar gezogen, um jeder zufälligen Begegnung mit ihrem Ex vorzubeugen.

»Es war höchste Zeit. Wir hätten uns zerfleischt«, hatte sie erklärt.

Ein hartes Resümee nach sechs Jahren Ehe und vierzehn Jahren gemeinsamen Lebens, war es Braig durch den Kopf gegangen. Steht Ann-Katrin und mir ein ähnliches Schicksal bevor?

»Ich hoffe, dass ihr mehr Glück habt«, war es der Frau anscheinend gelungen, seine Gedanken zu lesen, »ganz bestimmt hilft euch das Kind dabei.«

Das Kind als zusätzliches Bindeglied? Er hatte noch nicht darüber nachgedacht, war sich der Konsequenzen des zukünftigen Familienzuwachses noch längst nicht in allen Variationen bewusst. Ann-Katrin und er als Eltern – das schien bisher noch ein vager Gedanke abseits jeder vorstellbaren Realität. Ein Kind in diese von so unendlich viel Leid und Elend verseuchte Welt zu setzen – vor kurzer Zeit noch hätte er diese Überlegung als abnormales Hirngespinst abgetan. Dem Dreck, dem Morast, diesem unübersehbaren Ausmaß an Niedertracht und Intrigen, dem er Tag für Tag bei seinen Ermittlungen ausgesetzt war, den verkommenen, hinterhältigen Existenzen, mit denen er es unaufhörlich zu tun hatte, ein junges, schutzloses Wesen auszuliefern? War nicht allein die Idee schon ein unverantwortliches Unterfangen?

Nein, man vertraute dieser Welt keine kleinen Kinder an, nicht, wenn man einen Beruf ausübte, der Tag für Tag dafür sorgte, dass einem die Realität unverhüllt, ohne jeden Schleier präsentiert wurde. Ein Beruf, der die angebliche Friedfertigkeit dieser Gesellschaft, die scheinheilige Sanftmut und Freundlichkeit vieler ihrer Mitglieder allzu oft ihrer verlogenen Fassade beraubte und den irrationalen Bedeutungswahn, die dämonische Machtbesessenheit und unersättliche Raffgier selbst in den Reihen ihrer wichtigsten Repräsentanten schonungslos offenlegte. Unerbittliche Rücksichtslosigkeit und grenzenlose Egomanie waren die dominierenden Kräfte dieses Universums – das hatte er in den vergangenen Jahren bis zum Überdruss gelernt. Wie um alles in der Welt konnten sie da auf die Idee kommen, ein neues Menschlein in diesen verfaulten Morast zu setzen?

Theresa Räuber, die Schwester seiner Lebensgefährtin, war die Erste, mit der sie sich über ihre Bedenken unterhalten hatten. Einen ganzen Abend lang waren sie damit beschäftigt gewesen, das Für und Wider ihres geplanten Familienzuwachses auszuloten.

»Ob ihr gut daran tut, ein Kind in diese Welt zu setzen? Die Frage ist legitim, ja notwendig«, hatte die Pfarrerin zugegeben. »Du musst nur die Nachrichten eines beliebigen Tages verfolgen und schon liegt die Frage dir auf der Zunge. Katastrophen, Anschläge, Unfälle. Nur unsensiblen, jedem Mitgefühl für andere völlig abholden Existenzen wird sie absonderlich erscheinen.«

Sie hatten sich in ihrer Wohnung am Rand der Stuttgarter Innenstadt, wo Theresa seit zwei Jahren eine Kirchengemeinde betreute, getroffen. Theresa Räuber war lange Zeit als Managerin für den Daimler-Konzern tätig gewesen, hatte sich mit Anfang dreißig dazu entschlossen, auf die Fortsetzung ihrer Karriere zu verzichten und stattdessen Theologie zu studieren. *Sinn vermitteln und Menschen in Not helfen statt Luxuskarossen anzubeten,* war sie deutlich geworden, *die beste Entscheidung meines Lebens.*

Sie hatte auf Ann-Katrins Wunsch hin einen Tee gekocht, ihn heiß serviert.

»Trotzdem stellt sich kaum jemand dieser Frage, weichen fast alle vor ihr aus«, war sie erneut auf das Thema eingegangen, »und ich denke, ich weiß, weshalb.«

Sie hatte einen Schluck Orangensaft in den Tee gegeben, dann von der aromatisch duftenden Flüssigkeit getrunken.

»Die meisten haben Angst, keine akzeptable Antwort zu finden. Umso mehr ehrt es euch, dass ihr euch dem Problem stellt. Aber das ist bei dieser Berufswahl wohl nicht besonders überraschend.«

Nein, hatte Braig überlegt, das war es wirklich nicht. Wie viele Leichen hatte er in den letzten Jahren begutachten, wie viele verunstaltete kindliche und jugendliche Körper bis ins Detail untersuchen müssen? Hundert, hundertfünfzig, zweihundert? Er wusste es nicht, hatte sie nicht gezählt, wagte es nicht einmal, eine ernsthafte Schätzung zu riskieren. Irgendwo in diesem Bereich, sofern er sich nicht gewaltig täuschte. Und jetzt ein Kind?

»Ich möchte euch trotzdem bitten, nicht vorschnell bei einer übereilten Antwort Zuflucht zu suchen, sondern: Gab es in der Geschichte der Menschheit jemals eine Zeit, in der man diese Frage vorbehaltlos, ohne jedes Wenn und Aber hätte bejahen können?«

Braig hatte es sofort begriffen. Es bedurfte keiner langwierigen Philosophiererei, darauf eine Antwort zu finden. Eine Zeit, in der Menschen ohne Angst und ohne Bedenken ein Kind in diese Welt hatten setzen können? Nein, so weit zurückzudenken man sich auch bemühte, eindeutig nein. Seit es Menschen auf diesem Erdball gab, herrschten Mord und Totschlag, Kriege und Verfolgungen. Nie, zu keinem Zeitpunkt der Geschichte, konnte es einer Mutter leicht gefallen sein, ihr Kind dieser Realität anzuvertrauen. Und doch hatten es Millionen von Frauen immer und immer wieder gewagt ...

»Du kennst die Hoffnung meines Lebens«, hatte Theresa Räuber hinzugefügt, ihre Schwester umarmend. *»Ich glaube an die Sonne, auch wenn Nacht und Nebel die Erde bedecken.* Ihr müsst mir verzeihen, wenn ich euch keine rational fundierte

Antwort bieten kann. Die Frage lässt sich nicht mit dem Verstand angehen. Das ist eine Sache des Gefühls und des Vertrauens.«

»Des Vertrauens?« Braigs Skepsis war nicht zu überhören gewesen.

»Des Vertrauens in den Sinn unserer Existenz, ja. Wider alle Vernunft. So wie es den Menschen aller Zeiten erging, die vergeblich nach einer Spur von Vernunft in diesem Dasein suchten. Ich denke, wir können es nur mit Martin Luther halten: *Und wenn ich wüsste, dass morgen die Welt untergeht, so werde ich heute trotzdem ein Apfelbäumchen pflanzen*«, hatte Theresa Räuber erklärt und sie am späten Abend mit den Worten verabschiedet: »Ich möchte euch zu eurem Kind beglückwünschen und euch und ihm alles erdenklich Gute wünschen. Das war die beste Entscheidung, die ihr habt treffen können.«

Neundorfs Nachricht erreichte ihn, als sie sich gemeinsam mit Eva Weiper auf den Weg zum Bad Wimpfener Bahnhof gemacht hatten.

»Du bist unterwegs?«, fragte sie, die Hintergrundgeräusche im Ohr.

»Zu Besuch bei einer Freundin Ann-Katrins in Bad Wimpfen. Du rufst aus dem Amt an?«

»Leider nicht, nein. Angeblich ein Attentat auf einen Industriellen in Backnang.«

»Ein Attentat? Auf wen?« Braig trat zur Seite, signalisierte seinen beiden Begleiterinnen, weiterzulaufen, konzentrierte sich auf das Gespräch.

»Irgendein Industrieller. Mehr kann ich nicht sagen.«

»Der Mann wurde getötet?« Er sah die weit aufgerissenen Augen einer jungen Frau, die seine Worte gehört hatte, drehte sich zur Seite.

»Ich weiß es nicht. Ich bin auf dem Weg dorthin. Es soll mitten im Ort passiert sein.«

»Mitten im Ort? Mit Toten und Verletzten?«

»Frag mich was Leichteres, ich habe keine Ahnung. Das Problem ist nur, dass gerade eine weitere Meldung einging.«

»Nämlich?«

»Weibliche Leiche unterhalb der Comburg. Schwäbisch Hall. Ich muss nach Backnang, kann mich nicht auch noch darum kümmern. Und Herb und Ohmstedt sind immer noch mit der Überwachung dieses angeblichen Terroristen beschäftigt, und dann gab es noch irgendetwas mit einem Banküberfall.«

Braig seufzte laut. »Ich verstehe. Sonst ist niemand zu erreichen.«

»Tut mir leid.«

»Eine weibliche Leiche unterhalb der Comburg also.«

»Genau. Kannst du nicht in Heilbronn umsteigen und den nächsten Zug nach Schwäbisch Hall nehmen? Die Spurensicherer sind bereits unterwegs.«

»Wann kam die Meldung?«

»Vor wenigen Minuten. Kümmerst du dich darum?«

»Mir bleibt wohl nichts anderes übrig.«

3. Kapitel

Rössle und Dolde waren gerade dabei, die elektrischen Strahler mit Strom zu versorgen, um den Fundort der Leiche auszuleuchten, als Braig dort eintraf.

Eine junge Frau, hatte der Beamte der Schutzpolizei, der am Bahnhof in Schwäbisch Hall auf ihn zugetreten war, um ihn zur Lindenallee unterhalb der Comburg zu bringen, erklärt. *Sie sieht aus wie ein Engel, ein zarter blonder Engel.*

Braig hatte den Kollegen mit einem kritischen Blick bedacht, die Mundwinkel zu einer spöttischen Bemerkung hochgezogen, sich den Kommentar dann aber in letzter Sekunde erspart. War es dem Mann noch nicht gelungen, sich aus der salbungsvollen Atmosphäre der erst vor kurzem zu Ende gegangenen Weihnachtszeit zu lösen, oder befand er sich auf einem esoterischen Trip?

Er hatte den Blick auf die Datumsanzeige seiner Armbanduhr konzentriert, dabei versucht, Buchstaben und Zahlen zu entziffern. Freitag, 16. Januar. Die Zeit der Rauschgoldengel war vorbei. Endgültig.

Wenige Minuten später hatten sie die Lindenallee unterhalb der gewaltigen Klosteranlage erreicht. Braig war aus dem Polizeifahrzeug gestiegen, das aufgeregte Geschnatter der Menschenmenge im Ohr, die sich vor dem rotweißen Absperrband versammelt hatte. Vom Licht mehrerer Autoscheinwerfer geblendet, war ihm dennoch die Mühsal der Beamten deutlich geworden, denen es nur unter Aufbietung all ihrer Kräfte gelang, Neugierige vom Betreten der Lindenallee abzuhalten.

»Mein Gott, bleiben Sie doch vernünftig! Der Zugang zur Comburg ist vorerst nicht möglich. Ist das denn nicht zu begreifen?«

Die Menschenmenge zu passieren, war schwerer gefallen, als er es sich vorgestellt hatte. Erst mit ausgefahrenen Ellbogen war es ihm gelungen, sich einen Weg zu der Absperrung zu erkämpfen. Er hatte sich tief hinunter gebückt, war unter dem Plastikband durchgeschlüpft, den Kollegen seinen Ausweis entgegenstreckend. Verwundert hatte er den militärisch anmutenden Gruß eines der Uniformierten wahrgenommen. Der Mann war auf seine Vorstellung hin in eine starre Haltung verfallen, hatte mit der Rechten salutiert.

»Was isch denn des für oiner?«, hatte sich eine schrille Stimme aus der wartenden Menge heraus beschwert. »Wieso lasset die den grad so durch?«

Braig hatte die Kommentare nicht beachtet, war in die Dunkelheit der Lindenallee abgetaucht. Der asphaltierte Weg führte schnurgerade bergan, auf beiden Seiten von mächtigen Bäumen flankiert. Die Temperatur hatte sich spürbar abgekühlt, mit jedem Atemzug war kalte Luft in seine Lungen vorgedrungen. Er war kräftig ausgeschritten, hatte das leichte Frösteln auf seinem Rücken verdrängt. Zwanzig, dreißig Meter weiter war er auf die rot aufleuchtenden Rücklichter eines Autos gestoßen, das mitten auf dem Weg parkte: Der hellgraue Kombi von Helmut Rössle, einem der Spurensicherer des Landeskriminalamts.

»So, i bin soweit. Jetzt geb i Saft.«

Braig drückte sich an dem Fahrzeug vorbei, versuchte, einen Blick auf den Weg davor zu erhaschen. Im selben Moment flammten die Strahler auf. Von einer Sekunde zur anderen tauchten sie das Gelände in ihrer unmittelbaren Umgebung in ein grelles, fast unerträgliches Licht. Er verharrte mitten im Schritt, kniff die Augen zusammen, benötigte mehrere Sekunden, um mehr als nur Umrisse zu erkennen.

»Mein Gott, isch des a schönes Mädle«, meldete sich Rössle ungewohnt leise wieder zu Wort. Die Bewunderung in der Stimme des Spurensicherers war nicht zu überhören.

Braig starrte auf den Boden, sah Rössle und dessen Kollegen Dr. Kai Dolde über einen Gegenstand gebeugt neben dem Stamm einer Linde stehen, beide von Kopf bis Fuß in ihre gewohnten hellgrünen Plastikoveralls gehüllt. Hinter ihnen kniete eine weitere vermummte Gestalt, die er erst nach genauerem Hinsehen als Dr. Holger Schäffler, den Gerichtsmediziner, identifizierte.

»Guten Abend zusammen«, grüßte er mit lauter Stimme. »Was ist passiert?«

Die Männer drehten sich zu ihm um, forderten ihn mit entrüsteten Mienen und weit ausgestreckten Armen unmissverständlich auf, sofort stehen zu bleiben. »Keinen Schritt weiter«, rief Dolde.

Ihre unausgesprochene Mahnung, etwaige Spuren nicht zu zerstören, augenblicklich begreifend, blieb er stehen, ließ sich die nötigen Plastiküberzüge reichen. Er stülpte sie über seine Schuhe, zog sie dann sorgfältig über die Hände. Die Männer verfolgten schweigend seine Bemühungen, verschwendeten kein unnötiges Wort.

Braig kam die Situation vom ersten Moment an ungewohnt vor. Irgendwie war ihr Verhalten außer der Reihe. Versuchten sie sonst, dem traurigen Anlass ihrer Begegnung durch flapsige Sprüche oder locker hingeworfene Bemerkungen etwas an Schärfe zu nehmen, die Konfrontation mit einem aus dem Leben geworfenen Menschen in aufgesetzt heiterer Stimmung erträglicher zu gestalten, war heute nichts, aber auch gar nichts von derlei Versuchen zu bemerken. Niemand, nicht einer der drei Männer zeigte Ansätze zu solchem Verhalten. Stattdessen herrschte Stille, fast schon betretenes

Schweigen. Die seltsame Stimmung, die hier in der Luft lag, war buchstäblich mit Händen zu greifen. Hatte es Streit gegeben, eine Meinungsverschiedenheit vielleicht bezüglich des Vorgehens bei der anstehenden Untersuchung?

Er blickte von einem der Männer zum anderen, konnte nichts Auffälliges entdecken. Kein vor Zorn gerötetes Gesicht, keine in verbissener Wut verhärtete Miene. Stattdessen ruhige, konzentrierte Arbeit.

Braig konnte seine Irritation nicht länger verbergen, gab ein unbeholfenes: »Alles okay bei euch?«, von sich.

Dolde reagierte als Erster. »Hier, schau es dir an«, erklärte er, zu dem Baum weisend, »du wirst es verstehen.«

Braig zurrte die Plastiküberzüge ein letztes Mal zurecht, stakste dann vorsichtig auf Zehenspitzen zum Rand des Weges. Der annähernd einen Meter mächtige Stamm einer Linde wuchs hier kerzengerade aus dem Boden, von dichtem, winterhartem Gras gesäumt. Die Rinde war an mehreren Stellen beschädigt, schriftähnliche Einkerbungen waren zu erkennen. Braig sah Doldes ausgestreckte Hand, begrüßte den Kollegen, ging zu ihm hin. Und dann stand er plötzlich vor dem ins Gras hinter den Baum gestreckten Körper eines Mädchens und wusste im selben Moment, dass er diesen Anblick sein ganzes Leben nicht mehr vergessen würde. Schweiß schoss ihm aus allen Poren, ein Kribbeln erfasste seine Schläfen, sein Puls schien sich zu beschleunigen, Gänsehaut breitete sich auf seinem Rücken aus.

»Nicht zu fassen, wie?«

Er achtete nicht auf Doldes Worte, starrte gebannt auf das überirdisch schöne Geschöpf, das leblos vor ihm lag. Ein ebenmäßig schmales, wohlgeformtes Gesicht mit bleicher, absolut reiner Haut, kleiner Stupsnase und sanftrosa Lippen, eingerahmt von langen goldblonden, leicht gelockten Haaren. Nicht ein Fleck, nicht ein Punkt, der die Vollkommenheit dieses Wesens störte. Erst ein konzentrierter Blick auf die von einer adretten samtroten Jacke verhüllte Brust ließ erahnen, was dem zarten Geschöpf zum Verhängnis geworden war: Eine kleine, auf dem dunkelroten Stoff kaum erkennbare, von einer wulstigen Kruste umgebene Einschusswunde.

»Do fehlet bloß no die Flügel«, brummte Rössle, »no wär's perfekt.«

Braig sah keinen Anlass, den Vergleich zurückzuweisen. Das Wesen vor ihm trug in der Tat engelgleiche Züge. Er spürte, wie ihm der Anblick physische Schmerzen bereitete, schnappte nach Luft. *Sie sieht aus wie ein Engel, ein zarter blonder Engel,* hatte der Beamte der Schutzpolizei erklärt, der ihn am Bahnhof in Schwäbisch Hall abgeholt hatte. Weiß Gott, der Mann hatte den Sachverhalt vollkommen richtig erfasst. Besser ließ sich der Anblick des Mädchens nicht formulieren. Ein zarter blonder Engel in all seiner Unschuld. Weihnachten war vorbei, die Kerzen, Nikoläuse und Christbäume verschwunden, einer der himmlischen Sendboten aber geblieben.

»Das darf nicht wahr sein.« Braig hatte die Worte nicht bewusst formuliert, nahm erst nach einer Weile Doldes zustimmendes Nicken wahr. Es war ihm einfach so über die Lippen gekommen. Er spürte die Gänsehaut auf seinem Rücken, fühlte sich schwach und elend. Seine Hände zitterten, um nichts in der Welt hätte er sie jetzt zu einem sinnvollen Zweck benutzen können. Er trat vorsichtig einen Schritt zurück, versuchte, tief durchzuatmen.

»Manchmal bereue ich meine Berufswahl wirklich«, hörte er den Gerichtsmediziner sagen, »heute zum Beispiel.«

Braig sah sich aus seiner Erstarrung gerissen, kehrte langsam in die Realität zurück. Er kannte Dr. Schäffler seit langem, war sich der außergewöhnlichen Laufbahn des jungen

Arztes bewusst. Schon während dessen Studium in Tübingen hatte er ihn anlässlich einer Ermittlung auf der Neckarinsel getroffen, war später nach einem Unfall von Dr. Schäffler behandelt worden. *Diesem* Anblick indes waren sie beide noch nie ausgesetzt gewesen.

Er hatte Mühe, sich zu konzentrieren, fand erst nach mehreren Sekunden die notwendigen Worte. »Sie wurde ...«

Dem Gerichtsmediziner ging es offensichtlich nicht besser. »... erschossen«, sagte er nach einer Weile, auf die Brust des Mädchens deutend.

Braig spürte selbst, wie unwirklich das klang. Verwirrt starrte er auf die Tote, das Gesicht fragend verzogen.

»Ja, es ist kaum zu glauben, ich weiß«, nahm Dr. Schäffler seine Irritation auf. »Mir ging es anfangs genauso. Aber es ist so, leider. Hier, schau es dir genauer an.« Er zeigte auf den Oberkörper der Toten, holte tief Luft.

Braig beugte sich über die Schusswunde, sah, dass es sich um ein kleines Kaliber handeln musste. Der Stoff rings um das winzige Loch war von getrocknetem Blut verfärbt, die Ränder deutlich verschorft. Braig spürte das Unwohlsein in seinem Magen, beeilte sich, den Blick von der Wunde abzuwenden. Sein Puls beschleunigte sich, hinter den schweißnassen Schläfen begann es heftig zu pochen. Er fühlte sich mit einem Mal abgespannt und verbraucht. Wie konnte das geschehen, arbeitete es in ihm, wer hat das getan? Welcher Verbrecher ist dafür verantwortlich?

»Ein einziger Schuss«, mischte sich Dolde ins Gespräch.

Braig sah den ausgestreckten Arm des Mannes, der auf das tote Mädchen gerichtet war.

»Ein einziger Schuss?«, vergewisserte er sich.

Der Gerichtsmediziner nickte mit dem Kopf.

»Sie war sofort tot?«

»Alles spricht dafür«, bestätigte Dr. Schäffler. »Ich schätze, es ist genau hier passiert. Der Körper liegt unverändert. Der oder die Täter sind auf und davon.«

»Hier? An diesem Weg?«

»Das Blut auf dem Boden weist darauf hin«, antwortete der Arzt, auf das Gras neben der Leiche deutend. »Und die Kugel steckt wohl hier drin.« Er wandte seinen Kopf zur Seite, den Stamm der unmittelbar benachbarten Linde im Blick.

»Hier, in diesem Baum?«

»Ich glaube, ja.« Dolde richtete sich auf, tippte auf das Holz. »Ich denke, das hier ist das Einschussloch. Gib mir fünfzehn Minuten, dann haben wir das Projektil.«

»Dann ist es tatsächlich genau hier passiert.« Braig spürte selbst, wie dümmlich das klang.

»Ich denke schon«, meinte der Kriminaltechniker, »alles deutet darauf hin.«

Der Kommissar fand keine weiteren Fragen, musste diese Erkenntnis erst verarbeiten. »Hier am Rand der Lindenallee«, wiederholte er dann.

»Und zwar aus kurzer Entfernung.«

Eine Windböe war in die kahlen Äste über ihm gefahren, ließ sie mit heftigem Ächzen hin und her schwanken. Braig warf den Kopf zurück, schaute in die Höhe, konnte vom grellen Licht der Strahler geblendet, nur die Umrisse einzelner Zweige erkennen. Dr. Schäfflers Aussage nahm er erst in dem Moment mit vollem Bewusstsein wahr, als der Mann sich mehrfach räusperte. »Verzeihung?«

»Der Mörder muss unmittelbar vor dem Mädchen gestanden sein.«

»Weil er nur einen einzigen Schuss abgab.«

»Er muss sich seiner Sache absolut sicher gewesen sein, ja. Außerdem handelt es sich um eine fast waagerechte Einschussbahn, soweit ich das nach dieser ersten Begutachtung sagen kann. Er stand nicht weit von ihr, quasi über ihr, hielt die Waffe genau vor ihr Herz.«

»Der Mörder stand nicht weit von dem Mädchen entfernt?« Braig wusste, wie er die Aussage des Gerichtsmediziners einzuschätzen hatte. Dr. Schäffler war zwar noch nicht allzu lange im Amt, von Anfang an jedoch mit solcher Sachkenntnis und überzeugendem Urteilsvermögen aufgetreten, dass er sich binnen Kurzem bei allen beruflich Beteiligten den Ruf einer anerkannten fachlichen Kapazität erworben hatte, der seinem überaus geachteten Vorgänger Dr. Martin Keil in keiner Weise nachstand. Nicht ein einziges Mal hatte er bisher, jedenfalls soweit der Kommissar sich erinnerte, seinen vorläufigen Befund nach erfolgter Obduktion grundlegend widerrufen müssen, eine Tatsache, die in seinen Kreisen gar nicht hoch genug bewertet werden konnte. Es stand für ihn deshalb außer Frage, dass sie davon auszugehen hatten, dass der Mörder das Mädchen hier am Rand der Lindenallee aus nächster Nähe erschossen hatte. Und niemand, überhaupt gar niemand, hatte etwas von dem schrecklichen Geschehen mitbekommen?

»Wo führt dieser Weg hin?«, erkundigte er sich. »Zur Comburg, oder?«

Die Männer nickten zustimmend.

»Nur zur Comburg, ja. Ich habe mich bei den Haller Kollegen erkundigt«, bestätigte Dolde. »Er ist nicht sonderlich frequentiert, vor allem jetzt im Winter nicht. Ab und an ein paar Zulieferer, Firmen, die die Gastronomie oben beliefern, Gäste, die an- oder abreisen oder hier als Tagesbesucher aufkreuzen. Die gesamte Anlage gehört dem Land und beherbergt eine Akademie für Lehrer samt Übernachtung und Bewirtung. Die Gäste sind alle gegen 16 Uhr abgereist, nur noch eine Handvoll Leute vom Personal waren heute bei

Einbruch der Dunkelheit oben, wie mir der Haller Kollege berichtete. Niemand kann sich erinnern, einen Schuss gehört zu haben. Er hat eigens danach gefragt.«

»Dann haben wir keinerlei Zeugen?«

»Keine Ahnung. Wende dich an die Beamten der Schutzpolizei.«

Braig nickte, starrte ins Dunkel der Umgebung, wo in einiger Entfernung die Lichter mehrerer im Tal unterhalb der Comburg gelegener Häuser zu erahnen waren. Ein Schuss, der hier auf diesem auf die Anhöhe führenden Weg abgefeuert wurde, musste weithin zu hören sein. Konnte man deshalb nicht zwangsläufig davon ausgehen, dass ein paar der Anwohner verwundert nach der Ursache des ungewohnten Geräusches Ausschau gehalten hatten?

»Wer ist das Mädchen? Kennen wir ihren Namen?«

»Bis jetzt nicht. Sie hat keine Papiere bei sich. Wir müssen versuchen, sie über ihr Handy zu identifizieren. Das haben wir sichergestellt.«

»Wann ist es passiert?«, erkundigte er sich. »Habt ihr das schon herausgefunden?«

»Der Anruf des Mannes, der sie gefunden hat, wurde um 17.40 Uhr registriert«, antwortete Dr. Schäffler. »Ich habe mich danach erkundigt, als ich den Todeszeitpunkt einzugrenzen versuchte. Haben Sie schon mit ihm gesprochen?«

»Nein, das muss ich noch tun.«

»Zehn, fünfzehn Minuten vorher muss es passiert sein, auf keinen Fall früher.«

»Gegen 17.30 Uhr also.« Braig nahm die Auskunft des Mediziners zur Kenntnis, versuchte, deren Konsequenzen zu eruieren. Wann war die Dämmerung heute angebrochen?

Dolde schien seine Gedanken zu ahnen. »Um die Zeit war es schon dunkel«, erklärte der Spurensicherer. »Wir hatten zwar schönes Wetter heute. Aber die Dämmerung machte sich so gegen 17 Uhr deutlich ...« Die schrillen Rhythmen eines Rocksongs ließen ihn verstummen. Erstaunt blickte er von einem der Männer zum anderen, danach Ausschau haltend, wer für das Gedudel verantwortlich war.

»Dem Mädle sei Handy«, erklärte Rössle, auf einen Klarsichtbeutel unweit der Toten deutend, »nehmet ihr des Gespräch a?«

Braig hatte die schrillen Töne erneut im Ohr, bückte sich nach dem Gerät, zog es aus der Umhüllung, drückte die Taste.

»Lisa, wo bist du so lange?«, fragte eine ältere weibliche Stimme.

Braig warf einen Blick aufs Display, sah eine lange Ziffernfolge mit der Bemerkung *Eltern* aufleuchten, überlegte sich eine Antwort. »Sie wollen Lisa sprechen?«

»Ja, natürlich, wieso ... Ich habe mich doch nicht verwählt?«

»Nein, Sie haben sich nicht verwählt. Sind Sie Lisas Mutter?«

Die Frau am anderen Ende schien verwirrt. »Ja, wo ist denn, … ich meine, ich will mit Lisa ...«

»Mein Name ist Braig ...«

»Wieso ist Lisa nicht am Apparat? Sind Sie dieser Meisner? Lisa hat sich mit Ihnen getroffen, ja? Warum ist sie nicht da?«

»Frau ...? Wie war doch gleich Ihr Name?«

»Haag. Ich bin Lisas Mutter. Was ist mit ihr?«

»Darf ich wissen, wo Sie wohnen, Frau Haag?«

»Wo wir wohnen? Aber wieso denn, Lisa war doch den ganzen Tag hier, es ist ihr Elternhaus. Sie weiß doch, wo wir wohnen. Warum geben Sie mir sie nicht endlich? Was ist denn mit ihr?«

Braig schwieg einen Moment, holte tief Atem. »Frau Haag, ich muss persönlich mit Ihnen sprechen. Sagen Sie mir doch, wo Sie wohnen. Ich komme bei Ihnen vorbei.«

»Unsere Adresse? Wir wohnen in Hall, in der Unterlimpurger Straße. Aber was ist denn los? Wo ist Lisa? Sie hat sich doch mit Ihnen getroffen, ja?«

»In Hall in der Unterlimpurger Straße«, bestätigte Braig. »Frau Haag, ich bin in fünfzehn Minuten bei Ihnen. Dann erkläre ich alles, einverstanden?«

Die Antwort der Frau erstickte in ratlosem Gemurmel.

»In fünfzehn Minuten«, wiederholte er seinen Vorschlag, »… bis gleich, Frau Haag.« Er beendete das Gespräch, legte das Mobiltelefon zurück in den Klarsichtbeutel. »Lisa Haag«, sagte er dann laut, »sie wollte sich mit einem Meisner treffen, wenn ich die Frau richtig verstanden habe. Ich fahre jetzt zu der Mutter. Kümmert ihr euch um das Handy und die Gespräche, die in letzter Zeit damit geführt wurden?«

Dolde nickte, zurrte seinen Plastikhandschuh zurecht. »Du willst dir das wirklich antun?«, fragte er. »Ich meine, allein zu der Mutter des Mädchens?«

Braig atmete tief durch, seufzte vernehmlich. »Verflucht sei der Tag, als ich diesen Beruf gewählt, wie?«

»Bessere Alternativen standen nicht zur Verfügung?«

»Warst du dir aller Konsequenzen bewusst, als du dich dafür entschieden hast?«

»Nein«, antwortete Dolde, die Augen auf den toten Engel am Rand des Weges gerichtet, »dessen war ich mir nicht bewusst.«

4. Kapitel

Eigentlich hatte sie sich das Ganze weitaus schlimmer vorgestellt. Kreuz und quer über die Fahrbahn und den Gehweg verstreute Kleidungsstücke und Schuhe, Berge von Glassplittern zerfetzter Fensterscheiben, vom Wind in sämtliche Himmelsrichtungen verwehte Aktenbelege, menschliche Körperteile in allen Variationen: hier ein Arm oder ein Bein, dort eine Hand oder ein abgerissener Finger. Attentat auf einen wichtigen Industriellen mitten im Ort – ein Blutbad in seiner widerlichsten Ausprägung.

Umso überraschter nahm Katrin Neundorf die Szenerie zur Kenntnis, die sich ihr an diesem Freitagabend im oberen Bereich des Backnanger Zentrums präsentierte: Ein hell ausgeleuchtetes, sorgfältig auf allen Seiten mit Plastikbändern abgesperrtes Stück der am Rand des gleichnamigen kleinen Parks steil ansteigenden, in diesem Abschnitt *Am Schillerplatz* benannten Straße, die unmittelbar danach in eine fast rechtwinklig verlaufende Kreuzung mündete. Sie näherte sich dem auffälligen Areal, sah neben den Markierungen des dort angebrachten Zebrastreifens zwei mitten auf der Fahrbahn kniende, minutiös Zentimeter um Zentimeter Asphalt fotografierende Spurensicherer, umgeben von einer Handvoll uniformierter Polizeibeamter, die eifrig darum bemüht waren, keine der vor Wissbegier triefenden, an den Absperrungen rüttelnden Gestalten in das abgeschottete Gebiet vordringen zu lassen. Vom grellen Licht der Strahler geblendet, blieb die Umgebung in der Dunkelheit der Januar-Nacht weitgehend verborgen. Nur die Umrisse einiger Häuser auf der einen und mehrerer winterkahler Büsche und Bäume auf der anderen Seite waren zu erahnen. Unmittelbar hinter dem Zebrastreifen erkannte Neundorf die Schaufenster einer Buchhandlung. Von Spuren eines Attentats, verletzten oder gar getöteten Menschen konnte nicht die Rede sein – jedenfalls nicht hier, in diesem minutiös ausgeleuchteten Gebiet.

Die Kommissarin schob sich mühsam durch die dicht gedrängte Menschenmenge, streckte dem Kollegen der Schutzpolizei, der sich an dieser Stelle postiert hatte, ihren Ausweis entgegen, schlüpfte unter dem Absperrband durch.

»Was will denn die alte Schatull?«, kreischte eine kräftige Stimme hinter ihr.

»Die Schlampe von dene Dreckblätter erlaubet sich doch älles!«, keifte ein anderer Kommentator.

Neundorf ließ sich nicht beirren, bemerkte, dass es sich bei den auf dem Asphalt hockenden Personen um Schöffler und Rauleder, zwei Techniker des Landeskriminalamts, handelte. Sie lief zu ihnen hin, grüßte sie.

»Was ist passiert?«, fragte sie. »Wirklich ein Attentat?«

»Oh, dich haben sie auch geholt?« Schöffler sah auf, stemmte sich in die Höhe. Er streckte seine Beine aus, stöhnte laut. »Drecksjob. Auf dem kalten Asphalt herumkriechen, um Hinweise auf irgend so ein Dreckschwein zu finden! Ein Attentat? Die Zeugen behaupten das, ja, und was wir bisher entdeckt haben, könnte die These stützen. Der Mann wurde von einem Auto angefahren. Dort«, er deutete auf eine weiß markierte Fläche am Rand des abgesperrten, grell beleuchteten Areals, »als er gerade die Straße überquerte. Und hier«, sein Finger wies auf die Stelle, über der er gerade gekniet hatte, »haben wir Reifenspuren. Genau so, wie sie bei extrem hoher Anfahrbeschleunigung entstehen. Das schreit nach Absicht. Na ja, richtig erwischt hat es ihn ja nicht.«

»Also keine Toten?«

»Zum Glück nicht, nein. Nur eine Person mit größeren Verletzungen, wenn ich richtig informiert bin.«

»Und trotzdem fordern die uns extra an? Um wen geht es hier?«

»Ein Herr Dr. Riederich«, ließ es sich Rauleder nicht nehmen, vom Boden her zu antworten. »Ein Industrieller. Der Name sagt dir was?«

»Riederich?«, fragte Neundorf. Sie schaute sich um, sah einige der Umstehenden neugierig zu sich her starren. »Der Name sagt mir nichts.«

»Isch wirklich oiner verreckt?«, rief einer der Gaffer.

Schöffler ließ sich nicht beirren. »Chef eines mittelständischen Betriebs. Irgendwas mit Maschinenbau, habe ich gehört.«

»Einer unserer Herrgötter persönlich. Na, dann mal voller Einsatz, meine Herren.« Sie sah die von einem süffisanten Grinsen überzogene Miene des Spurensicherers, wusste, dass sie die Sache genau getroffen hatte. Der Chef einer mittelständischen Firma. Kein Wunder, dass die Kollegen sofort nach dem LKA gerufen hatten. Ein Attentat auf einen von denen dort oben. Da traten automatisch besondere Gesetze in Kraft. Und wehe, sie richteten sich nicht von Anfang an danach.

»Ein Anschlag auf die Grundlagen unseres Staates«, sagte Schöffler.

Neundorf spürte, wie ihr übel wurde. Sie musste sich zusammenreißen, auf ihre Untersuchungen konzentrieren. »Was genau ist passiert? Ihr seid informiert?«

»Ich weiß nur, dass er die Straße überqueren wollte und dabei angefahren wurde. Hier, auf diesem Zebrastreifen, von der Buchhandlung her kommend. Wie gesagt, es gibt verschiedene Zeugen, die beobachtet haben wollen, dass das absichtlich geschehen sei. Du musst sie befragen.« Er deutete auf den Gehweg auf der anderen Straßenseite. »Sie warten dort, vorhin habe ich sie jedenfalls dort gesehen.«

»Was ist mit diesem Dr. Riederich? Er lebt, wenn ich das richtig verstanden habe, ja?«

»Anscheinend ist ihm nicht viel passiert. Er konnte zur Seite springen, bevor ihn der Karren voll erwischte. Der Notarzt untersuchte ihn, aber er wollte sich nicht einmal ins Krankenhaus fahren lassen, wenn ich das richtig verstanden habe. In welchem Zustand er sich befindet, kann ich nicht sagen.«

Neundorf bedankte sich für die Information, wandte sich von den Männern ab, starrte in die Umgebung. Dr. Riederich, irgend so ein Wirtschaftstyp, arbeitete es in ihr. Da musste natürlich gleich das LKA her. Wenn irgendeinem hohen Tier etwas zugestoßen war, herrschte Alarmstufe eins im Land. Fast, als ob das Leben des Ministerpräsidenten persönlich auf dem Spiel stünde. Gleichgültig, ob es sich bei der Sache hier um einen Anschlag oder nur einen Unfall handelte, sie musste detailliert aufgeklärt, der Täter ermittelt werden, mit voller Priorität. Wochenende, Privatleben, freie Minuten ade. Einer aus der Clique der Mächtigen war bedroht worden, da hatte alles andere hinten anzustehen. Die Erfolgreichen aus Wirtschaft und Politik hielten zusammen wie Pech und Schwefel, besonders in der Stunde der Not, das wusste sie aus Erfahrung. Da musste der gesamte Apparat der Aufklärung und Ermittlung, obwohl für alle Bürger dieser dem Papier nach demokratischen Gesellschaft in jahrzehntelanger Arbeit aufgebaut und mit irrsinnigem finanziellen Aufwand mehr und mehr verfeinert und auf noch mehr Effizienz getrimmt, voll und ganz den Angehörigen dieser besonderen Kaste zur Verfügung stehen. Ihnen und sonst niemandem. Es gab nun einmal zwei Kategorien von Menschen in diesem

Ländle: Die Strippenzieher in Wirtschaft und Politik und das breite Fußvolk, eigens dafür ausersehen, sich als Marionetten in deren Dienst abzumühen und deren Brotkrumen zu fressen. So war es nun einmal. Deshalb also das volle Programm auffahren und keine Sekunde zögern. Die Existenz des Herrgotts war in Gefahr. Alles andere nur noch Nebensache.

Sie seufzte laut, überquerte die Straße, fragte einen der uniformierten Beamten nach den Zeugen des Vorfalls.

»Die warten dort in der Buchhandlung.« Er zeigte auf die hell erleuchteten Schaufenster, vor denen sich die Menschen auf die Unfallstelle gaffend drängten. »Moment, ich begleite Sie.« Der Mann eilte zu einem seiner Kollegen, zeigte auf die Kommissarin, wechselte ein paar Worte mit ihm. »Denen war es hier draußen zu kalt, verstehen Sie«, erklärte er dann, als er Neundorf wieder erreicht hatte. Er hob das rotweiße Plastikband hoch, schlüpfte durch, ließ sie ebenfalls passieren. Sie schoben sich durch die Menge der Neugierigen, ließen die Kommentare ohne Reaktion über sich ergehen.

»Wieso hauet die jetzt ab?«

»Wie viele hat's erwischt?«

»Isch wirklich oiner verreckt?«

Sie traten aus der hell erleuchteten Szene, tauchten in die Schatten der Umgebung ab. Neundorf hatte Mühe, ihre Augen dem mangelnden Licht anzupassen, stolperte über einen Fuß, fing sich erst zwei Schritte weiter wieder. Die Luft hatte sich spürbar abgekühlt, die viel zu hohen Mittagstemperaturen waren dabei, von januargemäßen Nachtwerten abgelöst zu werden. Sie hüllte sich in ihren Schal, zog den Reißverschluss ihrer Jacke hoch. Das Frösteln in ihrem Nacken ließ augenblicklich nach.

Der uniformierte Beamte drückte laut schimpfend mehrere Männer und Frauen zur Seite, wies der Kommissarin den Weg zur Tür. Sie bedankte sich für seine Hilfe, las die Aufschrift *Buchhandlung Kreutzmann*, trat ins Innere. Ein großer, heller Raum empfing sie, mit Bücherregalen an der Wand und in der Mitte und breiten Schaufensterfronten zu beiden Straßen hin. Der Boden war mit einem dicken, grauen Teppich ausgelegt, die Luft von einem feinen Aroma aus Holzpolitur und dezentem Parfum erfüllt. Sie hörte gedämpfte Stimmen, sah mehrere Frauen und Männer links um eine uniformierte Polizeibeamtin sitzen, von Büchern umgeben. Bildbände, Lexika, Kinder- und Taschenbücher, wohin sie auch schaute. Sie fühlte sich vom ersten Moment an wohl in dieser Umgebung, wünschte sich Zeit und Muße, in dem Raum zu verweilen, zu stöbern, in den Büchern zu blättern, sich je nach Lust und Laune in einige zu vertiefen. *Das große Lexikon der Psychologie, mein Gott, wie gerne würde ich mich darauf einlassen. Aber wann nur, wann?*, überlegte sie.

Ein freundlicher junger Mann trat auf sie zu, fragte nach ihrem Wunsch. Sie wunderte sich über seine sanfte Stimme, wies sich aus.

»Neundorf vom Landeskriminalamt, ich untersuche den Vorfall hier draußen«, sie wies auf das grelle Licht, das links hinter den Schaufenstern zu erkennen war, »die Zeugen sollen sich hier im Laden aufhalten.«

»Bernhard Kreutzmann. Ich bin der Inhaber des Ladens. Sie sitzen hier, ja«, erklärte er. »Wir haben es Ihren Kollegen angeboten. Auf der Straße ist es zu kalt.«

Sie bedankte sich für die Auskunft, lief zu der um die Polizeibeamtin versammelten Gruppe. Zwei jüngere Frauen, ein älterer und ein junger Mann. »Ein großer BMW«, erklärte der jüngere der beiden Männer gerade.

Die Kommissarin räusperte sich, trat näher, stellte sich vor. »Neundorf vom LKA. Ich glaube, hier bin ich richtig. Ich suche nach Zeugen des Vorfalls.«

Fünf Augenpaare schauten überrascht zu ihr hoch.

»Sie sind die ermittelnde Kommissarin?«, fragte die Beamtin. Sie erhob sich, reichte Neundorf die Hand. »Martina Häusser vom Backnanger Revier. Ich bin gerade dabei, die Aussagen aufzunehmen. Wir haben Glück, dass sich der Vorfall hier in unmittelbarer Nähe ereignet hat. Uns stehen vier Zeugen zur Verfügung, die das Geschehen zumindest teilweise verfolgen konnten. Frau Weller und Frau de Buhr«, sie zeigte auf die beiden jungen Frauen in ihrer Runde, »waren hier in der Buchhandlung gerade mit zwei Kundinnen beschäftigt, als sie einen Motor aufheulen hörten. Herr Idler und Herr Klenk waren nur etwa fünfzig Meter von dem Geschehen entfernt. Sie liefen die Straße entlang den Berg hoch. Ihre Beobachtungen stimmen weitgehend überein.«

Neundorf sah die aufgeregte Miene der jungen Kollegin, zeigte auf ihr Notebook. »Sie sind mitten im Bericht?«

Martina Häusser fuhr sich nervös mit der Hand über den Kopf. »Wir sind fast am Ende. Nur noch der Schluss fehlt.«

»Dann will ich nicht lange stören. Ich hätte nur gerne eine erste zusammenfassende Information. Den Bericht können Sie mir dann ja mailen.« Sie spürte die Wärme des Raumes, öffnete ihre Jacke, löste ihren Schal vom Hals.

»Ja«, erklärte die Beamtin. »Was wir bis jetzt wissen, sieht folgendermaßen aus: Dieser dem Attentat beinahe zum Opfer gefallene Mann war gerade dabei, die Straße draußen auf dem Zebrastreifen zu überqueren, als plötzlich ein Auto, nach Aussage Herrn Klenks«, sie zeigte auf den jungen, dem Aussehen nach kaum 16-jährigen Mann an ihrer Seite, »ein 3er oder 5er BMW, der vorher ohne Beleuchtung am Straßenrand parkte, mit durchdrehenden Reifen losraste, dabei auf die andere Seite der Fahrbahn hinüberschoss und den

Mann nur deshalb nicht frontal erwischte, weil der sich in letzter Sekunde auf den Gehweg retten konnte.«

»Ein 3er oder 5er BMW?«, vergewisserte sich Neundorf, dem Jugendlichen zugewandt. »Das haben Sie gesehen?«

Klenk kratzte sich mit der linken Hand unter der Nase, setzte eine bedeutungsschwangere Miene auf. »Hundert pro«, antwortete er.

»Es war noch hell, als es geschah?«

»Nein, nein«, korrigierte Martina Häusser. »Als Zeitpunkt des Geschehens haben wir 18.22 Uhr notiert. Es war dunkel, vollkommen dunkel.«

»Woher wissen Sie die Zeit so genau?«

»Mein Bus«, mischte sich der Ältere der beiden Zeugen ins Gespräch, »ich war auf dem Weg zur Haltestelle. Er fährt vierundzwanzig. 18.24 Uhr.«

»Sie haben das Tatfahrzeug ebenfalls als 3er oder 5er BMW erkannt?«

Idler schüttelte mit zusammengepressten Lippen den Kopf. »Tut mir leid. Ich war in Gedanken, achtete kaum auf den Weg, schaute auf den Boden vor mir. Ich kam aus dem Büro, lief die Straße hoch. Außerdem war ich ziemlich erschöpft. Ein langer Tag heute wieder.«

»Sie arbeiten in der Nähe?«

»In einer Bank, ja.«

»Und Sie sind sich sicher, dass das Auto absichtlich auf den Mann zu hielt?«

»Absolut, ja. Ich schaute auf, als ich die quietschenden Reifen hörte. Da raste das Fahrzeug quer über die Fahrbahn direkt auf den Mann zu.«

»Ohne Licht.«

»Ohne, ja. Es war nicht eingeschaltet.«

»Dann konnten Sie das Kennzeichen nicht lesen.«

»Tut mir leid.«

»LB«, erklärte Klenk, »Ludwigsburg.«

Neundorf warf dem jungen Mann einen überraschten Blick zu. »Das haben Sie gesehen?«

Er kratzte sich mit der linken Hand wieder unter der Nase, verzog sein Gesicht. »Hundert pro«, sagte er.

»Absolut sicher?«

»Hundert pro.«

»Respekt«, bekannte sie, das Gesicht ihres Gesprächspartners kritisch musternd. »Sie konnten die Buchstaben erkennen, obwohl es dunkel war und das Auto ohne Licht fuhr.«

»Der raste direkt an mir vorbei. Hundert pro.«

»Auch eines der weiteren Zeichen?«

Klenks Miene verlor schlagartig ihren bedeutungsschwangeren Ausdruck. Er sackte zusammen, erbleichte zusehends, deutete ein zaghaftes Kopfschütteln an.

»Wie steht es mit der Farbe des Autos? Konnten Sie sie erkennen?« Sie blickte von einer Person zur anderen, sah nur bedauerndes Kopfschütteln. Bei Dunkelheit fast unmöglich, wusste sie. Es sei denn, das Fahrzeug war von einer Straßenlaterne oder einem anderen Wagen voll ins Licht gesetzt worden. Und selbst dann ...

»Dunkel«, erklärte Idler, »irgendeine dunkle Farbe.«

Klenk schaute verlegen zur Seite.

»Wir standen beide im Laden«, erklärte die junge Buchhändlerin, die die Beamtin als Frau de Buhr vorgestellt hatte, »wir unterhielten uns mit zwei Kundinnen. Ich nahm gerade ein Buch aus dem Regal, als draußen ein Automotor laut aufheulte, irrsinnig laut, muss ich sagen. Ich stand in der Richtung des Schaufensters, aber das Licht hier im Laden war zu hell. Das Auto raste los ... ja, ich erkannte seine Umrisse genau, von unserer Seite der Straße auf die andere, direkt auf die Leute auf dem Zebrastreifen zu. … Aber seine Farbe ... Es tut mir leid. Ich war geblendet, leider. Ich konnte nicht einmal erkennen, ob es jemand erwischt hat, erst später, als wir rausrannten ...«

»Mir geht es genauso«, schloss sich ihre Kollegin an, »Sie dürfen nicht vergessen, zum Zeitpunkt des Unfalls war es draußen dunkel, nicht so hell wie jetzt von den Strahlern Ihrer Kollegen. Das ganz normale Straßenlicht eben und wir standen hier im Licht des Ladens, deshalb konnten wir nicht viel sehen.«

»Sie müssen sich nicht rechtfertigen«, erwiderte Neundorf. »Ihre Situation ist mir vollkommen klar. Niemand macht Ihnen einen Vorwurf, im Gegenteil, ich bin froh, dass Sie uns jetzt schon so viele Hinweise auf den Ablauf geben konnten. Das ist keineswegs selbstverständlich.« Sie holte tief Luft, versuchte, sich wieder darauf zu konzentrieren, wo sie stehen geblieben waren. »Die Person am Steuer«, sagte sie, »oder andere Leute in dem Wagen. Haben sie irgendeine Erinnerung daran?« Es war zuviel verlangt, sie wusste es selbst. Dunkelheit, Kälte, die Erschöpfung nach einem langen, arbeitsreichen Tag.

»Tut mir leid«, gab Idler zur Antwort. »Es ging zu schnell. Und es war dunkel. Vergessen Sie das bitte nicht.«

»Ich vergesse es nicht, wirklich. Sie haben uns sehr geholfen. Vielen Dank.« Neundorf setzte ihr freundlichstes Lächeln auf, wusste dennoch, dass die Beobachtungen der Zeugen nicht allzu viel brachten. Ein 3er oder 5er BMW mit Ludwigsburger Kennzeichen, sofern es denn wirklich stimmte – die Anzahl dieser Kombinationen war einfach zu groß, als dass sie wirklich darauf hoffen konnte, das Tatfahrzeug auf diese Weise zu ermitteln. Wie viele dieser Karossen wohl registriert waren? Mehrere hundert, wenn nicht noch mehr.

Sich die Adressen aller ihrer Besitzer zu besorgen, sie dann der Reihe nach aufzusuchen und auf ihr Alibi zu überprüfen – unzählige Beamte wären für Tage, vielleicht gar Wochen beschäftigt, und das allein aufgrund dieser doch recht vagen, immerhin bei völliger Dunkelheit erfolgten angeblichen Beobachtung. Und wer garantierte, dass der Attentäter, sofern es sich denn wirklich um eine absichtliche Attacke handelte, das Auto nicht gestohlen hatte?

Nein, auch wenn es sich um eine wichtige Führungsperson aus der Wirtschaft handelte, die heute Abend beinahe Opfer des bisher noch Unbekannten geworden war, sie konnte keine Hundertschaft Kollegen abstellen, diese Sisyphos-Arbeit auszuführen – die Erfolgsaussichten waren einfach zu gering. Neundorf ahnte, welche nervenaufreibende Arbeit ihr bevorstand, seufzte laut.

»Der Verletzte. Haben Sie sich schon mit ihm unterhalten?«, fragte Martina Häusser.

»Sie sprechen von diesem Herrn Riederich?«

Die Kollegin schüttelte den Kopf. »Nein, nicht dieser Industrielle. Der kam glimpflich davon, wenn ich das richtig begriffen habe. Ich meine den Herrn«, sie überlegte kurz, hatte den Namen dann parat, »Haigis. Der war ziemlich nahe dran, versuchte anscheinend, Herrn Riederich noch zur Seite zu ziehen. Soweit ich es verstanden habe, wurde er deshalb angefahren.«

»Haigis.« Neundorf notierte sich den Namen. »Er wurde vom Notarzt versorgt?«

»Sie brachten ihn ins Backnanger Krankenhaus«, antwortete Martina Häusser. »Vielleicht kann er das Auto genauer beschreiben. Er war am nächsten dran. Außer diesem Riederich natürlich.«

5. Kapitel

Das Haus stammte dem Baustil und der Anlage des schmalen Ziergartens nach aus den 50er oder 60er Jahren des vergangenen Jahrhunderts. Zwei Stockwerke mit braunen Holzläden auf beiden Seiten der Fenster, das Dach spitzgieblig mit dünnem Moosbelag auf den Ziegeln, über der Eingangstür der Regenschutz aus hellgrünem Plexiglas. Vor dem Gebäude ein schmaler Rasenstreifen, von quadratischen grauen Steinplatten erschlossen, der Straße zu von einem niedrigen, schwarz lackierten Metallgitterzaun begrenzt.

Alles hat seine feste Ordnung, überlegte Braig, als er sich bückte, um den Klingelknopf auf dem Steinsockel neben der Gartentür zu drücken, nur meine Botschaft, die ich jetzt überbringen muss, passt nicht in diesen Rahmen. *Albrecht, Margareta, Lisa, Andreas Haag,* prangte in großen Druckbuchstaben auf dem sauber polierten Namensschild. Er ließ die Glocke einmal kräftig läuten, sah die Bewegung des Vorhangs hinter einem der Fenster im Erdgeschoss.

Die Tür wurde fast augenblicklich geöffnet; der Mann, der sich ihm präsentierte, trug eine dunkle, bis zum Halsansatz geschlossene Weste, die nur den oberen Rand eines weißen Hemdkragens zum Vorschein kommen ließ, graue Stoffhosen und braun karierte Hausschuhe, von der Straßenlampe, die unmittelbar neben dem Eingang aufleuchtete, in helles Licht getaucht. Er betrachtete Braig mit unverhohlener Neugier, blieb mitten auf der obersten der drei Stufen stehen. »Polizei?«, rief er laut.

Braig nickte, schob die niedrige Gartentür zur Seite, zog seinen Ausweis aus der Tasche, streckte ihn dem Mann entgegen. Er hatte mit Martin Reisinger, der die Leiche der jungen Frau gefunden hatte, gesprochen, hatte sich bis ins Detail erklären lassen, wie es zu der Begegnung gekommen war. Der Mann war von dem unverhofften Erlebnis immer noch gezeichnet gewesen, hatte den abendlichen Spaziergang mit seinem Hund sichtbar aufgeregt und mit mehreren Wiederholungen genau beschrieben. Braig hatte keinen Anlass gesehen, Reisinger zu misstrauen, hatte sich seine Anschrift notiert, sich dann anschließend von einem Kollegen der Haller Schutzpolizei zum Haus der Haags fahren lassen, war unmittelbar davor aus dem Dienstwagen auf die Straße getreten.

»Sie sind von der Polizei?«, fragte der Mann. »Hat meine Frau vorhin mit Ihnen gesprochen?«

»So ist es, ja«, sagte Braig. Er schloss die Gartentür, trat auf den Mann zu, die Kennkarte in der Hand. »Mein Name ist Braig.«

Sein Gegenüber überflog den Ausweis nur flüchtig, brachte seine Sorge unvermittelt zum Ausdruck. »Was ist mit Lisa? Weshalb konnte meine Frau nicht mit ihr sprechen?« Er musterte das Gesicht seines Besuchers, versuchte, in dessen Mimik zu lesen.

Ein Auto fuhr auf der Straße vorbei, hupte kurz, beschleunigte nach mehreren Metern. Der Mann zeigte keinerlei Reaktion, wartete auf eine Aussage des Kommissars.

»Herr Haag?« Braig sah die verkrampfte Körperhaltung seines Gegenüber, musste mehrere Sekunden auf dessen zustimmendes Kopfnicken warten. Er deutete ins Innere. »Können wir uns im Haus unterhalten?«

»Ihr ist etwas passiert. Oh mein Gott. Margareta hat es sofort gespürt«, entfuhr es dem Mann. Er trat zur Seite, ließ den Besucher eintreten, führte ihn in ein gemütliches, mit dicken

Teppichen ausgelegtes Wohnzimmer, an dessen Tisch lehnend eine etwa fünfzig Jahre alte, strohblonde Frau Braig mit verängstigten, weit aufgerissenen Augen entgegenstarrte.

»Was ist mit Lisa?« Flüsternd und kaum verständlich presste sie die Worte hervor.

Braig sah, dass sie am ganzen Körper zitterte, durchquerte den Raum, versuchte ihr die Hand zu geben. Sie war nicht imstande, ihren Arm zu heben, hatte Mühe, das Gleichgewicht zu halten, klammerte sich an der Tischplatte fest.

»Können wir uns nicht setzen?«, fragte der Kommissar, seinen Blick unmissverständlich auf das breite Sofa gerichtet, das fast die gesamte Rückwand des Zimmers einnahm und mit einer Unzahl von Kissen aufwartete.

»Setzen?«, fragte Albrecht Haag. Er schaute seinen Besucher fragend an, schien dessen Worte nicht zu begreifen. »Ja, aber sicher«, sagte er dann, schob die Kissen auf dem Sofa zur Seite, bot Braig Platz an. »Bitte.«

»Ihre Frau ebenfalls.« Braig fühlte sich müde und abgespannt, betrachtete die Fotos an der Wand, großformatige Portraits eines jungen Mannes und einer jungen Frau, beide mit schmalen Gesichtern und lockigen blonden Haaren, unübersehbar Bruder und Schwester. Er erkannte die junge Frau auf den ersten Blick. Vor nicht einmal einer Stunde hatte er sie wenige Meter unterhalb der Comburg zum ersten Mal anschauen müssen. Es gab nicht den Hauch eines Zweifels, eines Irrtums, so sehr er sich das gewünscht hätte. Er war im richtigen Haus, bei den richtigen Eltern. Die Ähnlichkeit mit den Darstellungen weihnachtlicher Gemälde war nicht zu übersehen. Wie ein Engel, arbeitete es in ihm, wirklich wie ein Engel, und ich soll jetzt das, was geschehen ist, hier überbringen? Wie, fragte er sich, wie kann ich das tun?

Er verfolgte die Bemühungen des Ehemannes, seine Frau an die Hand zu nehmen und sie zum Sofa zu führen, sah, wie sie sich mit zitternden Knien auf dem Polster niederließ.

»Wo ist Lisa?«, fragte der Mann. »Wieso hat die Polizei ihr Handy?« Er war mitten im Zimmer stehen geblieben, richtete seine Augen auf den Besucher. »Was ist mit ihr passiert? Halten Sie uns nicht länger hin, sagen Sie endlich, was Sie wissen.«

Braig starrte zu ihm hoch, nickte zustimmend. »Darf ich fragen, wann Sie Ihre Tochter zum letzten Mal gesehen haben?«

»Heute Mittag«, antwortete Haag. »Lisa kam heute morgen aus Tübingen. Sie will bis am Sonntag bei uns bleiben.«

»Aber sie wollte sich mit einem Mann treffen. Ein Herr Meisner, wenn ich Ihre Frau am Telefon richtig verstanden habe.«

»Das erzählte sie uns, ja.«

»Sie kennen den Mann?«

Sein Gesprächspartner schüttelte den Kopf. »Sie hat ihn heute zum ersten Mal erwähnt. Ein Bekannter, meinte sie. Um 16 Uhr an der Michaelskirche wollten sie sich treffen. Was ist mit Lisa? Ein Unfall?«

»Ja«, sagte Braig, froh darüber, einen Einstieg in seine nur schwer vermittelbare Problematik gefunden zu haben, »so kann man das nennen. Sie ist es, ja?« Er deutete auf das Foto an der Wand, sah das heftige Nicken des Mannes.

»Das sind Lisa und Andreas. Unsere Kinder.« Haag blieb stehen, fixierte Braig mit seinem Blick. »Wie geht es ihr? Ist sie schwer ...«

»Ja«, antwortete der Kommissar. »Es tut mir sehr leid, dass ich Ihnen keine andere Nachricht bringen kann. Sie hatte keine Chance.«

»Sie ist ...« Der Mann hielt mitten im Satz inne, sah, wie seine Frau auf dem Sofa zusammensackte. »Tot?«, fragte er dann. »Lisa ist tot?« Er sah Braigs zustimmende Kopfbewegung, eilte zu seiner Frau, kniete sich vor ihr nieder, drückte ihren Kopf an seine Brust.

Ihr lautes Schluchzen erfüllte minutenlang den Raum.

Braig starrte auf das Foto an der Wand, fühlte sich hundeelend. Die Schattenseiten seines Berufs – in Momenten wie diesen wurde er unmittelbar mit ihnen konfrontiert. Das junge, bildhübsche Mädchen mitten aus seinem jungen Leben gerissen – ein sinnloser, mit nichts, keinem einzigen ernst zu nehmenden Argument zu rechtfertigender Akt. Vor wenigen Jahren der Kindheit entsprungen, am Anfang des Weges zu einer selbst bestimmten Existenz, wie sollte man diesem unbarmherzigen Schicksalsschlag auch nur einen Hauch Verständnis abgewinnen?

Er versuchte, die Gedanken um das *Weshalb?* und *Wozu?* erst gar nicht aufkommen zu lassen, weil er ihrer mühsamen, absolut sinnlosen Diskussion mit all ihren psychischen Belastungen schon allzu oft erlegen war, konzentrierte sich auf die beiden Fotos an der Wand. Zwei junge Menschen, beide um die Zwanzig, von den Gesichtszügen her unverkennbar Bruder und Schwester, mit großen blauen Augen, auffallend schmalem Profil und langen blonden Locken. Ein Altersunterschied war kaum zu erkennen, der junge Mann vielleicht ein, zwei Jahre jünger als seine Schwester – Braig war sich nicht sicher, genauso gut konnte es sich auch um zweieiige Zwillinge handeln. Beide lächelten versonnen, fast schon leicht entrückt in die Kamera, ein melancholischer Zug spielte um beider Lippen. Zwei Menschen von außergewöhnlicher Schönheit, war er sich bewusst, einer Schönheit allerdings, die nicht dieser allerorten in den Medien abgelichteten anbiedernden, bestimmte Körperteile mehr ent- als verhüllenden, mit unzähligen Make-up-Töpfen zurecht gekleisterten 08/15-Hollywood-Norm entsprach, sondern einem natürlich-unaufdringlichen, fast aristokratisch anmutenden Ideal.

»Wo ist es passiert?«

Braig schrak aus seinen Gedanken, sah die fragende Miene des Mannes. Haag hatte seiner Frau einen Stuhl zurechtgerückt, stand hoch erhoben neben ihr hinter dem Tisch.

»Unterhalb der Comburg.«

»Der Comburg? Was wollte sie dort?«

»Wir wissen es nicht. Ich dachte, Sie ...« Braig ließ seinen Blick von seinem Gegenüber zu dessen Frau schweifen.

»Wir?« Haag schüttelte den Kopf. »Nein, wir können es Ihnen nicht sagen. Lisa wollte sich um 16 Uhr an der Michaelskirche mit diesem Meisner treffen. Bis gegen Abend, nicht länger. Meine Frau rief an, weil sie nichts von sich hören ließ. Aber da waren dann Sie am Apparat.«

»*Meisner*. Sie wissen wirklich nicht, um wen es sich dabei handelt?«

Der Mann schaute ratlos zu ihm her, warf dann einen Blick zu seiner Frau. »Sie hat nur den Namen erwähnt, sonst nichts, oder?«

Sie zuckte mit der Schulter, blieb stumm.

»Tut mir leid, wir kennen den Mann nicht. Ich habe seinen Namen heute zum ersten Mal gehört. Wahrscheinlich ist es ein Bekannter aus Tübingen. Lisa wohnt dort. Sie studiert Germanistik, Geschichte und Englisch im fünften Semester.«

»Die Adresse Ihrer Tochter. Dürfte ich sie bitte haben?«

»Lisas Adresse?« Haag zögerte, nannte dann die Straße und die Hausnummer. »Sie wohnt mit einer Freundin zusammen. Vanessa Kösel.«

Braig notierte sich den Namen und die Anschrift, wies auf die Fotos an der Wand. »Ihr Sohn studiert ebenfalls in Tübingen?«

»Andreas? Nein, er ist für vier Semester in Uppsala.«

»In Schweden?«, fragte der Kommissar überrascht.

»Margareta stammt von dort.« Haag wies auf seine Frau, verstummte für einen Moment, runzelte die Stirn. »Aber wieso interessiert Sie das alles? Ich denke, Lisa ist ...« Er stockte mitten im Satz, trat einen Schritt auf ihn zu. Mehrere Tränen perlten aus seinen Augen, liefen die Wangen hinab. »Ein Unfall, oder?« Er fuhr sich mit dem rechten Handrücken übers Gesicht, wischte die Tränen ab.

Braig wusste nicht, was er antworten sollte. Dem Mann die Wahrheit sagen? Seiner ohnehin schon unerträglichen Botschaft zusätzliche Schärfe verleihen? Er sah den lauernden Blick, die ganze, Misstrauen spiegelnde Miene seines Gesprächspartners, wusste, dass er ihm die Wahrheit nicht ersparen konnte, all seinen Bedenken zum Trotz. »Sie müssen verzeihen«, sagte er dann, sich dem Sachverhalt nur vorsichtig nähernd, »es war kein Unfall, nein.«

»Nicht?« Haags Gesichtszüge verzerrten sich zur Grimasse. Er riss seinen Mund weit auf, versuchte Worte zu finden, seinen Verdacht zu äußern, brachte nur ein hilfloses Stammeln zuwege. »Kein ... aber doch nicht ...?«

»Sie wurde erscho...« Braigs Worte erstarben im Schreien zweier schrecklich geplagter Menschen.

6. Kapitel

Neundorf hatte selten einen Raum mit solch eindrucksvoll zur Geltung gebrachten Bildern erlebt wie diesen. Zwei großformatige, in schlichte hellbraune Holzrahmen gefasste Gemälde, eines an jeder der beiden Längswände, von kleinen, beidseitig angebrachten Strahlern effektvoll in Szene gesetzt. Schon beim Betreten des großen, mit dicken Orientteppichen, zwei voluminösen dunkelroten Polstergarnituren und einem niedrigen rechteckigen Holztisch ausgestatteten Zimmers hatte sie ihrer Begeisterung offen Ausdruck verliehen. Sie war mitten im Raum stehen geblieben, hatte das zauberhafte Porträt eines an einem Wiesenhang mit einem dünnen Stock spielenden Mädchens betrachtet. »Alle Achtung. Sie lieben die Impressionisten?«

Dr. Manuel Riederich war neben sie getreten, den Stolz des Besitzers des Kunstwerks im Blick. »Sie kennen sich aus, wie ich sehe. *Camille Pissarro: Mädchen mit Gerte.* Er hat es 1881 gemalt. Das Original hängt in Paris im Musée d'Orsay: Aber der Druck ist auch gut gelungen:»

»Sehr gut. Und hervorragend ausgeleuchtet.«

»Eine Idee meines Vaters. Er liebt Pissarro, weil der sich wie er als ein Mensch vom Land und als Sozialist verstand.«

Neundorf wandte ihren Blick ungläubig von dem Bild weg, musterte den Mann neben sich. »Ihr Vater versteht sich als Sozialist?« Sie zeigte auf die Einrichtung des Zimmers, brachte ihre Skepsis zum Ausdruck. »Das klingt aber etwas widersprüchlich, oder?«

»Sie dürfen sich nicht täuschen lassen. Meine Eltern lebten immer sehr sparsam. Extrem sparsam. Fast am Existenzminimum, wenn ich es genau ausdrücken darf. Die Firma ist nicht vom Himmel gefallen. Sie geht auf jahre-, eigentlich sollte ich sagen, jahrzehntelange Arbeit und, ja, ich benütze diesen Ausdruck, weil er mir passend scheint, asketische Lebensführung zurück. Wissen Sie, wie meine Schwester und ich aufwuchsen? Wir mussten nach der Schule mithelfen, Metallteile sortieren, jeden Tag. Das waren unsere Spiele: Stücke mit sauber ausgestanzten Löchern in den einen Behälter, Stücke mit weniger perfekter Bearbeitung, aber der Möglichkeit, nachzubessern, in den zweiten und leicht verkorkste Teile in den dritten Behälter. Nur völlig verdorbene Exemplare kamen zum Altmetall und wehe, mein Vater stieß dort auf Stücke, aus denen man mit viel Mühe eventuell doch noch etwas hätte machen können: Dann war das Wochenende für Freitzeitvergnügungen jedweder Art gestrichen. Samstag und Sonntag. Dann durften wir zwei weitere Tage sortieren. Sie sollten sich nicht täuschen lassen: Eine Firma mit fast fünfzig Beschäftigten, die konkurrenzfähig bleiben will, lässt sich nicht gerade so aus dem Boden stampfen.«

»Ihr Vater hat die Firma selbst aufgebaut?«

Dr. Riederich zog seine dunkelblaue Jacke zurecht, bestätigte ihre Vermutung. »Er lernte beim Bosch, machte sich mit Zweiunddreißig selbständig. Ein großes Risiko. Er gab seinen guten Verdienst und den absolut sicheren Arbeitsplatz auf und wechselte zu einer Sieben-Tage-Woche. Kein freier Tag, kein Urlaub, nichts mit Krankheit und so. Und die ganze Familie eingespannt. Meine Mutter, die beiden Omas und der Vater meiner Mutter. Dazu wir Kinder.«

»Aber heute lässt sich feststellen: Es hat sich gelohnt,« betonte Neundorf. So langsam, aber sicher ging ihr die Selbstbeweihräucherung des Mannes auf die Nerven.

»Je nachdem. Wir tragen Verantwortung für fünfzig Arbeitsplätze. Im Moment haben wir genügend Aufträge, alle zu beschäftigen. Aber wie lange das geht, kann niemand sagen. Die Verhandlungen werden immer härter. Die Konkurrenz von Jahr zu Jahr größer. Noch verdienen wir gut. Aber ob das so bleibt?«

Neundorf drehte sich zur Seite, betrachtete das Bild auf der gegenüberliegenden Wand. »Noch ein *Pissarro*?«

»Exakt. *Die Wollkämmerin*. Von 1875. Aber ebenfalls nur ein Druck. Das Original hängt in Zürich.«

Das Gemälde zeigte eine im Freien auf einem Stuhl unter einem Baum sitzende, mit einer Stoffhaube und einer langen blauen Schürze bekleidete Frau, die damit beschäftigt war, weiße und bräunliche Schafwolle zu bearbeiten und sie in einem großen Korb aufzubewahren.

»Pissarro lebte zeitweilig zwar in Paris, fühlte sich in der Großstadt aber vom wahren Dasein entfremdet«, erläuterte Dr. Riederich. »Die Arbeit in den Fabriken, das Gewühl der Menschenmassen, die ständige Hektik und der damals schon allgegenwärtige Lärm waren ihm Symbol für die Verfehlung des Menschen. Im Leben auf dem Land dagegen, im täglichen Kontakt mit der Natur, im schlichten Dasein des Alltags auf dem Dorf können wir zu uns selbst finden, war seine Überzeugung. Nicht die künstlich illuminierte Welt der Städte, nicht das triviale Unterhaltungsangebot der Metropole hilft dem Menschen, den Sinn seiner Existenz zu finden – im Gegenteil, nur der ehrliche, aufrichtige Einklang mit der Natur, wie ihn die einfachen Leute auf dem Land pflegen, führt zu diesem Ziel. Das wollte er mit seinen Bildern zum Ausdruck bringen.«

»Und wie vereinbart sich das mit diesem Haus mitten in der Altstadt von Markgröningen?«

»Wie sich das vereinbart? Na ja, die Altstadt hier verfügt schon über einen außergewöhnlichen Flair, finden Sie nicht?«

Dr. Riederich lief zum Fenster, öffnete beide Flügel, bat Neundorf einen Blick nach draußen zu werfen.

Ein Schwall kalter Luft drang in den Raum, ließ sie unwillkürlich frösteln. Sie trat zur Brüstung vor, sah keine hundert Meter von sich entfernt den Marktplatz mit der von mehreren Strahlern aus dem nächtlichen Dunkel ins Licht getauchten prächtigen Fachwerkfassade des berühmten Rathauses. Der Anblick war ihr von mehreren Besuchen in der romantischen Stadt, von Bildern und Prospekten längst vertraut, beeindruckte aus dieser Perspektive dennoch in einzigartiger Weise.

»Das Rathaus stammt aus dem 15. Jahrhundert. Ursprünglich war es ein Kaufhaus, in dem landwirtschaftliche Produkte angeboten wurden. Im ersten Stock befand sich der Wollmarkt, darüber die Amts- und Gerichtsräume. Und was die Verbindung zum Landleben betrifft – Markgröningen war immer eine Ackerbürgerstadt. Ackerbau, Weinbau, Schafzucht und die daraus resultierenden Berufe wie Bäcker, Metzger, Müller, Küfer, Wagner und Sattler dominierten die Wirtschaft. Die meisten Häuser der engen *Finsteren Gasse,* die Sie links vom Rathaus sehen, wurden von Ackerbürgern errichtet. Der Stall befand sich im Erdgeschoss, darüber wohnten die Leute. In den oberen Stockwerken trockneten sie ihr Getreide.«

Neundorf atmete tief durch, zeigte sich beeindruckt. »Hier wohnen zu dürfen ist ein Geschenk. Hoffentlich verfügen Sie auch über die Zeit, es zu genießen.«

»Sie haben das Problem erkannt.«

Er drückte sich wieder zur Brüstung vor, schloss beide Fensterflügel. »Es war schon immer der Traum meiner Eltern, hier zu leben. Als das Haus zum Verkauf stand, griff mein Vater zu. Ein Glücksgriff für uns alle.«

Sie signalisierte ihm schweigend Zustimmung, versuchte, sich auf ihr Anliegen zu konzentrieren. »Aber dieses Glück scheint Ihnen irgendjemand nicht zu gönnen.«

Dr. Riederich wies auf das Sofa, bat seine Besucherin, Platz zu nehmen, setzte sich ihr gegenüber. »Darf ich Ihnen etwas zum Trinken anbieten?«

Neundorf schüttelte den Kopf, musterte ihr gut aussehendes Gegenüber unter Pissarros *Mädchen mit Gerte.* Er hatte kurze dunkle Haare, ein trotz der kalten Jahreszeit intensiv gebräuntes Gesicht, trug einen dunkelblauen Anzug und ein weißes Hemd. Einzig die Krawatte fehlte. Ein offensichtlich sehr kultivierter, überaus charmanter Mann Mitte Vierzig mit – wenn ihre bisherigen Informationen stimmten – Frau, zwei Kindern, ansehnlichem Besitz und außergewöhnlichem beruflichem Erfolg. Wer hatte ihm nach dem Leben getrachtet? Sie wusste, dass sie sich der zentralen Fragestellung nur vorsichtig nähern, sie nur langsam, Stück für Stück einkreisen konnte. Das Attentat war in Backnang, etwa 50 Kilometer von Markgröningen entfernt, erfolgt. Wer hatte gewusst, dass Dr. Riederich sich zu dieser Stunde dort aufhalten, dazu in dieser Straße zu finden sein würde? War ihm jemand den Tag über gefolgt?

»Darf ich wissen, was Sie gestern Abend in Backnang zu tun hatten? Waren Sie allein dort, war es ein geschäftlicher Termin oder war Ihr Aufenthalt privater Natur?«, fragte sie.

»Was ich ...?« Er stutzte, schüttelte den Kopf. »Weshalb ... Ich meine ... wieso interessiert Sie das?«

»Na ja, wer immer Sie gestern bedrohte, er wusste offensichtlich darüber Bescheid, wo Sie nach Anbruch der Dunkelheit, die es jedem Attentäter leichter macht, unerkannt zu entkommen, zu finden sein würden. Er muss also entweder über Ihre Gepflogenheiten oder über Ihre Termine informiert gewesen oder Ihnen den ganzen Tag gefolgt sein.«

»Mir den ganzen Tag gefolgt sein?«

»Ja, obwohl ich das eher für unwahrscheinlich halte. Eine Person, die Ihre Termine oder Ihre Gepflogenheiten kennt, hat das nicht nötig. Oder ist Ihnen jemand aufgefallen?«

»Ich glaube nicht, dass es Absicht war«, antwortete er.

Neundorf versuchte überrascht, den Sinn seiner Worte zu verstehen. »Das Attentat?«

»Es war kein Attentat.«

»Was dann?«

»Ein Unfall.«

»Aber die Aussagen der Zeugen und der verletzte Mann?«

Unmittelbar nach ihren Gesprächen in der Buchhandlung hatte sie die Staatsanwaltschaft über das Geschehen und die bisherigen Ermittlungsergebnisse informiert. Anschließend war sie zum Backnanger Kreiskrankenhaus gefahren, um von Bernhard Haigis Auskunft über seine Beobachtungen zu erhalten. Dies musste allerdings aufgeschoben werden, weil sich der Mann einer Operation seines Oberschenkelhalses – verursacht durch den Vorfall in Backnang – hatte unterziehen müssen.

»Wahrscheinlich handelte es sich um einen Betrunkenen. Der Kerl wollte losfahren und verlor die Herrschaft über seinen Wagen.«

»Wieso fuhr er dann so zielstrebig genau auf Sie zu?«

»Der fuhr nicht zielstrebig auf mich zu. Das ist eine Fehlinterpretation. Der überschätzte seine Fahrtüchtigkeit, klemmte sich hinters Steuer und begriff erst beim Losfahren, wie betrunken er war. Zum Glück konnte ich mich noch zur Seite werfen, ohne dass er mich erwischte.«

»Sie haben keinerlei Verletzung davon getragen?«

Dr. Riederich winkte mit der Rechten ab. »Nur hier an der Hand eine kleine Abschürfung.« Er streckte ihr die Hand entgegen. »Nicht der Rede wert.«

Sie warf einen Blick auf den Handrücken, konnte keinerlei Spuren einer Verletzung erkennen. »Dann haben Sie wirklich Glück gehabt. Dieser Herr Haigis allerdings weniger. Der hat einen Oberschenkelhalsbruch erlitten. Eventuell eine komplizierte Sache, wie mir der Arzt berichtete.«

»Der Mann, der in der Nähe lief? Das tut mir leid. Das höre ich jetzt zum ersten Mal.«

»Sie kennen ihn?«

»Nein. Woher?«

»Ich dachte, Sie waren vielleicht gemeinsam unterwegs.«

»Nein, tut mir leid. Wie heißt der Mann?«

»Haigis«, antwortete Neundorf. » Bernhard Haigis.«

»Nie gehört.« Dr. Riederich schüttelte den Kopf.

»Und Sie können sich wirklich nicht vorstellen, dass es ein Anschlag auf Sie war?« Sie musterte das Gesicht ihres Gegenüber, sah seine abwehrende Handbewegung.

»Es gibt keinen Grund dafür, weder privat noch beruflich. Ich bin glücklich verheiratet, habe zwei nette, na gut, im Moment etwas pubertierende, also öfter mal zickige Kinder und eine liebe Frau, die sich, ich glaube, das kann ich wirklich garantieren, mit mir als einzigem männlichen Wesen begnügt, so dass es keinen Grund für sie gibt, mich loswerden zu wollen.«

Er hatte ein süffisantes Lächeln aufgesetzt, versuchte, ihre Besorgnis mit lautem Lachen ad absurdum zu führen. »Und beruflich gibt es ebenso wenig Anlass, sich Sorgen zu machen. Die Firma gehört uns, also meinen Eltern und mir, und wir gehen uns gegenseitig garantiert nicht an den Kragen.«

»Wie steht es mit Konkurrenz?«

»Konkurrenz?« Er beruhigte sich langsam wieder, musterte sie skeptisch. »Natürlich haben wir Konkurrenz. Unübersehbar viel Konkurrenz sogar. Firmen in allen Teilen der Welt. Aber deren Produkte sind im Moment einfach schlechter, die haben keine Chance. Da hilft es doch nichts, einen Killer zu schicken.«

»Darf ich fragen, was Sie produzieren?«

»Das dürfen Sie gern. Es ist allerdings nicht ganz einfach zu erklären. Am besten beschreibe ich es so: Wir bemühen uns, den Spaß am Autofahren zu vergrößern, wo immer es nur geht. Wir produzieren Heckspoiler, verschiedene Formen von Auspuffrohren, Verkleidungen der Karosserie fast aller gängigen Fahrzeugtypen. Alles, was das Herz begehrt, sage ich immer. Sie müssen uns nur mitteilen, was Ihnen gerade in den Sinn kommt, schon stehen wir Gewehr bei Fuß und überlegen, wie wir Ihnen Ihren Wunsch am preiswertesten erfüllen können. Was immer Sie planen, Ihr Fahrzeug schöner und auffälliger zu stylen, wir helfen Ihnen, damit Sie sich besser aus der Masse abheben. Kleider machen Leute, sagte man früher. Darüber sind wir doch längst hinaus.« Riederich lachte laut. »Heute muss das heißen: Autos machen Leute! Verstehen Sie? Wir können Ihnen helfen, aus Ihrem Typ etwas zu machen. Damit andere auf Sie aufmerksam werden! Wer solch ein tolles Fahrzeug fährt ... das muss doch ein besonderer Mensch, verzeihen Sie, eine besondere Frau sein. Nutzen Sie unsere Erfahrung! Wir haben eine riesige Auswahl zu bieten.«

»Also haben Sie nichts mehr mit der Produktion kleiner Metallteile zu tun wie Ihr Vater?«, fragte Neundorf.

»Nein, das ist vorbei. Wir mussten uns weiterentwickeln, sonst hätten wir aufgeben müssen. Solche Metallteile, wie wir sie früher produzierten, werden inzwischen in China oder Vietnam hergestellt. Weit billiger als wir es könnten.«

»Aber Sie haben wirklich keine Angst vor Konkurrenten?«

Dr. Riederich schnappte nach Luft, bewegte sich etwas schwerfällig auf dem Sofa hin und her. »Natürlich haben wir Angst vor Konkurrenz. Die kaufen sich ganz legal eine unserer Apparaturen, schrauben sie bis zur letzten Mutter auseinander und versuchen, sie nachzubauen. In China, Malaysia, Vietnam – und was weiß ich wo überall. Dazu bieten sie unseren Ingenieuren Millionen, um an die Patente ranzukommen oder Mitarbeiter zu bestechen. Das läuft ständig so, ohne Zweifel. Aber da kommt doch keiner auf die Idee, mich anzufahren, um unsere Firma zu ruinieren.«

Das klang plausibel, war Neundorf klar. Den Juniorchef der Firma umzubringen, um die Konkurrenz zu schwächen – darin war nur schwer Logik zu erkennen. Dann handelte es sich also doch nicht um ein Attentat, sondern um Zufall, verursacht durch einen betrunkenen Autofahrer?

»Diese seltsamen Zeugen, die gesehen haben wollen, dass der Kerl mit Absicht auf mich losgefahren sei, täuschen sich. Es war doch längst dunkel. Wie wollen sie da so etwas genau beobachten?«

Sie wusste nicht, was sie antworten, wie sie mit seinem Argument umgehen sollte. Auch diese Überlegung klang logisch und voll und ganz nachvollziehbar. Die Vermutung, es handele sich um ein bewusst vollzogenes Attentat und nicht um einen aus Unachtsamkeit erfolgten Unfall basierte allein auf den im Dämmerlicht der längst angebrochenen Nacht erfolgten Beobachtungen zweier vom Licht ihrer Buchhandlung geblendeten Frauen sowie zweier vom Ort des Geschehens etwa fünfzig Meter entfernter Männer. Fünfzig Meter entfernt, überlegte sie, und das bei Nacht.

»Sie sollten sich die Mühe ersparen, weitere Untersuchungen anzustellen«, forderte Dr. Riederich sie auf. »Wenn diese Polizeistreife nicht zufällig, Sekunden nachdem der Kerl gerade weggerast war, dort vorbeigekommen wäre, und diese beiden Männer nicht so laut geschrien hätten – alles wäre vergessen. Nur weil Ihre Kollegen unbedingt meine Personalien verlangten und sich von meinem Doktor-Titel beeindrucken ließen, kamen sie auf die Idee, das Ganze so aufzubauschen. In Wirklichkeit ist doch nichts passiert.«

»Sie täuschen sich. Herr Haigis liegt mit gebrochenem Oberschenkelhals im Krankenhaus.«

Dr. Riederich zog seine Jacke zurecht, lehnte sich zurück. »Das tut mir leid, ja. Zumal ich den Mann überhaupt nicht bemerkt habe. Ich überquerte die Straße und sprang auf den Gehweg, als ich das Auto auf mich zu rasen hörte. Dabei fiel ich auf den Boden und schürfte mir die Hand leicht auf. Aber wie gesagt, nicht der Rede wert.« Er hielt seine Rechte hoch, musterte sie. »Bis ich mich erhoben hatte, waren schon ihre Kollegen da. Mehr ist mir nicht bekannt. Ich habe von dem Auto nichts gesehen. Es war Zufall, glauben Sie mir, purer Zufall.«

»Sie haben wirklich keine Angst um Ihre Sicherheit?«

Dr. Riederich lachte laut auf. »Um meine Sicherheit?« Er beugte sich weit vor, starrte sie mit großen Augen an. »Nein, wirklich. Vergessen Sie es. Um meine Sicherheit habe ich keine Angst.«

7. Kapitel

Mitten in der Nacht hatte es angefangen zu regnen. Braig hatte sich im Bett hin- und hergewälzt, stets darum bemüht, seine mit gleichmäßigen Atemzügen neben ihm ruhende Partnerin nicht zu wecken, hatte Stunde um Stunde vergeblich versucht, das anscheinend unwiderruflich in sein Gedächtnis eingebrannte Bild des neben den Stamm der Linde hingestreckten Mädchens wenigstens für den Verlauf der Nacht auszulöschen und in den Schlaf abzutauchen. So müde, erschöpft und ausgebrannt er sich fühlte, es wollte ihm nicht gelingen. Jedes einzelne Auto auf der nahen Rotebühlstraße, jeder aufheulende Motor, jedes abrupte Bremsen wurde von ihm registriert, ob er sich dagegen wehrte oder nicht. Lag es allein am Schicksal des Mädchens oder trug das Wetter, dessen drastische Änderung sich draußen von Stunde zu Stunde mit immer heftigerem Prasseln und zunehmend aggressiveren Windböen bemerkbar machte, zu seiner inneren Unruhe bei? Er wusste es nicht, hatte keinen Erfolg, sich ein anderes Bild als das, mit dem er vor wenigen Stunden unterhalb der Comburg konfrontiert worden war, vor Augen zu holen.

Nicht lange vor Mitternacht, mit dem letzten Zug, war er nach Hause gekommen, nachdem er mit einer Handvoll Kollegen des Schwäbisch Haller Reviers alle in der Umgebung der Lindenallee gelegenen Häuser aufgesucht hatte, um deren Bewohner nach Beobachtungen zu fragen, die in irgendeiner Weise mit dem Tod des Mädchens zu tun haben konnten. Wie in unzähligen seiner Ermittlungen hatte es lange danach ausgesehen, dass sich trotz aller Bemühungen nicht ein einziger sinnvoller Hinweis auf die Umstände des

Verbrechens würde feststellen lassen, dann jedoch, kurz nach 21 Uhr waren sie auf einen vor seinem Elternhaus vom Fahrrad steigenden jungen Mann gestoßen, der sich daran erinnerte, am frühen Abend nicht lange nach Einbruch der Dämmerung einen »dicken BMW« mit irrsinniger Geschwindigkeit vom Parkplatz am unteren Ende der Lindenallee wegrasen gesehen zu haben. Woher das Auto gekommen und wer es gefahren hatte, konnte Sven Kleiber, so der Name des 17-Jährigen, nicht sagen, des Fabrikats und der Farbe des Wagens aber war er sich absolut sicher. Ein dicker BMW, wahrscheinlich ein Fahrzeug der Fünfer-Reihe – wenigstens diesen Hinweis hatte Braig am Abend noch in den Fahndungscomputer eingeben können. Der Fahrer war wie ein Verrückter vom kleinen Parkplatz auf die Straße geprescht und Richtung Hessental verschwunden – mehr hatten alle Befragungen nicht ergeben.

Vergeblich geblieben waren dagegen die Versuche Braigs, Vanessa Kösel, die Mitbewohnerin Lisa Haags in Tübingen telefonisch zu erreichen – kein großes Wunder an einem Freitagabend, den wohl nur wenige junge Leute zu Hause verbrachten. Die Identität des Mannes zu ermitteln, mit dem Lisa Haag sich wenige Stunden vor ihrem gewaltsamen Tod hatte treffen wollen, war deshalb unmöglich geblieben; den Namen Meisner, falls der Gesuchte überhaupt so hieß und sich auch genau so schrieb, gab es laut Auskunft zu oft, als dass man alle Personen an diesem Abend noch hätte überprüfen können. Braigs große Hoffnung hatte sich deshalb auf die Auflistung sämtlicher Telefonate und SMS-Verbindungen gerichtet, die Lisa Haag in den letzten Tagen mit ihrem Handy geführt hatte. Alle Versuche, eine Übersicht darüber zu erlangen, waren jedoch schlicht und einfach daran gescheitert, dass es Dolde, der sich fast zwei Stunden darum bemüht hatte, nicht gelungen war, bei der zuständigen Telefongesellschaft einen kompetenten Gesprächspartner zu erreichen.

»Freitagabend«, hatte der Techniker schließlich resigniert, »da arbeitet niemand mehr.«

Mit dem Gedanken, sich am Samstag sofort darum zu bemühen, hatten sie sich voneinander verabschiedet.

Braig war erst am frühen Morgen in einen – wenn auch unruhigen – Schlaf versunken, den Anblick des getöteten Mädchens vor Augen, gegen die Fenster preschende Windböen und den immer nur für wenige Minuten verebbenden Autolärm auf der Straße im Ohr. Was ist das für eine Welt, was sind das für Existenzen, die ihren jüngsten, kaum ins Leben getretenen Mitgeschöpfen solches antun? Was muss mit einem Menschen geschehen sein, in welchem Morast von Hass und Aggressionen muss er sich verfangen haben, dass er sich zu dieser Tat hinreißen lassen kann? Braig war unwillkürlich wieder jener grauenvolle Mord in den Sinn gekommen, der sie im letzten Sommer über Wochen hinweg in Atem gehalten hatte: Ein 19-jähriger Schüler war von zwei 18-jährigen Männern am späten Abend auf eine Wiese am Rand seines Heimatortes im Remstal gelockt und dort – im wahrsten Sinn des Wortes – totgeprügelt worden, aus Eifersucht, wie sie später festgestellt hatten. Zwei Tage nach dem brutalen Geschehen hatten sich die beiden Täter gemeinsam mit einem weiteren jungen Mann daran gemacht, die Leiche in einer Lagerhalle in Bad Cannstatt zu zerstückeln – nur wenige hundert Meter vom Landeskriminalamt entfernt. Nochmals zwei Tage später waren die Männer dann mit den Leichenteilen, Blumenkübeln und Zementsäcken in der Wohnung einer Bekannten erschienen und hatten die sterblichen Überreste dort in ihrem Badezimmer in die

Blumenkübel einbetoniert, um sie anschließend im Wasser des Neckars und einem abgelegenen Waldstück zu entsorgen. Braig spürte heute noch Übelkeit in sich aufsteigen, wenn er an die damaligen Ermittlungen dachte. Abgründe von Hass und Aggressionen hatten sich urplötzlich aufgetan, Berge von unbewältigten Emotionen, in deren Strudel Menschen sich in Bestien verwandelt hatten. Wie im Fall des getöteten Engels unterhalb der Comburg?

Unruhig, von Alpträumen geplagt, hatte er sich hin und her gewälzt, war erst kurz vor Neun am Morgen zu sich gekommen, Ann-Katrins sanfte Hände auf seiner Stirn. Unverhofft dem Abgrund einer wirren Hölle entrissen, hatte er überrascht zu ihr aufgesehen, ihre Worte erst nach zweimaliger Wiederholung verstanden.

»Was ist mit dir los?«

»Mit mir?«, fragte er. »Was soll mit mir los sein?«

»Du hast geschrien. Zweimal. So laut, dass ich Angst bekam.«

Er fuhr sich übers Gesicht, versuchte, sich zu erinnern, ohne Erfolg. »Ich muss geträumt haben.«

»Das tote Mädchen?«

»Wie sie auf dem Boden liegt, neben dem Baum.« Noch in der Nacht, unmittelbar nachdem er nach Hause gekommen war, hatte er es ihr erzählt.

»Die armen Eltern. Hoffentlich kommen sie über ihren Tod hinweg. Wenn ich daran denke, dass unserem Kind ...« Sie senkte den Blick, strich mit der Handfläche über ihren Bauch.

»Unser Kind?«, fragte er, leicht verwirrt.

»Ich merke jeden Tag, wie sich die Welt für mich verändert. Von dieser Warte beurteilst du vieles ganz anders. Manchmal ertappe ich mich dabei, wie ich an meine Mutter denke und ihre Worte im Ohr habe, Wünsche und Ermahnungen, die mich damals fast zur Weißglut brachten. Und jetzt muss ich zugeben, dass ich sie im Nachhinein immer öfter verstehe und ihr zustimme, so unvorstellbar mir das früher auch schien.«

Braig versuchte, endgültig wach zu werden, rieb sich die Augen.

»Wie haben sie reagiert?«, fragte sie.

»Lisa Haags Eltern?«

Ann-Katrin Räuber nickte.

»Die Mutter war völlig daneben, kurz vor dem Zusammenbruch. Sie hat sofort begriffen, was mit ihrer Tochter geschah. Der Vater ...« Er schwieg einen Moment, holte sich die Szene vom Vorabend wieder vor Augen. »Ich glaube, er versuchte, die schreckliche Nachricht, die ich ihm brachte, nicht an sich heranzulassen, sich vor ihr abzuschotten. Die Realität auszublenden, wenn du verstehst.«

»Du hegst einen Verdacht gegen ihn?«

Er musterte sie überrascht, ließ sich auf ihre Andeutung ein. Albrecht Haag als Mörder seiner eigenen Tochter? Der Vater des Mädchens als Täter? So fern, wie es auf den ersten Blick anzumuten schien, lag der Gedanke nicht. Streitereien, Konflikte, Körperverletzungen und Totschlag resultierten in der überwiegenden Anzahl der Fälle innerhalb persönlicher Beziehungen – die Aussagen der Kriminalstatistik waren unbequem, aber eindeutig. Nirgendwo gab es so viele tätliche Auseinandersetzungen wie im direkten Umfeld, im Verwandten- und Bekanntenkreis. Selten genug handelte es sich bei den überführten Tätern eines Gewaltverbrechens um völlig Fremde, dem Opfer Unbekannte – auch wenn die öffentliche Meinung vom Gegenteil dieser belegbaren Tatsache überzeugt schien. Es war bequemer, das und die Bösen weit ab von sich selbst als in der unmittelbaren Nähe zu vermuten. Der unbekannte Fremde als Verbrecher machte sich prinzipiell besser als den Totschläger, Vergewaltiger oder Mörder in der eigenen Familie suchen zu müssen.

Braig waren all diese Fakten zur Genüge bekannt. Trotzdem hatte er das Alibi Albrecht Haags nicht überprüft, ja, nicht einmal hinterfragt. Doch stand das jetzt wirklich schon auf der Tagesordnung? Durfte er das der leidgeprüften Familie antun? Er holte sich Ann-Katrins Frage ins Gedächtnis, schüttelte den Kopf. »Nein, ich habe ihn nicht im Verdacht. Dazu ist es noch viel zu früh.« Zuerst musste er den am späten Abend aufgeworfenen Fragen nachgehen, das persönliche Umfeld der Getöteten überprüfen, ihre Verabredung abchecken, bevor er denjenigen, die von ihrem Tod wohl am meisten betroffen waren, auf den Zahn fühlte. Das war nicht nur eine Frage des Anstands, sondern auch der ermittlungstechnischen Notwendigkeit. »Wie spät ist es?«, erkundigte er sich.

»Zehn vor neun.«

»Oh, nein!« Er sprang direkt aus dem Bett ins Bad, drehte das Duschwasser auf, spülte sich die Müdigkeit vom Leib. Nach und nach fiel ihm ein, was er als Erstes zu tun hatte: Sich um ein Gespräch mit Vanessa Kösel, der Mitbewohnerin Lisa Haags bemühen, weiter nach diesem Meisner suchen und eine Übersicht der letzten Gespräche der Getöteten in Auftrag geben. Es würde nicht einfach, soviel war sicher, dies alles an einem Samstag in Angriff zu nehmen.

Er drehte das Wasser ab, stieg aus der Dusche, griff nach seinem Handtuch. Samstagmorgen. Wenn er Glück hatte, lag die junge Frau noch im Bett, allein oder zu zweit, sich von den Erlebnissen einer langen Nacht erholend.

Braig trocknete sich ab, schlüpfte in frische Wäsche. Er sah Ann-Katrin in der Küche sitzen und in der Zeitung lesen, hatte das Aroma frisch gebrühten Kaffees in der Nase. Er huschte an der geöffneten Tür vorbei, hörte ihre Stimme: »Du kommst frühstücken?«

»Fünf Minuten noch, bitte.« Er griff zum Telefon, rief im Amt an, ließ sich die Nummer Vanessa Kösels in Tübingen geben, stellte fest, dass es sich um eine Handy-Verbindung handelte, wählte. Nach kurzem Warten hatte er die verschlafen klingende Stimme einer jungen Frau am Apparat.

»Ja?«

»Hier ist Braig. Spreche ich mit Vanessa Kösel?«

Kurzes Zögern, dann kam die Antwort. »Ja, um was geht es?«

»Lisa«, sagte er. »Lisa Haag.«

Diesmal musste er nicht lange warten. »Die ist nicht da. Erst am Montag wieder.«

»Am Montag? Nein. Am Montag wird sie nicht ...«

Vanessa Kösel fiel ihm mitten ins Wort. »Warum rufen Sie mich an? Reden Sie doch mit ihr selbst. Hier, ich gebe Ihnen ihre Nummer.«

Er hörte, wie sie ihr Handy bearbeitete, hatte ihre Stimme wieder am Ohr.

»So, jetzt habe ich Lisas Nummer. Geben Sie sie bitte ein.«

»Das nützt mir nichts«, antwortete er. »Ich habe die Nummer schon.« Er nannte die Ziffern, bemerkte ihre Verwirrung.

»Also, Sie sind wirklich gut. Sie haben Lisas Nummer?! Darf ich wissen, weshalb Sie sie dann nicht direkt anrufen, sondern mich am frühen Samstagmorgen aus dem Schlaf reißen?«

»Das tut mir leid«, sagte Braig. »Ich bin von der Polizei. Ich muss mit Ihnen sprechen.«

»Polizei?«

Er hörte einen dumpfen Schlag, dann, etwas entfernt ein nur schwer verständliches Schimpfen, hatte die Stimme der jungen Frau dann wieder in der Leitung. Vor Schreck war ihr wohl das Handy aus der Hand gefallen.

»Sie wollen mich auf den Arm nehmen, was?«

»Nein«, antwortete er, »wirklich nicht. Wenn Sie mir nicht glauben, rufen Sie bitte im Landeskriminalamt an und fragen nach mir. Mein Name ist Braig. Kriminalhauptkommissar Steffen Braig.«

»Kriminalhauptkommissar? Mein Gott, was ist denn passiert?«

»Lisa, Ihre Mitbewohnerin, richtig?«

»Ja, was ist mit ihr?«

»Sie waren, äh, sind mit ihr befreundet? Oder ist es Zufall, dass Sie eine gemeinsame Wohnung haben?«

»Sie *waren*?«, wiederholte sie seine Worte. »Was soll das heißen? Lisa ist doch nichts passiert?«

»Sind Sie mit ihr befreundet? Ja oder nein?«

»Na ja, was heißt befreundet. Ich wohne seit drei Monaten mit ihr zusammen, weil ihre Freundin ein Stipendium in Frankreich erhalten hat. Wir haben uns inzwischen etwas kennengelernt, sagen wir mal so.«

»Sie kennen sich also nicht näher?«

»Näher? Das kommt darauf an, was Sie darunter verstehen.«

»Wissen Sie, was Lisa Haag gestern vorhatte?«

»Sie ist zu ihren Eltern gefahren, nach Schwäbisch Hall, denke ich. Das hat sie mir jedenfalls erzählt.«

»Und mit wem sie sich dort treffen wollte, wissen Sie das auch?«

»Ja, mit wem wohl? Mit ihren Eltern, oder?«

»Das schon, ja«, sagte Braig. »Ein Herr Meisner, kennen Sie den?«

»Meisner? Nein.«

»Der Name sagt Ihnen nichts?«

»So auf die Schnelle, nein. Warum wollen Sie das alles von mir wissen? Wieso fragen Sie nicht Lisa selbst? Ihr ist doch nichts passiert?«

»Doch«, antwortete Braig, »leider, doch. Ich muss Sie dringend persönlich sprechen und mir Lisa Haags Zimmer anschauen. Kann ich das heute noch tun?«

»Lisas Zimmer anschauen? Mein Gott, jetzt sagen Sie schon was passiert ist!«

»Ihr ist etwas zugestoßen.«

»Aber doch nicht ...«

»Hören Sie, was passiert ist, werde ich Ihnen persönlich erzählen, einverstanden? Wann kann ich zu Ihnen kommen, so in zwei Stunden etwa, wäre das möglich?«

»Zwischen elf und zwölf? Okay, ja, dann kann ich vorher noch einkaufen. Aber Lisa ist doch nicht ...«

Braig vertröstete die junge Frau auf das persönliche Gespräch, ließ sich von ihr beschreiben, wo die Schelling-Straße lag, ging zum Computer. Er druckte die Verbindungen nach Tübingen aus, sah, dass es zu einem kurzen Frühstück reichte, trat in die Küche.

»Das Mädchen ist wirklich schön wie ein Engel«, sagte Ann-Katrin, auf ein Bild in der Zeitung deutend.

Er beugte sich zu ihr nieder, betrachtete das Passfoto, das neben dem Artikel über Lisa Haags Tod abgedruckt war, ärgerte sich augenblicklich darüber, dass es einem Journalisten gestern Abend noch gelungen war, sich ein Foto des Mädchens zu besorgen, nickte. »Wie ich es dir beschrieben habe.«

»Sie spekulieren über die Hintergründe des Mordes.«

»Sie spekulieren?« Braig griff nach der Thermoskanne, schenkte sich Kaffee in seine Tasse. »Ja, das tun sie gern.

Auch wenn sie nichts wissen, nicht über einen einzigen Anhaltspunkt verfügen. Spekulieren. Aufbauschen. Einen Elefanten aus einer Maus machen. Das lieben sie. Ja.« Er seufzte laut.

»Was hast du vor?«

Braig zog sich einen Stuhl her, nahm Platz, schmierte sich ein Brot. »Ich fahre nach Tübingen zu der jungen Frau, mit der sie zusammen wohnte. Ich will mit ihr sprechen und mir Lisa Haags Zimmer ansehen. Vielleicht kann sie mir weiterhelfen.« Er aß von dem Brot, wartete, bis sie einen Artikel zu Ende gelesen hatte. »Du gehst zu Theresa?«

»Wie wir es besprochen haben. Sie probt mit ihrer Band für die *Lange Nacht* heute Abend. Du schaust, dass es dir reicht?«

Braig spürte den Druck seiner beruflichen Verpflichtungen, versuchte, jeden Gedanken an das tote Mädchen zu verdrängen. Er wusste, wie sehr Ann-Katrin sich auf die einmal im Monat unter der Verantwortung ihrer Schwester in deren Kirchengemeinde veranstaltete *Lange Nacht* freute, hatte ihr versprochen, auch heute Abend wieder daran teilzunehmen. Live-Musik moderner Bands, Tanz, gemeinsames Essen und Trinken, Vorträge und Meditationen zu wechselnden Themen standen bis weit in die Nacht hinein auf dem Programm. So skeptisch er sich diesen als moderne Gottesdienste deklarierten Events anfangs genähert hatte, musste er inzwischen zugeben, nicht nur Gefallen daran gefunden, sondern auch in diesem Bereich großen Respekt vor Theresa Räubers Arbeit entwickelt zu haben. Entgegen seiner ursprünglichen Befürchtungen hatte sich jede *Lange Nacht* bisher absolut frei von religiöser Vereinnahmung und Indoktrination erwiesen, sie hatte auch jedes klerikalen Gesülzes entbehrt, das er schon immer verabscheute. Er musste sich darum bemühen, diesen Termin zu realisieren, schon allein, um seiner Lebensgefährtin einen längst versprochenen Gefallen zu erweisen. Die Abende, die sie gemeinsam verbrachten, waren aufgrund seiner immensen beruflichen Belastungen selten genug.

»Thomas Weiss, Katrins Partner, arbeitet im Vorbereitungsteam mit. Vielleicht kommt sie ebenfalls«, fügte sie hinzu.

»Ich werde versuchen, pünktlich zu sein«, versprach er, das flaue Gefühl der Furcht in seinem Inneren verdrängend, seinen Worten eventuell nicht nachkommen zu können. Er konnte nur hoffen, dass die Fahrt nach Tübingen Hinweise auf die Hintergründe des Verbrechens an Lisa Haag liefern, ihm vielleicht sogar entscheidende Informationen zum Geschehen unterhalb der Comburg vermitteln würde. Schließlich war er sich jetzt schon bewusst, dass er das Bild des getöteten Mädchens so schnell nicht aus seinem Gedächtnis tilgen konnte – jeder noch so abwechslungsreichen *Langen Nacht* zum Trotz.

8. Kapitel

Engel. Ich nehme alles zurück, was ich bisher darüber gesagt oder geschrieben habe.«

»Du hast die Frau getroffen?« Katrin Neundorf hatte von ihrer Kaffeetasse aufgeblickt, das verschlafene Gesicht ihres Lebensgefährten aufmerksam betrachtet.

»Wir haben uns unterhalten, ja. Über Engel. Und ich muss sagen, ich schäme mich sehr, erst jetzt davon erfahren und noch nie etwas darüber veröffentlicht zu haben.« Thomas Weiss hatte sich ein Stück von dem Hefezopf genommen, den er am Vortag selbst gebacken hatte. »*Johanna* und *Eugen Stöffler*. *Hilde* und *Richard Gölz*. *Luise* und *Alfred Dilger*. *Gertrud* und *Otto Mörike*. *Hildegard Spieth*. Das sind nur ein paar von vielen. Aber die Namen sollten wir uns einprägen. Das ist das Mindeste, womit wir sie noch ehren können. Engel, die mitten unter uns gelebt haben.«

»Die Sache scheint dir sehr nahe zu gehen. Langsam mache ich mir Gedanken darüber, ob der Mann hier an meinem Frühstückstisch wirklich derselbe ist, mit dem ich seit einigen Jahren zusammenlebe. Ein ehemaliger Freigeist auf dem Weg zu seiner religiösen Bekehrung.«

»Religiöse Bekehrung?« Weiss hatte den Kopf geschüttelt. »Nein, damit hat es nichts zu tun. Aber eine spürbare Bewusstseinserweiterung. Und ein neues Menschenbild vielleicht. Doch, so lässt sich das sehen. Ein Stück weit eine veränderte Existenz. Damit wirst du leben müssen. Das bringt das Leben nun einmal so mit sich.«

»Ich wüsste nicht, was es daran auszusetzen gibt. Ein Mensch, der sich neuen Erkenntnissen gegenüber nicht verschließt, sondern offen zeigt und mit ihrer Hilfe zu einer neuen Persönlichkeit wächst, ist mir jedenfalls sympathischer als eine Person, die sich vor Neuem prinzipiell abschottet. Und wenn dir deine Recherchen in den vergangenen Wochen so beeindruckende Erkenntnisse gebracht haben, dass sich dadurch sogar dein Menschenbild mit positiver Tendenz, nehme ich an, verändert – umso besser.«

»Mit positiver Tendenz, allerdings.« Weiss hatte den Hefezopf in den Kaffee getunkt, ihn dann langsam gegessen. »Bisher war ich eher auf gescheiterte Existenzen spezialisiert, auf die Karrieren am unteren Rand unserer Gesellschaft. Das bringt mein Beruf als Journalist nun einmal so mit sich. Das Interesse der Öffentlichkeit erwecken meist eher die Schatten- als die Lichtgestalten. Und jetzt stelle ich mit einem Male fest, es gibt sie doch, die anderen. Die Lichter in unserer Dunkelheit. Und nicht nur die. Nicht nur die Kleinen, sondern auch die Großen. Die ganz Hellen. Die ihr Leben für andere riskierten, ohne jedes Kalkül, vollkommen selbstlos. Menschen, die ich aufgrund ihres Verhaltens nur als Engel beschreiben kann. Engel, wirklich Engel. Nur dass sie bisher noch kaum jemand zur Kenntnis genommen hat.«

Neundorf hatte genau gewusst wovon er sprach. Seit Wochen war Thomas Weiss damit beschäftigt, Pfarrerehepaare und Personen in deren Umfeld zu recherchieren, die in der dunkelsten Epoche der deutschen Geschichte unter Einsatz ihres Lebens Juden und anderen Verfolgten Unterschlupf geboten und diese vor der Vernichtung gerettet hatten. In weiten Teilen Württembergs waren Mitglieder der *Bekennenden Kirche*, einer Oppositionsgruppierung evangelischer Christen, bereit gewesen, unzählige jüdische Familien über Wochen-, ja Monate hinweg in ihren Wohnungen vor der nationalsozialistischen Verfolgung zu verstecken. Ein dicht gesponnenes Netzwerk von Pfarrern rings um Stuttgart hatte die Verfolgten so vor dem sicheren Tod bewahrt und den braunen Massenmördern wenigstens einen kleinen Teil ihrer schon sicheren Beute entrissen. Mitten im Wüten des widerlichsten Mobs, den dieses Land je hervorgebracht hatte, waren Menschen bereit gewesen, ihr Leben zu riskieren, um andere vor der Vernichtung zu retten.

»*Johanna* und *Eugen Stöffler*. Die Engel von Köngen. Viereinhalb Stunden hat sie mir von ihnen erzählt. Ich habe alles aufgenommen. Eine kleine Passage möchte ich heute Abend in der *Langen Nacht* präsentieren.«

Spät erst in der Nacht war er nach Haus gekommen; sie hatte bereits geschlafen, war nur kurz aus dem Dämmer erwacht, hatte seine zärtliche Hand gespürt, war dann wieder im Reich der Träume versunken.

»Sie hat im Pfarrhaus mit gelebt, die Kinder mit erzogen, Arbeiten jeder Art verrichtet, die selbstlose gute Fee gespielt. Ein Leben lang. Letztes Jahr war sie 90. Die Jahre der Naziherrschaft? Sie erinnerte sich noch gut an jene Zeit, als wäre sie gerade erst vergangen. Die Stöfflers führten immer ein offenes Haus, teilten die knappen, genau kalkulierten Essensrationen mit unzähligen Verfolgten. Kaum hatten sie die eine Familie an ein anderes Pfarrerehepaar oder eine ihres an der Front kämpfenden Mannes beraubte Pfarrersfrau weiter geleitet, suchten die nächsten Verfemten Unterschlupf – und alles unter ständiger Bedrohung durch die Gestapo und braune Helfershelfer. Über Wochen, über Monate, über Jahre hinweg. Und das alles ohne zwingendes Kalkül. Es waren keine Verwandte, für die sie ihr Leben riskierten, keine Glaubensbrüder oder –schwestern, nicht einmal Bekannte, sondern völlig Fremde, Menschen aus Berlin, Ostpreußen, überhaupt aus allen Teilen des Nazireichs. Sie schenkten ihnen das Wichtigste, was diese benötigten: Einen Unterschlupf zum Überleben, Schutz vor den allgegenwärtigen Verfolgern der braunen Bestien. Ein regelrechter Gürtel von Pfarrersfamilien und anderen Angehörigen der *Bekennenden Kirche* war so rund um Stuttgart entstanden und mitten drin, wie die Nabe im Rad, die Stöfflers in Köngen. Wie soll ich sie anders beschreiben, ihr Verhalten trefflicher charakterisieren: Engel – ich finde kein besseres Wort.«

Er hatte lange von seinem Gespräch mit der alten Dame, einer der letzten Augenzeuginnen des heldenhaften Wirkens im Köngener Pfarrhaus erzählt, war erst vom Läuten des Telefons seiner Lebensgefährtin unterbrochen worden. Neundorf hatte sich Zeit gelassen, nur unwillig nach dem Handy gegriffen und ein kurzes Gespräch geführt.

»Und? Wo haben sie jetzt wieder eine Leiche gefunden?«, hatte Weiss gefragt.

Seine Partnerin hatte ihren Teller zur Seite geschoben, sich gestreckt, ihr Handy in ihre Tasche gesteckt. »Keine Leiche, zum Glück nicht. Ein Arzt des Krankenhauses in Backnang. Ich war gestern Abend schon dort, wollte mit einem wichtigen Zeugen sprechen. Der Arzt war so freundlich, mir mitzuteilen, dass ich das jetzt tun könnte.«

Sie hatte ihn über ihre neueste Ermittlung informiert, ihm das Versprechen abgenommen, sich um Johannes, ihren Sohn zu kümmern, war dann in das etwas oberhalb des Stadtkerns gelegene Krankenhaus gefahren, das aufgrund äußerst umstrittener Berechnungen in wenigen Jahren geschlossen werden sollte.

Bernhard Haigis lag halb aufgerichtet in seinem Bett, das linke, in eine kräftige weiße Bandage eingefasste Bein weit von sich gestreckt, empfing sie mit freundlicher Miene. Er hatte kurze braune Haare, ein bleiches, von den Anstrengungen der Operation gezeichnetes Gesicht. Mitten auf seiner linken Wange prangte ein großes Pflaster. Neundorf schätzte ihn auf Anfang, Mitte dreißig.

Sie stellte sich vor, reichte ihm die Hand. »Ich hoffe, Sie haben das Schlimmste überstanden.«

Haigis schien zuversichtlich gestimmt, antwortete mit einem selbstbewussten: »Auf jeden Fall«, schob sich vorsichtig weiter in die Höhe. »Sie wollten mich gestern Abend schon sprechen.«

»Sie wurden gerade operiert.«

Er nickte, wies auf sein bandagiertes Bein. »Das habe ich dem Dreckskerl zu verdanken. Hoffentlich erwischen Sie ihn bald.«

»Wir bemühen uns«, erklärte sie. »Wir sind aber auf Ihre Hilfe angewiesen.«

»Meine Hilfe?« Er räusperte sich, ließ das kräftige Rasseln zweier von zuviel Zigarettenrauch gequälter Lungenflügel hören. »Dann sieht es nicht gut aus.«

»Wir benötigen eine genaue Beschreibung des ganzen Geschehens. Was haben Sie gesehen: War es wirklich Absicht oder doch ein Unfall? Hielt das Auto genau auf Herrn Riederich zu? Um was für ein Fahrzeug handelte es sich, können Sie uns vielleicht den Typ nennen, die Farbe, einen Teil des Kennzeichens?«

Haigis rang um Luft, kam nur langsam zu Atem. »Ein BMW«, sagte er, »ein mittleres Modell. Die Farbe ...« Er verstummte, schüttelte den Kopf. »Es war dunkel, wissen Sie, da gab es nicht viel zu sehen.«

Neundorf signalisierte Verständnis, registrierte erfreut die Bestätigung der bisher vorliegenden Zeugenaussage. »Und das Kennzeichen?«

»LB«, antwortete der Mann ohne Zögern, verfiel dann aber wieder in seinen Raucherhusten.

»Ludwigsburg. Mehr zu erkennen ...«

»LB und dann«, er kämpfte um Luft, »EL oder FL oder LL.«

Neundorf betrachtete ihn erstaunt. »Das haben Sie gesehen?«

»Eine dieser Kombinationen, ja. Da bin ich mir sicher.«

»Obwohl es dunkel war?«

Haigis antwortete, ohne lange zu überlegen. »Das Auto fuhr ohne Licht. Aber in dem Moment, als es auf die Leute zu raste, fiel für kurze Zeit irgendwoher ein leichter Schimmer auf das Kennzeichen. Vielleicht von einem von der Bahnhofstraße her kommenden Auto oder von einer Straßenlampe, ich weiß es nicht. Aber nur für den Bruchteil einer Sekunde, wie man so sagt, also wirklich nur für einen kurzen Augenblick. Deshalb konnte ich es auch nicht richtig erkennen, und dass das jetzt für Sie wichtig ist, woher sollte ich das gestern Abend ahnen?«

»Sie müssen sich nicht rechtfertigen. Die Umstände, unter denen das Ganze ablief, sind mir vollkommen klar. Ich bin schon sehr dankbar, dass Sie die Buchstaben wahrnehmen konnten. Das bringt uns bestimmt weiter. Die Ziffern danach ...«

»Nein«, antwortete der Mann, »beim besten Willen, nein. Ich konnte keine einzige davon sehen. Es ging einfach zu schnell.«

Neundorf atmete tief durch, warf einen Blick auf das benachbarte Bett, wo ein älterer Mann mit ebenfalls bandagiertem Bein lauthals schnarchte. LB – EL oder FL oder LL, überlegte sie. Oder doch eine andere Kombination? Wie viele BMW mit einer dieser Buchstabenreihen waren gemeldet? Die neue Information schränkte den Umfang ihrer Arbeit zwar spürbar ein, ob es ihnen mit dieser immer noch recht vagen Beschreibung jedoch gelang, den Täter zu identifizieren ... Sie musste sich um weitere Details bemühen.

»Der Mann«, sie hielt für einen Moment inne, sprach dann weiter, »oder die Frau hinterm Steuer. Konnten Sie das Gesicht erkennen? Oder vielleicht sogar mehrere Gesichter?«

Haigis Miene hatte jede zuversichtliche Prägung verloren. »Tut mir leid. Nichts. Überhaupt nichts. Ich ... Es ging zu schnell, einfach viel zu schnell.«

»Wie lief das Ganze ab? Konnten Sie genau verfolgen, wie das Auto auf Herrn Riederich zu raste und wo es herkam?«

Haigis starrte irritiert zur Seite, weil das Schnarchen seines Bettnachbarn zu einer Lautstärke angeschwollen war, die ihre Unterhaltung beeinträchtigte, zog ein Papiertaschentuch aus der Packung auf seinem Nachttisch, zerknüllte es und zielte damit auf das Gesicht des Mannes. Der Papierbausch landete mitten auf dem Mund, veranlasste den Nachbarn, heftig nach Luft zu schnappen und sein Schnarchen in eine weit gedämpftere Form umzuwandeln.

Neundorf nickte Haigis anerkennend zu. »Sieht aus, als hätten Sie das geübt.«

»Zweimal schon heute Morgen. Irgendwann stößt jeder an die Grenzen des Erträglichen«, bestätigte ihr Gesprächspartner, versuchte sich dann auf ihre Frage zu konzentrieren. »Wo das Auto her kam? Natürlich habe ich das verfolgt. Ich lief ja genau an der Stelle, wo es passierte.«

»Also?«

»Ich kam vom Bahnhof her, lief den oberen Weg durch den Schillerplatz auf den Zebrastreifen zu. Plötzlich hörte ich einen Motor aufheulen: Ich starrte quer über die Straße, den Berg abwärts, sah das Auto. Es stand in einer Parkbucht auf der anderen Straßenseite, etwa zehn Meter unterhalb der Buchhandlung, das weiß ich genau. Ich habe ihn zwar erst bemerkt, als er losraste, aber das spielte sich mit einer solch verrückten Geräuschkulisse ab, dass ich unwillkürlich stehen blieb und zur Seite starrte. Die Reifen quietschten und der Motor heulte auf und in dem Moment sah ich sie die Straße überqueren. Und der Karren preschte genau auf sie zu. Der schoss quer über die Fahrbahn.«

»Auf *sie*?«, unterbrach Neundorf irritiert. »Es war ein Mann, Herr Riederich, keine Frau.«

»Was heißt *ein Mann*? Die liefen Hand in Hand.«

»Wir sprechen vom gleichen Ereignis? Gestern Abend, gegen 18.20 Uhr am Schillerplatz in Backnang?«

Haigis lachte laut auf, wurde von einem Hustenanfall am Weitersprechen gehindert. »Allerdings«, brachte er schließlich hervor, wies auf sein bandagiertes Bein, »wir reden von dem Dreckschwein, dem ich das zu verdanken habe.«

»Dann bitte ich Sie, mir nochmals genau zu erklären, auf wen dieser Wagen zu raste.«

»Auf diese junge Frau und den Mann, die gerade dabei waren, die Straße zu überqueren.«

»Es handelte sich nicht um einen einzelnen Mann?«

Haigis hustete, brabbelte irgendwelche unverständlichen Worte vor sich hin. »Ein einzelner Mann?«, sagte er dann schließlich, den Vorwurf, nicht richtig verstanden zu werden, unüberhörbar in der Stimme. »Was wollen Sie denn mit einem einzelnen Mann? Das waren eine junge Frau und ein Mann. Sie liefen Hand in Hand, überquerten die Straße, und ich glaube, die lachten und scherzten miteinander. Bis der Karren plötzlich herüberpreschte und auf sie zuhielt.«

Neundorf ließ ihn ausreden, völlig überrascht. »Eine junge Frau?«, sagte sie. »Bisher war nur die Rede von einem einzelnen Mann.«

»Quatsch«, antwortete der Bandagierte, »der Karren hielt ja voll auf die junge Frau zu. Wenn ich mich nicht auf sie gestürzt und zur Seite gerissen hätte ...«

Neundorf spürte instinktiv, dass der Vorfall noch lange nicht geklärt war, die Sache weitere Ermittlungen benötigte, seufzte laut.

Haigis starrte irritiert zu ihr hoch. »Alles okay?«

Sie fuhr sich mit der Rechten über die Haare, schüttelte den Kopf. »Nein«, sagte sie, »ich glaube, die Schwierigkeiten fangen erst an.«

9. Kapitel

Die dunkelroten Tropfen auf dem Boden setzten zwei Stufen vor dem ersten Obergeschoss ein, führten an der in der Mitte gelegenen Tür vorbei genau auf die Wohnung zu, an der die Namenskombination *Lisa Haag/Vanessa Kögel* prangte. Blut, schoss es Braig durch den Kopf, um Gottes willen, Blut. Er hatte es sofort erkannt.

Was war hier passiert? Hatte es der Täter nicht nur auf Lisa Haag, sondern auch auf deren Mitbewohnerin abgesehen und er, Braig, war jetzt – wieder einmal – zu spät, um das neue Verbrechen zu verhindern? Würde er hier auf das nächste Opfer des noch unbekannten Täters stoßen?

Er spürte, wie sich sein Puls beschleunigte, lauschte auf Geräusche aus der nahen Wohnung. Er hatte Schwierigkeiten, sich zu konzentrieren, hörte sein Blut pochen. Draußen auf der Straße lärmte der Verkehr. Vorbeifahrende Autos, lautes Hupen, quietschende Reifen. Ihm fiel ein, dass die Haustür im Erdgeschoss nicht richtig ins Schloss fiel, es jedem Fremden erlaubte, ohne Schlüssel ins Innere zu gelangen; er selbst hatte es gerade ausgenutzt, war auf diese Weise ins Haus getreten. War ihm jemand, der Vanessa Kögel Böses wollte, zuvorgekommen?

Braig atmete tief durch, drückte auf die Klingel. Vergeblich, alles blieb still, mehrere Sekunden lang. Er wollte gerade erneut läuten, als plötzlich die laut gesprochenen Worte einer weiblichen Stimme hinter der Tür ertönten: »Moment, ich komme!«

Braig starrte zur Wohnung, hörte Schritte näherkommen, sah sich einer jungen, ihn etwas verkrampft anlächelnden Frau gegenüber, die ihre linke Hand vor sich in die Höhe hielt. Das schmale Pflaster auf dem Zeigefinger schien zu erklären, woher das Blut auf dem Boden rührte.

»Sie haben sich verletzt?«, fragte er.

Die junge Frau drückte die verletzte Hand an die Brust, nickte. »Die blöde Einkaufstasche. Sie war zu schwer. Der eine Henkel ist gerissen – aber zum Glück ist es keine große Wunde.«

Er begutachtete die Verletzung, sah, dass es sich wirklich nur um eine kleine Schramme handelte, spürte die Anspannung wie einen Stein von sich abfallen. »Hoffentlich ist es nicht so schmerzhaft. Das wird bald wieder«, versuchte er, sie zu trösten. Er zog seinen Ausweis aus der Tasche, hielt ihn hoch. »Mein Name ist Braig. Landeskriminalamt. Sie sind Vanessa Kösel?«

Sie nickte, streckte ihm ihre rechte, unversehrte Hand entgegen. »Wir haben vorhin miteinander gesprochen?«

»Wegen Lisa Haag«, bestätigte er, »ja.« Er sah die Besorgnis in ihrer Miene, deutete in die Wohnung. »Vielleicht können wir uns bei Ihnen unterhalten?«

Die junge Frau betrachtete ihn kritisch, schien ihn nicht zu verstehen. »Ist Lisa ...« Mitten im Satz brach sie ab, trat einen Schritt zurück. »Natürlich, ja. Aber lassen Sie mich vorher bitte sauberwischen.« Sie verschwand hinter einer Tür neben der Garderobe, kehrte mit einem feuchten Putzlappen zurück.

Braig wartete, bis sie die Blutflecken im Treppenhaus entfernt hatte, ließ sich dann in eine kleine, mit den notwendigsten Arbeitsgeräten und einer winzigen Sitzecke ausgestattete Küche führen, sah die defekte Einkaufstasche auf dem Tisch.

»Was ist mit Lisa? Ihr sei etwas zugestoßen, haben Sie am Telefon erwähnt. Doch nicht ...?« Sie ließ die Frage offen, schaute ihn um Auskunft heischend an.

Braig zog einen der beiden Barhocker-ähnlichen hohen Stühle zu sich her, nahm Platz. »Ihr ist etwas zugestoßen, ja, so lässt sich das formulieren«, bestätigte er. Ihre vor Angst verzerrte Miene im Blick ließ er sich dazu bewegen, ihr die ganze Wahrheit mitzuteilen. »Sie hatte keine Chance.«

»Nein!«

Er sah, wie sie vor Schreck erbleichte, hörte ihr lautes Stöhnen. »Lisa!«

Sie wandte sich von ihm ab, lief zum Fenster, starrte ins Freie. Der Lärm verschiedener Autos war zu hören, Schreie eines Mannes, das laute Bellen zweier Hunde.

»Sie kennen Lisa erst seit drei Monaten?«, fragte Braig.

Vanessa Kösel drehte sich wie in Zeitlupe zu ihm um, tastete ihn mit ihren Augen von Kopf bis Fuß ab. »Weshalb interessiert Sie das jetzt noch?«

»Weil wir den finden müssen, der sie auf dem Gewissen hat.«

»Sie wissen es nicht?« Sie löste sich aus ihrer Erstarrung, trat zwei Schritte vom Fenster weg, klammerte sich an der Tischplatte fest.

Er schüttelte den Kopf.

»Und wie wollen Sie das jetzt herausfinden?«

Braig fuhr sich über die Stirn, rieb seine Schläfe. »Beantworten Sie doch bitte meine Fragen«, sagte er dann.

Die junge Frau benötigte mehrere Sekunden, um seine Worte zu begreifen. »Was wollen Sie wissen?«

»Wie lange und wie gut Sie Lisa Haag kennen?«

»Seit drei Monaten ungefähr, ja. Fiona, also Lisas Freundin, mit der sie hier wohnt, bekam Ende September überraschend doch noch einen Platz als Stipendiatin in Marseille. Als Nachrückerin, verstehen Sie, weil eine andere Bewerberin einen Rückzieher gemacht hatte oder krank geworden war, warum auch immer. So wurde das Zimmer hier frei.«

»Sie haben sich vorher nicht gekannt?«

»Zwei-, dreimal gesehen vielleicht. Aber nur flüchtig, nicht näher. In der Uni, auf einem Fest oder so. Nein, ich hörte nur, dass Fiona nach Frankreich geht und das Zimmer für ein Jahr zur Verfügung steht und sagte sofort zu.«

»Und wo wohnten Sie vorher?«

»Bei meinen Eltern in Rottweil. Ich fuhr jeden Tag hin und her. Eine Stunde je Strecke mit der Bahn, das ist nicht schlimm. Aber so ist es angenehmer. Tübingen hat nicht allzu viele Zimmer zu bieten. Bezahlbare, meine ich. Da muss man zugreifen, wenn sich eine Chance ergibt.«

»Dann hatten Sie jetzt drei Monate Zeit, Lisa Haag kennenzulernen. Das bleibt wohl nicht aus, wenn man in einer Wohnung zusammenlebt. Oder gibt es eine Person, die sie näher kennt?«

Vanessa Kösel löste sich vom Tisch, legte ihren Kopf zurück. »Ihre Eltern und ihr Bruder, denke ich mal. Haben Sie mit denen schon gesprochen?«

Braig nickte. »Gestern am späten Abend, ja. Aber die sahen sich wohl nicht so oft.«

»Nein, das nicht. Soweit ich das beurteilen kann, ein- oder zweimal im Monat. Jeweils übers Wochenende. So eng ist die Beziehung wohl nicht.«

»Hat Lisa einen Freund?«

»Dennis Zeller, ja. Er studiert ebenfalls.«

»Eine feste Beziehung?«

Die junge Frau zögerte mit ihrer Antwort. »Kommt darauf an, was Sie unter *fest* verstehen. Eher im Abklingen, würde ich mal sagen.«

»Im Abklingen? Sie meinen, die waren dabei, sich voneinander zu trennen?«, fragte er, hellhörig geworden, bemerkte das bestätigende Kopfnicken seiner Gesprächspartnerin.

»Wo wohnt der junge Mann? Haben Sie seine Adresse und Telefonnummer?«

»In Bissingen an der Teck bei seinen Eltern. Wo genau, kann ich nicht sagen. Ich weiß nicht mal seine Nummer. Die werden Sie aber garantiert bei Lisas Sachen finden.«

Braig notierte sich den Namen, hoffte, den Mann in den Handy-Verbindungen der Getöteten zu finden. »Wieso sprechen Sie davon, dass Lisa Haags Beziehung zu ihrem Freund am Abklingen war? Wie kommen Sie darauf? Gab es Streit zwischen den beiden? Irgendwelche Auseinandersetzungen?«

»Streit?« Vanessa Kösel fuhr sich vorsichtig mit dem rechten Zeigefinger über ihre verwundete Hand, lief dann zu dem anderen Barhocker, setzte sich. »Nein, Streit würde ich das nicht nennen. Jedenfalls nicht, soweit ich es mitbekam.«

»Was dann? Wieso glauben Sie, dass die Beziehung der beiden am Ende war?«

»Die haben doch kaum noch Zeit füreinander. Lisa jedenfalls.«

»Weshalb? Ist das Studium so anstrengend?«

»Das hängt ja wohl davon ab, wie stark Sie sich reinknien«, antwortete sie. »Lisa ist fleißig, oh ja, sehr fleißig, würde ich sagen. Ehrgeizig, das ist wohl der richtige Ausdruck. Ich glaube, wenn sie sich was zum Ziel gesetzt hat, dann zieht sie das auch durch. Aber in letzter Zeit ...«

Braig horchte auf, drehte sich zur Seite, um das Gesicht der jungen Frau besser im Blick zu behalten. »Was war in letzter Zeit?«

Sie schaute unschlüssig zu ihm her, streckte ihre verletzte Hand von sich, richtete ihre Augen auf das Pflaster. »Ich, also ich ...«

Er sah, wie es in ihr arbeitete. »Ein anderer Mann?«

Vanessa Kögel zögerte immer noch.

»Bitte, wenn Sie eine Vermutung haben, dann äußern Sie sie. Vielleicht hilft mir das weiter.«

»Ja, ich glaube, Lisa hat einen anderen«, brach es plötzlich aus ihr heraus. Sie schaute ihn erschrocken an, hatte ihren Verdacht wohl selbst noch nie so deutlich formuliert.

»Einen anderen Freund also.«

»Ich weiß es nicht. Aber manchmal kommt es mir so vor. Sie tut oft so geheimnisvoll.«

»Wie heißt der Mann?«

»Das dürfen Sie mich nicht fragen. Ich habe keine Ahnung.«

Braig betrachtete die junge Frau, war sich der Brisanz ihrer Aussage bewusst. Ein neuer Mann in Lisa Haags Leben? Die junge Studentin zwischen zwei Interessenten? Ein von Eifersucht getriebener Freund, der seine Partnerin mit keinem anderen teilen will? War es das? Der Auslöser zu der schrecklichen Tat, die zum Tod der jungen, bildhübschen Frau geführt hatte?

Er spürte die aufkommenden Schmerzen hinter seinen Schläfen, nahm seinen Kopf in beide Hände, versuchte, einen Moment inne zu halten, um einen klaren Gedanken zu fassen. Das Bild des engelähnlichen Wesens baute sich unmittelbar vor ihm auf. Eifersucht, arbeitete es in ihm. Eifersucht auf die Gunst dieses bildhübschen Geschöpfs – was lag näher als dieses Motiv?

»Wieso interessiert Sie das überhaupt?«, fragte Vanessa Kösel. »Ich meine, Lisa ... Ihr sei etwas zugestoßen, haben Sie erklärt. Ein Unfall, oder habe ich das falsch verstanden?«

Braig versuchte, seinen Gedankengang nicht aus dem Gedächtnis zu verlieren, reagierte nicht auf ihre Bemerkung. Wenn ein anderer Mann aufgetaucht war, dann musste er diesen Aspekt verfolgen. Den alten wie den neuen Freund überprüfen. Eifersucht, das schien in der Tat passend.

»Was veranlasst Sie zu glauben, Lisa habe eine neue Beziehung? Nur die Tatsache, dass sie für ihren Freund, diesen Dennis, weniger Zeit hatte?«

Sein Gegenüber schüttelte den Kopf. »Das allein ist es nicht. Nein, ihr Auftreten, ihre Stimmung, ihre ganze Art hat sich verändert. Sie ist noch selbstsicherer, selbstbewusster geworden, fast schon ...«

»Was wollen Sie sagen?«

»Na, fast schon etwas eingebildet. Arrogant.«

»Und das war sie am Anfang, als Sie hier eingezogen sind, noch nicht?«

»Jedenfalls nicht so offenkundig.«

»Und Sie glauben, dass das etwas mit einem neuen Freund zu tun haben könnte.«

Die junge Frau zögerte mit ihrer Antwort. »So genau kann ich das nicht sagen. Es fiel mir jedenfalls besonders auf, seit sie Abend für Abend ewig am Handy hing.«

»Sie führte lange Gespräche? Und nicht mit ihrem Freund?«

»Nein, garantiert nicht.« Vanessa Kösel war sich sicher. »Ihre Stimme war ganz anders, wenn sie sich mit Dennis unterhielt. Bei weitem nicht so engagiert. Nicht dieses Feuer, diese ..., na ja, Leidenschaft – Sie wissen, was ich meine?«

Braig nickte, nahm sich vor, diesen Dennis Zeller genau zu überprüfen und ihn bis ins letzte Detail abzuklopfen. Dazu auch die Liste der Handygespräche, um den neuen Interessenten identifizieren und ebenfalls einer genauen Analyse unterziehen zu können. »Sie glauben also, Lisa war verliebt. In einen anderen Mann«, sagte er.

»Das glaube ich, ja.«

»Aber sie hat seinen Namen nie erwähnt? Oder ihn mitgebracht, sich irgendwo mit ihm getroffen, in der Uni, einer Kneipe oder der Stadt?«

»Ob sie ihn getroffen hat? Ich weiß es nicht, keine Ahnung. Wir gingen zwar manchmal zusammen weg, also abends, nicht nur tagsüber in die Uni, aber da war immer nur Dennis oder sonst einer unserer Bekannten. Niemand, mit dem sie besonders vertraut schien.«

»Und Sie haben sie nicht nach dem Typ gefragt?«

Die junge Frau hielt ihre linke Hand in die Höhe, bewegte den verletzten Finger vorsichtig hin und her. »Ich weiß ja offiziell überhaupt nichts von einem neuen Freund.« Sie spitzte die Lippen, blies Luft auf das Pflaster. »Doch, jetzt fällt es mir wieder ein. Einmal habe ich sie danach gefragt. Irgendwann abends nach ewig langem Handy-Geturtel, als sie wieder in der Küche auftauchte. Sie war total aufgedreht, schien auf Wolken zu schweben. *Oho*, frotzelte ich, *da hat es jemand aber ganz schön erwischt. Wie heißt er denn, der junge Mann?*«

»Und? Was antwortete Sie?«, fragte Braig.

»Das war total komisch«, erklärte Vanessa Kösel, »sie reagierte völlig anders, als ich es erwartet hatte.« Sie wedelte mit ihrer linken Hand hin und her, biss die Zähne zusammen, legte das Gesicht in Falten.

Braig begriff, dass ihr verletzter Finger schmerzte, wartete geduldig, bis sie sich beruhigt hatte.

»*Du wirst ganz schön Augen machen in ein paar Wochen.* Ich glaube, das war ihre Antwort.« Sie legte den Kopf zurück, starrte ein paar Sekunden an die Decke, schaute dann wieder zu ihrem Besucher. »Nein, das glaube ich nicht nur, ich weiß es, diese Antwort gab sie mir. *Du wirst ganz schön Augen machen in ein paar Wochen.* Dabei leuchteten ihre Augen, als warte das Paradies auf Erden auf sie.«

»Das Paradies auf Erden?«, fragte Braig. »Was könnte das sein?«

»Ich weiß es nicht. Darüber habe ich mir noch keine Gedanken gemacht.«

»Vielleicht der Märchenprinz, der sie ins Paradies führt?«

»Mag sein«, sagte die junge Frau. »Aber spielt das jetzt überhaupt noch eine Rolle?«

»Wer weiß«, antwortete Braig. »Vielleicht war er es, der sie ermordet hat.«

Vanessa Kösel riss ihre Augen weit auf, schnappte laut keuchend nach Luft.

10. Kapitel

D*u wirst ganz schön Augen machen in ein paar Wochen.* Was hatte sie damit andeuten, welche Veränderung in ihrem Leben auf diese Weise umschreiben wollen? Wirklich ein neuer Mann, eine neue Beziehung? Lisa Haag und Vanessa Kösel hatten zwar in einer Wohnung zusammengelebt, so wie das unter Studenten üblich war, privat jedoch keine Freundschaft gepflegt, wenn er das richtig verstanden hatte. Somit standen die persönlichen Lebensverhältnisse der Ermordeten nicht gerade im Brennpunkt des Interesses ihrer Mitbewohnerin. Weshalb sollte Vanessa Kösel deshalb *Augen machen,* wenn Lisa Haag sich mit einem neuen Partner vergnügte?

Braig wusste nur eine Antwort auf diese Frage, fand nur einen Sachverhalt, der dieser Überlegung gerecht wurde: Vanessa Kösel würde deshalb *ganz schön Augen machen,* weil es sich bei dem neuen Freund Lisa Haags um eine außergewöhnliche Persönlichkeit handelte. Eine Person, die so bekannt war, dass jeder aufsah, wenn er davon hörte. Ein Prominenter. Vielleicht ein Schauspieler oder sonst eine Person aus dem öffentlichen Leben? *Darf ich vorstellen: Mein neuer Freund, der englische Thronfolger Prinz William.*

In der Tat, Vanessa Kösel hätte *ganz schön Augen gemacht,* hätte ihre Mitbewohnerin ihr diese Botschaft zukommen lassen. War das die Erklärung ihrer Aussage, auch die Ursache für ihren Tod? Vielleicht weil der zukünftige Partner einen Rückzieher gemacht hatte, die junge Frau aber nicht freiwillig auf die Liaison hatte verzichten wollen? Beziehungsprobleme als Ausgangspunkt affektgeladener Kurzschlusshandlungen: Dieses Muster war allen Kriminalisten nur allzu gut bekannt. Statt ihren Konflikt friedlich zu lösen, war er in hitzige Streitereien ausgeartet. Ein Wort hatte das andere ergeben, eine Bemerkung die nächste provoziert. Und irgendwann war die – vielleicht nur zufällig, vielleicht aber absichtlich – mitgeführte Waffe ins Spiel gekommen. Abseits jeder Logik, fern aller Vernunft.

Hatte es sich so abgespielt, war der Tod Lisa Haags so zu erklären? Oder hatte der Mord nicht mit dem zukünftigen, sondern dem bisherigen Partner der jungen Frau zu tun? Etwa weil Dennis Zeller, ihr bisheriger Freund, sich nicht zugunsten dieses prominenten Superstars hatte abhalftern, einfach so aufs Abstellgleis hatte schieben lassen wollen? Weil er vollkommen enttäuscht, mit dem Leben fertig, in einem wirren Mischmasch von Hass und Aggressionen auf den bislang so innig geliebten Menschen war? Vielleicht hatte er seiner Freundin das neue, unverhoffte Glück einfach nicht gegönnt, war es doch auf seine Kosten zustande gekommen. Oder er war einer von jenen Männern, die mit sich selbst, ihrer vermeintlichen Ehre ohnehin nicht ins Reine kamen und sich bei dem kleinsten Anlass in ein Pulverfass, das nur auf den zündenden Funken wartete, verwandelten.

Braig musste versuchen, mit dem Mann zu sprechen, so schnell wie möglich. Er hatte nach der Unterhaltung mit Vanessa Kösel die Gelegenheit genutzt, sich Lisa Haags Zimmer anzusehen, einen etwa vier auf fünf Meter großen Raum mit zwei Kleiderschränken, einem mit Aktenordnern, Disketten, einem Notebook und etlichen Büchern voll belegten Regal, dazu Bett, Tisch und Stühlen, alles sorgfältig gepflegt und von auffallender Sauberkeit. Kein Staub, keine durcheinander liegenden Papiere, selbst der Boden schien frisch geputzt. Er wunderte sich über die Ordnung, die die gesamte Einrichtung prägte, dachte an die Zeit seines Studiums an der Polizeiakademie in Villingen-Schwenningen zurück, konnte sich nicht erinnern, auch nur ein einziges Zimmer eines Kommilitonen in diesem aufgeräumten Zustand gesehen zu haben. Alle Aktenordner, die er flüchtig durchblätterte, enthielten sauber und eng beschriebene Blätter, handschriftliche oder ausgedruckte Aufzeichnungen aus Seminaren und Vorlesungen, alle korrekt überschrieben und – soweit er es beurteilen konnte – in der richtigen Reihenfolge aufbewahrt.

War das wirklich das Zimmer einer jungen Studentin? Disziplin, Ordnung, Sauberkeit und Fleiß schienen aus allen Ecken des Raumes zu sprechen, wo blieben Lebensfreude, Gefühle, Sehnsüchte, jugendlicher Überschwang?

Braig sah die beiden in schmale, helle Rahmen eingefassten Fotos an der Wand über der kleinen Nachtkonsole; zum einen das ihm aus Schwäbisch Hall bekannte Porträt der Familie Haag mit Vater, Mutter, Tochter und Sohn, zum anderen Lisa – den blonden Engel zu erkennen fiel aufgrund ihrer außergewöhnlichen Erscheinung nicht schwer – Arm in Arm mit einem ihm unbekannten jungen Mann. Er nahm das Bild von der Wand, verließ das Zimmer, rief nach Vanessa Kösel.

»Das ist Dennis, ja«, bestätigte sie, bevor er noch danach fragen konnte, auf das Foto weisend. »Ich glaube, es stammt aus dem letzten Sommer. So etwas hat sie jedenfalls einmal erwähnt.«

Er bedankte sich für die Auskunft, ging in Lisa Haags Zimmer zurück. War die Beziehung zwischen den beiden doch noch intakt, die vermeintliche Beobachtung der Mitbewohnerin auf falsche Interpretation zurückzuführen? Hätte die junge Frau das Bild nicht längst aus ihrem unmittelbaren Gesichtskreis entfernt, wenn inzwischen ein anderer Mann an die Stelle des Abgebildeten getreten wäre?

Braig zog die Schublade der Nachtkonsole vor, fand ein winziges Notizbuch mit Namen und Adressen sowie Telefonnummern, in alphabetischer Anordnung. Er blätterte es durch, fand auf der letzten Seite unter *Dennis Zeller* eine Handy- sowie eine Festnetznummer samt der Bissinger Anschrift des Mannes. Er beschloss, das kleine Adressbuch samt dem Foto Zellers und dem Notebook vorerst mitzunehmen, warf einen Blick in die beiden Kleiderschränke, wunderte sich über die dicht gefüllten Fächer und die Menge der mittels Kleiderbügeln aufbewahrten Textilien. Mindestens das Doppelte, wenn nicht gar das Dreifache, über das seine Partnerin zu Hause verfügte, war ihm bewusst, und nichts, aber auch gar nichts sprach dafür, dass es Ann-Katrin an ausreichender Auswahl mangelte. Wahrscheinlich hatte Lisa Haag ein besonderes Faible für modische Kleidung und Accessoires entwickelt und viel Wert darauf gelegt, sich abwechslungsreich anzuziehen, was die Vielzahl der Textilien erklärte und wohl nur ihm als Mann ungewohnt vorkam. Jedem sein Hobby, überlegte er. Er nahm das Notebook und das Bild an sich, erkundigte sich bei Vanessa Kösel nach dem Inhalt der beiden Kleiderschränke.

»Ihre Klamotten? Absolut tabu«, erklärte die junge Frau.

»Wie soll ich das verstehen?«

»Die sind ihr Ein und Alles. Da darf niemand ran.«

»Sie auch nicht?«

»Um Gottes Willen, nein. Da versteht sie keinen Spaß.«

»Ihr Hobby sozusagen.«

»Eher ihr Spleen. Sie steht stundenlang vor dem Spiegel.«

»Nur für sich? Ich meine ...«

»Abends, zum Ausgehen. Und fürs Wochenende natürlich.«

Braig nickte, bat sie, für weitere Auskünfte bereit zu stehen, verabschiedete sich.

»Sie haben Dennis erreicht?«

»Ich werde es versuchen.«

Er trat ins Treppenhaus, das Notebook und das Bild in einer großen Plastiktüte unter dem Arm, zog sein Handy vor, gab zuerst die Mobilfunknummer, dann, als es nicht klappte, die Festnetzverbindung des jungen Mannes ein. Diesmal hatte er auf Anhieb Erfolg.

»Zeller«, schnaufte eine kräftige männliche Stimme. Die Person am anderen Ende schien außer Atem, rang um Luft.

»Dennis Zeller?«, vergewisserte sich Braig.

»Dennis? Nein, der ist unterwegs.«

»Mein Name ist Braig. Sind Sie Dennis Vater?«

»Genau. Soll ich ihm etwas ausrichten?«

»Ich würde gern persönlich mit ihm sprechen.«

»Dann sind Sie der Versicherungsvertreter? Er wartet seit Tagen auf Ihren Anruf. Aber heute ist er in der Höhle. Bis zum Abend. Gegen Sechs oder Sieben, dann kommt er zurück, schätze ich mal.«

»In welcher Höhle?«

»Was weiß ich? Sie kennen ihn doch, oder? Dann wissen Sie doch um seinen Tick. Auf der Alb bei Gomadingen.«

»Allein«, fragte Braig.

»Quatsch«, antwortete der Mann, »das ist doch viel zu gefährlich. Mit seinen Kumpels und dem Professor. Hat er Ihnen das nicht erzählt?«

»Nein«, sagte Braig.

»Nicht? Aber ich dachte, Sie kennen sich näher«, meinte der Mann. Das Misstrauen in seiner Stimme war nicht zu überhören.

Braig überlegte, was er antworten, inwieweit er sich dem Mann offenbaren sollte. Ihm ohne Wenn und Aber seinen Beruf und den Grund des Anrufs nennen? Wenn sein Sohn mit dem Tod des Mädchens zu tun hatte, vielleicht sogar der Täter war, konnte sich das als leichtfertige Dummheit erweisen. Und ausschließen ließ sich das nicht, im Gegenteil: Braig wusste nur zu gut, dass sich schwere Gewalttaten sehr oft zwischen einander nahe stehenden Menschen abspielten, wobei es meist außer Kontrolle geratene Männer waren, die über ihre Partnerin herfielen. Wenn Lisa Haag wirklich im Begriff gewesen war, eine neue Liaison einzugehen und dies ihrem bisherigen Freund mitgeteilt hatte – war Dennis Zeller bei diesem Geständnis ausgerastet und über seine Partnerin hergefallen? Oder hatte er auf Umwegen von ihrer Absicht erfahren und sie in blinder Wut niedergestreckt? Dass der Mord weit weg von Tübingen nahe Schwäbisch Hall geschehen war, sprach nicht gegen diese Hypothese, im Gegenteil: Konnte der etwa hundert Kilometer entfernte Tatort doch den bewussten Versuch darstellen, von der eigenen Verantwortung abzulenken. Ob es ihm passte oder nicht, Braig musste das Alibi Dennis Zellers bis ins Detail überprüfen.

»Seit wann ist Ihr Sohn in der Höhle?«, erkundigte er sich deshalb, ohne auf die Frage des Mannes einzugehen.

»Sie sind gut. Seit heute Morgen natürlich. Oder glauben Sie vielleicht, die übernachten da drin?«

»Und gestern Abend? Wo war er da?«

»Gestern Abend? Warum wollen Sie das denn wissen? Was hat das mit Ihrer Versicherung zu tun?«

»Kann es sein, dass ich ihn gestern Abend in Schwäbisch Hall gesehen habe?«

»In Schwäbisch Hall? Was soll er denn dort? Ach so, Sie meinen wegen Lisa?«

»Sie kennen sie?«

»Dennis Freundin? Natürlich. So ein zauberhaftes Geschöpf. Hat der Kerl ein Glück! Da könnte man auf seine alten Tage direkt neidisch werden. Auf den eigenen Sohn.«

»War er gestern Abend also in Schwäbisch Hall?«

»Woher soll ich das wissen? Wir kontrollieren seine Schritte nicht, auch wenn er noch bei uns wohnt. Dennis ist 24. Wie soll ich Ihnen da erzählen, wo er sich gestern Abend aufgehalten hat? Ich weiß nur, dass er nicht zu Hause war. Reicht das?«

11. Kapitel

Kriminalhauptkommissar Stephan Herb hatte schlicht und einfach die Schnauze voll. Seit vier Tagen, Mittwoch, Donnerstag, Freitag und jetzt heute wieder am Samstag hockte er unablässig von früh bis spät irgendwo in einer der Straßen Reutlingens und starrte diesem ausgemergelten Schwarzhaarigen hinterher. Mal, wie der Mann wie heute morgen die Kaiserstraße entlang bis zur Planie marschierte, am Kaiser-Wilhelm-Denkmal abbog und dann der Bismarckstraße bis zur Karlstraße folgte, um dort für eine halbe Stunde in einem wenig ansehnlichen Haus zu verschwinden, mal, wie er quer durch den Stadtgarten lief, um einer Herb unbekannten Person in der Silberburgstraße einen Besuch abzustatten.

Reutlingen konnte mit sehenswerten Partien aufwarten, ohne Zweifel, Herb hatte in den letzten Tagen Teile der Stadt zur Genüge kennengelernt. Die Altstadtgassen rings um die Marienkirche etwa mit der stimmungsvollen langgezogenen Fußgängerzone, die am Hang zur Achalm hin gelegenen idyllisch ins Grüne gebetteten Straßenzüge mit prächtigen Villen, selbst dem jetzt im Januar doch recht kahlen Friedhof unter den Linden, den der Mann seltsamerweise schon dreimal in diesen Tagen durchquert hatte, wollte er die besondere Atmosphäre nicht absprechen.

War man allerdings – wie in seinem Fall – nicht aus freien Stücken, sondern durch berufliche Zwänge bedingt in der Stadt unterwegs, relativierte sich der Reiz Reutlingens doch etwas, allen preiswerten, reichlich vorhandenen Dönerbuden und frühsommerlich warmen Januar-Temperaturen zum Trotz. Die beruflichen Zwänge bestanden in der Tatsache, dass der ausgemergelte Schwarzhaarige, Abdul Zibari oder so ähnlich mit Namen, kein Mensch wusste es genau, ein Asylbewerber aus dem Irak, im Verdacht stand, einen Anschlag auf eines der beiden Atomkraftwerke in Neckarwestheim vorzubereiten – das waren jedenfalls die Informationen, mit denen Herb vor Beginn der Überwachung versehen worden war. Die Verfassungsschützer, in unmittelbarer Nachbarschaft des Landeskriminalamts in Bad Cannstatt residierend, waren um Mithilfe in diesem dringenden Fall vorstellig geworden, und weil bei allen für die Sicherheit des Landes zuständigen Behörden allein schon bei der Erwähnung des Namens Neckarwestheim sämtliche Alarmglocken läuteten, mussten zur Überwachung des Verdächtigen ständig zwei hochrangige Kriminalbeamte zur Verfügung stehen – schon, um im Notfall sofort eingreifen zu können.

Also düste Herb seit vier Tagen jeweils in Begleitung eines Kollegen mit ständig wechselnden Zivilfahrzeugen, möglichst älteren Modellen, um ja nicht aufzufallen, jeden Morgen kurz vor sieben Uhr nach Reutlingen, um dort die Kollegen vom Nachtdienst abzulösen und die Überwachung des Mannes bis abends gegen 18 Uhr in die Hand zu nehmen. Dass er seinen kleinen, gerade zwei Jahre jungen Sohn Marius und seine Frau Julia seit Dienstag kaum mehr zu Gesicht bekommen hatte – wen juckte das schon? Hauptsache, der Tagesablauf des angeblichen Terroristen wurde akribisch genau dokumentiert, seine Kontaktleute fotografisch festgehalten und die Verfassungsschützer Tag für Tag pünktlich von allen Vorgängen in Kenntnis gesetzt.

Damit der Kerl auf keinen Fall entwischte, hatte Herb Tag für Tag eine hochkarätige Kollegin oder einen ebensolchen Kollegen zur Seite: Am Mittwoch Kriminalhauptkommissar Jan Ohmstedt, am Tag darauf Kriminalkommissarin Stephanie Riedinger, am Freitag Kriminalhauptkommissar Michael Felsentretter, heute wieder Ohmstedt – es gab ja sonst keinerlei Verbrechen im Land zu verfolgen. *Jeden Tag auf einen anderen Begleiter zurückgreifen,* hatten die Verfassungsschützer gebeten, *damit die Überwachung nicht ins Auge fällt.*

»Und du glaubst wirklich, er hat Felsentretter gestern nicht bemerkt?«, hatte Ohmstedt ihn am frühen Morgen bei ihrer gemeinsamen Tour nach Reutlingen gefragt. »Ein zwei Meter großer, vier Zentner schwerer Orang-Utan von früh bis spät hinter dir her – und dir fällt es nicht auf?«

»Wir haben uns abgewechselt«, hatte Herb erklärt, »mal er im Auto und ich draußen und umgekehrt. Wie wir es auch praktizieren. Außerdem – so genau mussten wir gar nicht hinschauen, der lief fast genau dieselben Wege wie bei uns am Mittwoch.«

»Fast genau dieselben Wege?«

»Ja, bis auf eine Tour. Ich habe die Adressen genau notiert, sie stimmen komplett überein. Was weiß ich, mit wem er sich da ständig trifft. Am Donnerstag übrigens auch. Dieselben Häuser, dieselben Wege. Erst kurz nach 12 Uhr gab es ein anderes Programm. Eine Fahrt mit dem Bus auf die Alb, zwei Freunde dabei, so kam es uns jedenfalls vor. Und sie hatten eine Videokamera und filmten.«

»Eine Videokamera? Du hast es den Schlapphüten gemeldet?«

»Klar. Wir sollen genau überprüfen, was die filmen. Fabriken, Energieanlagen, Verkehrswege, militärische Einrichtungen und so. Aber vorerst noch keinen Zugriff auf die Kamera.«

»Was gibt es auf der Alb für Fabriken oder Militäranlagen?«

»Keine Ahnung. Für uns sah das eher nach der üblichen Touristentour aus. Die fuhren bis Lichtenstein, liefen zum

Schloss, filmten es von unten, mitten aus dem Wald heraus, dann frontal vor dem Eingang – wie Amerikaner oder Japaner, die beinahe ausflippen, wenn sie es sehen. Stephi stapfte hinter ihnen her, behielt sie die ganze Zeit im Auge. Da war nichts von irgendwelchen Fabriken oder Energieanlagen zu sehen, überhaupt nichts.«

»Vielleicht war es ein Ablenkungsmanöver. Der Kerl ist sich längst bewusst, dass er überwacht wird und wollte euch nur an der Nase herumführen. Einen auf Tourist machen, weil er hofft, dass wir ihn deshalb für harmlos halten und die Überwachung einstellen oder wenigstens nicht mehr so akribisch beibehalten.«

»Mag sein. Jedenfalls ging das am Donnerstag den ganzen Mittag so weiter. Zwei Stunden später stiegen sie wieder in einen Bus und fuhren nach Marbach, zum Pferdegestüt. Dort latschte ich hinter ihnen her, Stephi blieb im Wagen. Das war eine richtige Berg- und Waldwanderung. Die filmten Pferde, die Stallungen, überhaupt das ganze Tal, da gab es wunderschöne Ausblicke, zum Beispiel auf Schloss Grafeneck. Einmal waren sie wirklich kurz vorm Ausflippen, als ein Zug unten vorbeifuhr, eine Museumsbahn aus alten, türkis-weiß gestrichenen Schienenbussen. *Ulmer Spatz* – ich konnte es deutlich lesen. Die hielten minutenlang drauf, filmten ihn vom einen Ende des Tals bis zum anderen, bis nur noch sein weit entferntes Brummen zu hören war. Und dann, am Abend, fuhren sie wieder zurück nach Reutlingen. Das war´s. Ein Ausflug ins Grüne.«

»Dann hattet ihr vorgestern wenigstens etwas Abwechslung. Ein Ausflug auf die Alb, viel Sonne und frische Luft. Du siehst übrigens richtig gesund aus«, frotzelte Ohmstedt.

»Danke. Auf solche Ausflüge verzichte ich gern. Langsam nervt mich die ganze Überwachungskacke. Julia hatte darauf gehofft, heute in die Wilhelma zu gehen, gemeinsam natürlich, jetzt, wo es so schön warm ist draußen. Und was tun wir stattdessen? Hinter irgendeinem dieser verdammten religiösen Spinner herschnüffeln.«

Anschließend hatte sich tatsächlich wieder genau dasselbe Programm wie an den Vortagen ergeben. Verlassen der Asylbewerberunterkunft gegen 8.30 Uhr, gemächliche Passage der Fußgängerzone kurz vor Neun. Danach der bereits gewohnte kurze Aufenthalt an der Marienkirche, eine Art meditatives Luftholen inmitten Einkaufswütiger Passantenmassen, wie Herb, der heute die erste Fuß-Tour übernommen hatte, überlegte, dann der Weg zum Ende der Wilhelmstraße und die Burgstraße entlang bis zu dem bereits von den Vortagen her bekannten Haus in der Nähe der Leonhardskirche. Zehn Minuten später in die Kaiserstraße, am Kaiser-Wilhelm-Denkmal der Planie folgend, dann in die Bismarck- und später in die Karlstraße abgebogen.

»Na, was habe ich dir heute morgen erzählt?«, fragte Herb, als er zwanzig Meter von dem Haus entfernt, in dem der Schwarzhaarige verschwunden war, wieder neben Ohmstedt Platz genommen hatte. »Das geht jetzt ungefähr eine halbe Stunde und anschließend marschiert er die Charlottenstraße entlang in die Silberburgstraße, quer durch den Stadtgarten. Ich kenne den Weg schon auswendig. Diesmal läufst aber du hinter ihm her.«

»Gerne«, erklärte Ohmstedt sich bereit, »es wird ja schon wieder warm. Da ist das Laufen richtig angenehm.«

»Aber nicht bei diesem Scheißverkehr.« Herb deutete auf den Autopulk, der sich an ihnen vorbeiwälzte.

»Du hast nach wie vor keine Ahnung, was der Kerl in den Häusern treibt?«

Herb hämmerte vor Wut auf die Konsole. »Bomben bauen wahrscheinlich. Die Schlapphüte lassen doch nichts raus.«

Sie starrten in die Richtung des etwas mitgenommen aussehenden Gebäudes, in dem der Mann verschwunden war, warteten auf sein Erscheinen.

»Und warum gehen wir jetzt nicht rein und überprüfen, was die da treiben?«

»Was weiß ich. Wahrscheinlich wollen sie warten, bis klar ist, wer alles zu der Bande gehört. Ich würde die ganze religiöse Mischpoke ausheben und lebenslänglich hinter Gittern verschließen.«

Sie blieben in dem Auto sitzen, verfolgten das Treiben auf der Straße und dem Gehweg. Immer neue Fahrzeugpulks schoben sich an ihnen vorbei, bogen in Seitenstraßen ab, jagten ihre Abgase in die Häuserschluchten. Ab und an mit Einkaufstaschen bepackte Passanten, mal in die eine, mal die andere Richtung gehend, einige wenige nach Lücken suchend, die es ermöglichten, die Fahrbahn zu überqueren. Zwei junge, auffallend konservativ gekleidete Männer, dunkler Anzug, frisch polierte Schuhe, Krawatte, weißes Hemd, stachen aus der Menge. Sie liefen zielstrebig auf ein jüngeres Ehepaar zu, präsentierten der Frau und dem Mann verschiedene Zeitschriften.

»Mein Gott, jetzt auch noch die«, knurrte Herb.

»Von wem sprichst du?«

»Zeugen Jehovas. Labern die Leute mit ihrer Propaganda voll.«

»Solange die mich in Ruhe lassen, können die machen, was sie wollen«, konterte Ohmstedt.

»Du hast gut reden. Dich haben sie nicht in ihrer Gewalt. Aber die labilen Typen, die sich von ihnen einfangen lassen, werden einer Gehirnwäsche unterzogen, die sie völlig versklavt.«

»Sind die nicht selbst schuld? Vielleicht gibt es Menschen, die nicht fähig sind, ein selbst bestimmtes Leben zu führen?

Denen es entgegenkommt, sich einem bestimmten Bild der Welt unterzuordnen und allen Anweisungen zu gehorchen – einfach deshalb, weil sie es nicht schaffen, ihr Leben selbst auf die Reihe zu bekommen?«, fragte Ohmstedt. Er sah, wie sich das jüngere Ehepaar von den beiden jungen Männern löste und Richtung Innenstadt davonlief.

»Du tust gerade so, als seien diese religiösen Fanatiker Wohltäter, die Glück und Heil in die Welt bringen. Hast du ihre Opfer vergessen?«

»Ich rede weder von Wohltätern noch habe ich ihre Opfer vergessen. Ich überlege nur, warum es in unserer angeblich so aufgeklärten Welt immer noch Menschen gibt, die sich von dumpfen religiösen Parolen einfangen lassen.«

»Das frage ich mich allerdings auch.« Herb nickte zustimmend mit dem Kopf. »Warum konzentrieren sich die Leute nicht aufs Diesseits, sondern vergeuden ihre Zeit mit all diesem religiösen Klimbim? Feuerbach und Marx lassen grüßen. Aber die Ursachen für dieses seltsame Verhalten sind nicht schwer zu finden.«

»Nämlich?«

»Niemand liefert auf die Grundfragen des Daseins so scheinbar unverbindlich-simple Antworten wie die Religionen. Menschen, die sich das Nachdenken über den Sinn ihrer Existenz ersparen wollen, ordnen sich einer religiösen Gruppe unter, befolgen deren Anweisungen – und schon sind sie die Sorgen, wie sie sich in bestimmten Situationen entscheiden sollen, los. Die Gesetze und Befehle, denen sie gehorchen, kommen angeblich ja direkt von Gott. Wer sich ihnen nicht bedingungslos unterwirft, dem droht ewiges Unheil. Drohen, Unterordnen, Angstmachen und Verdummen – das ist der Kern der Religion. Und ständig finden sich neue Opfer.«

Ohmstedt, der die kämpferische atheistische Überzeugung seines Kollegen nur allzu gut kannte, versuchte zu differenzieren. »Drohen, Unterordnen, Angstmachen, Kuschen sind die Methoden religiöser Fundamentalisten, einverstanden. Fundamentalisten, wie gesagt. Aber damit triffst du doch nicht pauschal jede Religion. Wo bleiben Trost, Hoffnung, neuer Lebensmut, Befreiung aus jahrelangen Zwängen, die sich vielen Menschen aus einer aufgeklärten Religion auch erschließen?« Er starrte nach draußen, sah den dünnen Schwarzhaarigen auf die Straße treten. »Ich glaube, es geht weiter«, unterbrach er seine Ausführungen. Er sah, wie der Mann der Karlstraße folgte, wartete, bis er etwa dreißig Meter entfernt war, stieg dann aus dem Wagen, Herbs Stimme hinter sich.

»Ich garantiere, der biegt in die Charlottenstraße ab und später in den Stadtgarten. Wetten?«

12. Kapitel

Wendrsonn – trotz aller beruflichen Hektik und der daraus resultierenden Anspannung hatte Braig sich den spektakulären Auftritt der schwäbischen Kult-Rockband im Rahmen der von Theresa Räuber veranstalteten *Langen Nacht* gegönnt. Nicht aus eigenem Antrieb zwar, wie er ehrlich zugeben musste, sondern auf Drängen Ann-Katrins, die sich seit Tagen auf das Konzert der Gruppe gefreut hatte.

»*Wendrsonn* und die *Lange Nacht* – das ist genau die richtige Therapie, den ganzen Müll deiner Ermittlungen wenigstens eine Zeit lang zu vergessen«, hatte sie vorgeschlagen.

Ausgelaugt von den im Endeffekt erfolglosen Mühen des Tages hatte er sich in dem Bewusstsein auf den Weg gemacht, dem Mörder des zauberhaften Mädchens trotz aller Anstrengungen nicht einen Schritt nähergekommen zu sein. Ob ihn die Erwartung fetziger Musik von *Wendrsonn*, das gewohnt reichhaltige Angebot an Essen und Getränken oder aber die Verpflichtung seiner Partnerin gegenüber zum Besuch der *Langen Nacht* bewogen hatte – er war sich nicht im Klaren darüber. Auf jeden Fall hatte er die Entscheidung keine Sekunde bereut.

Wendrsonn – mit einem bunten Gemisch aus Rock, Blues, Reggae, Funk und vor allem dem von Braig geliebten Folk versetzten die sechs Musiker mit ihrem Bandleader Markus Stricker den großen Saal in einen Taumel der Begeisterung. Mal ironisch, mal melancholisch, oft voller Gefühl – Braig tauchte, von den Gitarrenriffs, den Schlagzeugsoli, besonders aber den keltischen Klängen von Daniela Müllers Geige und der einzigartig gefühlvollen Stimme Biggi Binders emporgetragen – in eine andere Welt, die keinen Platz ließ für unterhalb der Comburg brutal ermordete junge Frauen. *S Läbe isch koi Spiel, Wenn i amol groß ben, Traum* – so abwechslungsreich und virtuos die einzelnen, in urigem Schwäbisch vorgetragenen Stücke auch ausfielen, die die Künstler der Wintersonne vortrugen, Braig fand an diesem Abend zu seinem Lied: *Gega dr Wend*. Die von Biggi Binder mit einfühlsam-charaktervoller Stimme dargebotene Ballade setzte sich in seinem Inneren fest, als handle es sich um seine ureigene Melodie.

Gega dr Wend handelte, so erzählte die Leadsängerin der Gruppe, von den Gebrüdern Bückle, die im 19. Jahrhundert durch die Dörfer der Schwäbischen Alb wanderten, um die Menschen zu liebevollerem Umgang miteinander aufzurufen. Weil die Etablierten in Staat und Kirche dadurch aber eine Einschränkung ihrer Machtposition befürchteten, wurden die Bückles ohne jede Gerichtsverhandlung ins Irrenhaus in Zwiefalten gesteckt und dort 30 Jahre lang bis zu ihrem Tod festgehalten.

Bruder, mei Bruder, letscht Nacht do han i träumt,
a Wese kam zu mir, s´ hat´s gut mit mir gmoint ...

Noch Monate später ertappte Braig sich dabei, wie er die herzergreifend-melancholische Melodie vor sich hinsummte. Ein Lied, die Sorgen des Alltags zu vergessen? Nur, solange er sich den Inhalt des Textes nicht vergegenwärtigte, war ihm bewusst. Die darin angesprochenen Probleme kamen ihm nur allzu bekannt vor.

Der Auftritt der legendären Rockband allein war es nicht, was ihn veranlasste, diese *Lange Nacht* nicht so schnell zu vergessen. *Engel mitten unter uns* hatte das Veranstalterteam den Abend überschrieben, und was er in diesem Zusammenhang an Informationen erhielt, war von selten beeindruckendem Inhalt.

Es war komplett neu für ihn, er hatte noch nie davon gehört. Weit über hundert Menschen, die unter Einsatz ihres eigenen Lebens anderen, ihnen völlig Unbekannten das Leben gerettet hatten in einem riskanten, Wochen, ja, Monate währenden Unterfangen – Braig hatte es nicht glauben wollen, war zuerst der Auffassung, da werde bewusst an Märchen gestrickt, voller Absicht heroisiert. Erst als er mit Thomas Weiss ins Gespräch gekommen war, hatte er begriffen, dass es sich bei den dargestellten Ereignissen nicht einmal im Ansatz um verklärende oder beschönigende Geschichtsklitterung, vielmehr um bisher weitgehend verschwiegene, doch real geschehene Heldentaten von Menschen hier aus der Umgebung Stuttgarts handelte. *Ich konnte es anfangs auch nicht glauben, als ich bei meinen Recherchen darauf stieß,* hatte der Journalist erklärt, *da gibt es so viele Menschen, die der widerwärtigen braunen Pest widerstanden und ohne davon zu profitieren anderen das Leben retteten – und wir hyperaufgeklärten, von unseren sensationsgeilen Medien über jede noch so inhaltsleere Banalität in aller Ausführlichkeit informierten Leute wissen bis heute nichts davon.*

Dass ihn eine – wenn auch anspruchsvolle, zum Nachdenken anregende – Samstagabend-Veranstaltung so berühren würde, hatte Braig nicht für möglich gehalten. Die in Auszügen präsentierte Biografie des 1943 aus Berlin geflohenen jüdischen Ehepaars Karoline und Max Krakauer, das die braune Barbarei nur deshalb überlebt hatte, weil es wie viele andere Verfolgte in annähernd fünfzig verschiedenen Pfarrhäusern und bei weiteren Mitgliedern der *Evangelischen Bekennenden Kirche* im Schwäbischen fast zwei Jahre lang ununterbrochen versteckt worden war – allen braunen Banditen und ihren Denunzianten zum Trotz, hatte ihn sofort in Beschlag genommen. Als *Engel mitten unter uns* hatten die Referenten an einzelnen Beispielen verschiedener Pfarrersfamilien deutlich gemacht, welche Risiken diese vollkommen uneigennützig handelnden Menschen auf sich genommen hatten, um das Leben Fremder zu retten. In Köngen, in Gerstetten, in Wankheim, in Flacht, in Reichenbach an der Fils, in Waiblingen, in Kernen-Stetten und vielen anderen Orten rund um Stuttgart waren so Zufluchtsstätten entstanden, die wehrlose Verfolgte vor dem schon sicher geglaubten Tod bewahrt hatten. Erstaunt und zugleich enttäuscht, von all diesen Menschen noch nie gehört zu haben, hatte Braig vom Leben und Tun dieser weitgehend verleugneten schwäbischen Engel erfahren.

Kurz nach zwölf am Sonntagmittag stand er in Bissingen an der Teck vor dem Haus der Zellers. Es handelte sich um eines jener typischen, in den späten 50er oder frühen 60er Jahren des vergangenen Jahrhunderts errichteten Einfamilienhäuser der Marke *Gucket no alle her, zu was mirs scho so bald nach dem Krieg bracht hent,* mit jede sensible Seele schmerzendem grün lackiertem Gartenzaun, auf den Millimeter genau gleichförmig gemähtem Rasen rund ums Haus und der obligatorischen, in giftgrünem Ton ausgeführten Plexiglas-Überdachung vor der über drei Stufen zu erreichenden Haustür. Links vom Gebäude die damals eigenhändig errichtete Garage, rechts die mit annähernd hundertprozentiger Sicherheit von der Frau des Hauses betreuten Beete, jetzt, der kalten Jahreszeit wegen, ohne Bewuchs.

Braig sah die beiden Namensschilder an der breiten Steinsäule neben dem Gartentor: *Erwin und Margot Zeller* und *Dennis Zeller,* drückte auf die obere Klingel. Der junge Mann schien sich in seinem Elternhaus eine eigene Wohnung eingerichtet zu haben. Ein sanfter Gong aus der Dachschräge des Obergeschosses war bis auf die Straße zu vernehmen.

Braig schaute hoch, bestaunte die Burg Teck, die weithin sichtbar voller Anmut über dem kleinen Ort in den Himmel zu ragen schien, eines der bekanntesten Bauwerke der gesamten Region. Kurz nach zehn Uhr am Morgen hatte er, noch leicht schlaftrunken nach der späten Rückkehr von der *Langen Nacht*, angerufen und sich vergewissert, dass Dennis Zeller zu Hause anzutreffen war. Er hörte das Quietschen der Tür, sah einen jungen Mann mit vom Schlaf gezeichneter Miene aus dem Haus treten. Er hatte Mühe, ihn zu identifizieren, fand nur wenig Gemeinsamkeiten mit der Person auf dem Foto über Lisa Haags Nachtkonsole.

»Sie wollen zu mir?«

Braig drückte die Klinke nieder, schob die Gartenpforte zurück, ging zum Haus. »Sie sind Dennis Zeller?«

Sein Gegenüber rieb sich die Augen, versuchte, sich auf ihn zu konzentrieren. »Ja. Und wer sind Sie?«

Er ließ sich mit seiner Antwort Zeit, stieg die drei Stufen hoch, bis er unmittelbar vor dem jungen Mann stand, streckte ihm seinen Ausweis entgegen. »Braig. Ich bin Polizeibeamter.«

»Polizeibe...« Zeller hielt mitten im Wort inne, schüttelte den Kopf. »Was, was wollen Sie von mir?«

»Mit Ihnen sprechen«, erklärte er, ins Innere des Hauses deutend. »Unter vier Augen. Können wir?«

Zeller schien nicht zu begreifen, trat erst zurück, als Braig ihn mit ausgestreckter Hand in die Diele schob, wies dann auf die Treppe, die nach oben führte. »Aber wundern Sie sich nicht, wie es aussieht. Ich habe nicht aufgeräumt.«

»Das ist kein Problem«, antwortete der Kommissar. »Ich habe schon genug unaufgeräumte Wohnungen gesehen.«

Zeller keuchte vor ihm die Treppe hoch, bog nach rechts in einen geräumigen, von der Dachschräge gezeichneten Raum ab, der Schlaf-, Wohn- und Arbeitszimmer zugleich zu sein schien. Ein breites Bett auf der einen, Schreibtisch, Computer, zwei Stühle und ein schmaler Schrank auf der anderen Seite, neben der Tür ein flauschiges Zweisitzer-Sofa, davor ein niedriger Glastisch auf einem dicken ockerfarbenen Teppich – rundum ein zweckmäßig, zugleich jedoch auch behaglich eingerichteter Raum. Der junge Mann sprang, inzwischen offensichtlich vollends wach geworden, leichtfüßig hin und her, klaubte die quer über das Zimmer verstreuten Kleidungsstücke, Bücher und Zeitungen auf, bat den Besucher, auf dem Sofa Platz zu nehmen.

»Was wollen Sie von mir?«, wiederholte er dann, leicht außer Atem, seine Frage.

»Ich habe gestern schon mit Ihren Eltern ...«

»Die sind weg. Bei Freunden«, unterbrach Zeller seinen Besucher.

Braig nickte, hatte die Information heute Morgen schon am Telefon vom Vater seines Gesprächspartners erhalten. »Lisa«, sagte er dann, das Gesicht des jungen Mannes genau beobachtend, »Lisa Haag.«

Zeller hatte die Kleidungsstücke auf einem Stuhl abgelegt, breitete ein dickes Kissen auf den Boden neben den Glastisch, ließ sich darauf nieder. »Lisa?« Er sah zu Braig hoch, schaute ihm geradewegs in die Augen. »Was ist mit ihr?« Ein offener fragender Blick, nicht der Ansatz von Unsicherheit.

»Sie sind befreundet?«

Zeller zuckte mit der Schulter, nickte dann mit dem Kopf. »Ja. Wieso interessiert Sie das?«

»Wann haben Sie Lisa zum letzten Mal gesehen?«

Der junge Mann warf seinen Kopf zurück, überlegte. »Letzten Sonntag.«

»Heute vor einer Woche?«

»Ja. Wieso?«

»Das ist aber lange her. Eine ganze Woche. Für zwei Leute, die miteinander befreundet sind. Ein Liebespaar, meine ich.«

Zeller seufzte laut. »Ja, da haben Sie Recht. Obwohl ich nicht verstehe, was das mit der Polizei zu tun haben soll.« Er schaute seinem Besucher in die Augen, wich Braigs Blick nicht aus.

»Am Freitag«, fragte der Kommissar. »Wo waren Sie da?«

»Wo wohl? An der Uni natürlich.« Zeller zuckte wieder mit der Schulter. »Das Semester läuft. Vorlesung und Seminar.«

»Darf ich fragen, was Sie studieren?«

»Geografie, Mathe und Chemie. Fürs Lehramt.«

»Und am Freitagabend? Was haben Sie da unternommen?«

»Am Freitagabend?« Der junge Mann überlegte nicht lange. »Ich war mit Freunden zusammen.«

»Hier?«

»In Tübingen. Unsere Expedition besprechen.«

Braig glaubte zu verstehen. »Die Höhle?«

»Genau. Unsere Seminararbeit. Wir erforschen einen kleinen Teil des Höhlensystems auf der Alb bei Gomadingen.«

»Um wie viel Uhr etwa war das? Die Besprechung, meine ich.«

»Ab Sechs. 18 Uhr.«

»So früh?«, fragte Braig.

»Na ja, was heißt früh«, erwiderte Zeller, »wir hatten eine Menge Arbeit vor uns und gestern, also am nächsten Morgen, fuhren wir wieder hin, in Begleitung unseres Profs. Da musste alles stehen, schließlich geht es auch um die Note.«

»Und Sie selbst waren am Freitagabend um 18 Uhr mit diesen Freunden zusammen?«

»Ja«, bestätigte der Mann, »was ist denn daran so besonders? Weshalb fragen Sie mich das so genau?«

Braig musterte sein Gesicht, konnte nichts erkennen, was gegen die Ehrlichkeit Zellers sprach. Wenn er sich wirklich um 18 Uhr mit seinen Freunden in Tübingen getroffen hatte, kam er für das Verbrechen an seiner Freundin nicht infrage. Lisa Haag war ihrer vorläufigen Erkenntnis nach etwa 30 Minuten vor 18 Uhr ermordet worden – am Rand von Schwäbisch Hall, etwa hundert Kilometer weiter nördlich. Hatte Zeller also die Wahrheit gesagt, was diesen Freitagabend betraf, schied er als Täter garantiert aus. Braig wusste, was er zu tun hatte. »Ich benötige die Namen und die Telefonnummern der Leute, mit denen Sie am Freitag gegen 18 Uhr zusammen waren.«

»Aber wieso denn? Ich verstehe nicht ganz, warum Sie das alles wissen wollen. Sie kommen am Sonntagmorgen daher, fragen zuerst nach Lisa, dann nach meinen Freunden, wollen genau wissen, wo ich am Freitag war ...? Weshalb?«

Braig hatte keine Lust, sich auf eine lange Diskussion einzulassen. »Die Namen und die Nummern bitte. Ich erkläre es Ihnen anschließend.«

Zeller schüttelte den Kopf, erhob sich von seinem Kissen. Er lief zum Nachttisch im Eck des Raumes, zog ein Handy aus der Schublade, reichte es dem Besucher. »Hier, bitte. Frank Schiemer, Nummer Vier. Falk Krämer, Nummer Acht. Julian Beutel, Nummer Elf. Sie müssen nur drücken, sie sind gespeichert.«

»Das sieht fast so aus, als hätten Sie meinen Besuch erwartet.«

»Ich? Aber wieso denn?« Zeller hatte sich breitbeinig vor ihm aufgebaut, starrte mit großen Augen zu ihm her. »Sie sind Polizeibeamter. Was habe ich mit der Polizei zu tun?«

Braig zog sein Handy vor, gab die Nummer eines der Kommilitonen ein, die sein Gesprächspartner ihm genannt hatte, wartete auf eine Reaktion. »Habe ich überhaupt eine Chance, die Leute heute am Sonntagmittag zu erreichen?«

»Was weiß ich? Versuchen Sie es eben, wenn es unbedingt sein muss.«

Im gleichen Moment stand die Verbindung. »Krämer, ja.«

Braig stellte sich vor, nannte sein Anliegen. »Wo waren Sie, Herr Krämer, am vergangenen Freitag gegen 18 Uhr?«

»Polizei? Das ist doch wohl eine Verarschung, oder?«

»Beantworten Sie doch bitte meine Frage. Freitagabend 18 Uhr.«

»Und wer sagt mir, dass Sie wirklich von der Polizei sind?«

»Rufen Sie im Landeskriminalamt an und nennen Sie meinen Namen: Braig. Dann werden Sie sofort zu mir durchgestellt.«

»Ja, ja. Am Freitag gegen 18 Uhr, wozu immer das gut sein soll. Menschenskind, woher soll ich das jetzt noch wissen ... Ach so, jetzt am Freitag, ja, wir trafen uns bei Frank. Unsere Seminararbeit besprechen.«

»Wo war das?«

»In der WG von Frank Schiemer. Hier in Tübingen in der Gartenstraße. Weshalb interessiert Sie das? Ist das eine Wette? Versteckte Kamera oder so? Oder ist Frank etwas passiert?«

Braig ging nicht auf seine Fragen ein. »Wer war dabei?«

»Meine Herren, Sie wollen es aber genau wissen. Wer dabei war? Na, Julian natürlich und Dennis. Julian Beutel und Dennis Zeller, um es genau zu sagen. Wir arbeiten schließlich gemeinsam an der Erforschung einer Höhle bei Gomadingen. Unsere Seminararbeit.«

»Und alle vier Herren waren um 18 Uhr eingetroffen?«

»Menschenskind, für welchen Sender nehmen Sie das denn auf? Kann ich wenigstens etwas gewinnen?«

»Beantworten Sie doch bitte meine Frage.«

»Alle vier? Nein, Julian nicht. Der kam ungefähr zehn Minuten später, weil er seinen Plan, also den Querschnitt der

Höhle, vergessen hatte und unterwegs umgekehrt war. Aber die anderen waren da. Wir standen mächtig unter Druck, weil wir am Samstag unserem Prof die ersten Ergebnisse vorführen wollten. Hat ja zum Glück auch geklappt.«

Braig bedankte sich für die Auskunft, ging auf die Fragen des Mannes, weshalb er das wissen wolle und für welche Gag-Sendung er arbeite, nicht ein, unterbrach die Verbindung. Natürlich war es möglich, dass Zeller dieses angebliche Treffen abgesprochen, seine Freunde um gleich lautende Antworten gebeten hatte. Er musste den Termin noch genauer abklären, die beteiligten Studenten persönlich aufsuchen und sie auf die möglichen Konsequenzen einer Falschaussage hinweisen, um ganz sicher zu gehen. Aber war das wirklich noch notwendig?

»Und? Glauben Sie mir jetzt?« Zeller stand immer noch aufrecht vor ihm, die Arme ineinander verschränkt. »Oder wollen Sie Frank und Julian auch noch anrufen?«

Braig ging nicht auf seine Fragen ein. »Lisa Haag ist tot«, sagte er stattdessen, die Miene seines Gegenüber aufmerksam beobachtend.

»Wie bitte?« Dennis Zeller schien auf der Stelle zu erstarren. Er verharrte unmittelbar vor ihm mit leicht nach vorne gebeugtem Oberkörper, starrte mit verkniffenem Gesicht zu ihm her. »Nein. Sagen Sie, dass das nicht wahr ist.«

»Sie wurde ermordet.«

»Lisa?«

Braig konnte buchstäblich verfolgen, wie es in dem jungen Mann vor ihm arbeitete, der Fortgang des Begreifens Körperteil auf Körperteil erfasste. Zeller schüttelte seinen Kopf hin und her, winkte mit der Hand die unbegreifliche Botschaft ab, wurde schließlich von heftigem Gliederzittern und einem kräftigen Heulkrampf erfasst. »Aber das ist doch nicht möglich ...« Er wollte noch etwas hinzufügen, einen Protest gegen die unmenschliche Botschaft äußern, war dazu jedoch nicht mehr in der Lage.

Braig blieb ruhig, verfolgte ohne einzugreifen, wie Zeller vor ihm zusammensackte und dann im Abstand von mehreren Sekunden vor Schmerz und ohnmächtiger Wut mit seiner rechten Faust auf den Teppich schlug. Das war keine Show, kein bewusstes Manöver, fühlte er instinktiv, da hatte es jemandem den Boden unter den Füßen weggezogen, hatte es einen jungen Menschen bis ins Innerste getroffen, war eine ganze Welt zusammengebrochen. Die Welt, die er sich mit Lisa Haag zusammen hatte aufbauen wollen?

Er gab ihm Zeit, drängte ihn nicht, wartete, dass er wieder zu sich fand.

»Lisa ist wirklich tot?«, kam es Zeller – einen unbegreiflichen Sachverhalt aussprechend – irgendwann von den Lippen. Er starrte mit verweinten Augen zu seinem Besucher, hoffte im tiefsten Inneren seines Herzens immer noch auf die Verneinung der schrecklichen Botschaft.

Braig streckte ihm die Hand entgegen, half ihm vorsichtig wieder auf. Zeller ließ sich neben ihn auf den schmalen Zweisitzer fallen, versuchte krampfhaft, nicht vom Sitz zu rutschen. Er zitterte immer noch am ganzen Körper.

»Sie haben Lisa gern, sehr gern.«

Es dauerte eine Weile, bis der Mann die Frage verstand, sie dann vorsichtig mit sanftem Kopfnicken bejahte.

»Obwohl es nicht mehr so war wie früher.«

Zeller reagierte langsam, wie in Zeitlupe. Es schien, als arbeite sein Gehirn nur mit halber Kraft, als seien die Synapsen auf reduziertes Betriebstempo eingestellt. »Nein. So war es nicht mehr. Der Kerl hat sie verhext.«

»Sie kennen ihn?«

»Meisner?«

Braig horchte auf. Da war er wieder, der Name. Derselbe, den auch Lisa Haags Eltern genannt hatten. »Ja.«

»Kennen?«, fragte Zeller, und dann, nach einer Weile: »Nein. Wieso auch?« Er schüttelte den Kopf, starrte auf den Boden. »Er hat sie verhext. Sie hörte nur noch auf ihn.«

»Wo wohnt er?«

»Seit sie ihn getroffen hat, ist sie völlig verändert.« Der junge Mann schien Braigs Frage nicht gehört zu haben, plapperte einfach vor sich hin. »Nur noch neue Klamotten, schminken, sich aufdonnern – das ist ihr einziges Programm.«

»Extra für ihn?«, erkundigte sich Braig. Im gleichen Moment vibrierte sein Handy.

»Sie will berühmt werden«, erklärte Zeller, »berühmt und begehrt. Für Deppen wie mich ist sie sich auf einmal zu gut.«

Braig zog das kleine Gerät aus seiner Tasche, sah auf dem Display, dass es sich um ein dienstliches Gespräch handelte, nahm es hoch.

Dr. Dolde war in der Leitung. »Tut mir leid, wenn ich am Sonntag störe.«

»Keine Ursache. Ich spreche gerade mit Lisa Haags Freund.«

Dolde schien beruhigt. »Dann interessiert es dich sicher zu erfahren, dass wir diesen Meisner identifiziert haben. Er schreibt sich tatsächlich so, wie man es spricht.«

»Diesen Meisner? Wie habt ihr das geschafft?«

»Es hat mir keine Ruhe gelassen, dass ich gestern und am Freitag-Abend bei dieser Telefongesellschaft nicht durchkam.«

»Und?«

»Na ja, ich habe es eben heute Morgen noch mal versucht.«

»Und es hat geklappt?«

»Angeblich sei immer jemand zu erreichen, Tag und Nacht. Das mit gestern und Freitagabend sollten wir entschuldigen, es handele sich um eine einmalige Panne.«

»Von wegen. Meine Erfahrungen sehen da ganz anders aus. Aber Hauptsache, du hast jemand erreicht.«

»Genau. Und der Mann ist wirklich kompetent. Keine fünfzehn Minuten nach unserer Unterhaltung hatte ich seine Mail. Mit allen Verbindungen, die mit Lisa Haags Handy in den letzten vierzehn Tagen erstellt wurden. Gespräche und SMS, alles inklusive. Zwei Seiten voll klein gedruckter Zahlen und Namen. Diesen Meisner fand ich sofort. Mehrere Verbindungen, fast jeden Abend, manchmal über eine Stunde lang, dazu am Freitag zweimal per SMS. Morgens kurz nach 10 Uhr, dann noch mal mittags um Drei. Er wohnt in Ludwigsburg, du hast es nicht weit. Ich maile dir das Material aufs Handy, dann kannst du dir sofort einen Überblick verschaffen.«

»Du spielst heute keine Orgel?«

»Wochenend-Bereitschaft, nein. Erst nächsten Sonntag wieder. Dazu bist du übrigens ganz herzlich eingeladen. Ein kleines Konzert. Aber, um jetzt nicht vom Thema abzukommen, ich habe die Kugel aus dem Baum, an dem die junge Frau erschossen wurde, analysiert. Sie stammt von einer Walther PPK 7.65. Hinz und Kunz. Das wird nicht einfach.«

Braig bedankte sich bei Dolde für dessen Aktivität, beendete das Gespräch. Dann hatten sie diesen Meisner, mit dem sich Lisa Haag kurz vor ihrem Tod angeblich verabredet hatte, also aufgespürt. Zweimal hatte sie am Freitag mit ihm noch Informationen ausgetauscht, welchen Inhalts auch immer. Gegen 10 Uhr und dann kurz vor ihrem Treffen gegen 15 Uhr noch einmal. Er musste den Mann in Ludwigsburg aufsuchen und ihn zur Rede stellen, heute Mittag noch,

Sonntag hin oder her. Dass ihm die Gesprächsverbindungen des getöteten Mädchens heute schon zur Verfügung stehen würden, hatte er nicht zu träumen gewagt. Nach all den negativen Erfahrungen der letzten Jahre hatte er befürchtet, bis zum Montag auf die Übermittlung der Daten warten zu müssen und sie auch dann erst unter Einschaltung der Staatsanwaltschaft tatsächlich zu erhalten. Doldes Aktivität und dessen unverhoffter Erfolg hatten ihm eine Menge Mühe erspart. Einmal mehr war er sich bewusst, welch wertvolle Bereicherung ihrer Arbeit der junge Techniker darstellte.

13. Kapitel

Lumpenburg hatten die anständigen Schwäbinnen und Schwaben das künstliche, von Protz und Pomp geprägte Gebilde genannt, das nicht wie all die anderen, von frommen und tugendhaften Bürgern bewohnten ordentlichen Städte und Dörfer des Ländles über die Jahrhunderte hinweg langsam gewachsen, sondern unter der Regie eines verruchten Herrschers aus dem Boden gestampft worden war. Dass es dem Gründer dieses Siedlungsensembles anfangs nicht gelang, Menschen aus der näheren oder ferneren Umgebung zum Umzug in seine neue Stadt zu bewegen, verwunderte niemand, zu sehr war der Sündenpfuhl in ganz Schwaben verschrien.

Herzog Eberhard Ludwig von Württemberg musste schon zu einer Mixtur aus Pressionen, übelsten Strafandrohungen und dem Versprechen von Steuervergünstigungen greifen, um die Gebäude *Lumpenburgs* mit lebendigem Inventar füllen zu können. 1704 hatte er auf dem Gelände des zum Kirchengut gehörenden Erlachhofs den Grundstein zum pompösen, in ganz Deutschland von der Größe her nicht übertroffenen Barockschloss Ludwigsburg legen, direkt im Anschluss nach dem Muster der regelmäßigen niederländisch-französischen Städtebaukunst den gleichnamigen Ort errichten lassen, der schon 1718 zur Stadt und 1724 zur schwäbischen Residenz anstelle Stuttgarts ernannt wurde. Was die *ordentlichen* Menschen im Ländle so erzürnte, war nicht allein der protzige, völlig unschwäbische Lebensstil in *Lumpenburg*, sondern auch der Lebenswandel Eberhard Ludwigs.

Dieser mit Johanna Elisabeth von Baden-Durlach verheiratete Landesherr war der vom Volk alsbald als *Landverderberin* bezeichneten, aus Mecklenburg stammenden schönen und ehrgeizigen Wilhelmine von Grävenitz dermaßen verfallen, dass er nicht nur seine rechtmäßige Ehefrau im Alten Schloss im anständigen Stuttgart zurückließ und mit seiner Mätresse ins sündige *Lumpenburg* zog, sondern diese 1707 auch noch heiratete. Der Gründer *Lumpenburgs*, der Landesherr Württembergs, ein Bigamist! Zwar wurde die Ehe mit der *Landverderberin* ein Jahr später auf Druck der Nachbarstaaten annulliert und die Grävenitz zum Schein mit dem dafür zum Landhofmeister ernannten, hoch verschuldeten Grafen von Würben verheiratet, doch blieb die Liaison mit Eberhard Ludwig volle dreiundzwanzig Jahre erhalten: Der Graf außer Landes gejagt, die Grävenitz als heimliche Herrscherin des Ländles. Skrupellos und voll unersättlicher Machtgier übernahm sie den Vorsitz im Kabinettsministerium, besetzte dieses mit ihren Brüdern und Vertrauten. Und natürlich geriet das gesamte Ländle in dieser Zeit der *Lumpenburger* Herrschaft in eine katastrophale finanzielle Schieflage, bis endlich 1734 nach dem Tod des Herzogs das anständige Stuttgart wieder zur Residenz Württembergs ernannt wurde. Bis auf den heutigen Tag sei Stuttgart deshalb als anständiges, sprich: stinklangweiliges Provinzstädtle weit über die Grenzen Deutschlands hinaus bekannt, alldieweil alle Welt wisse, dass der Bär ein paar Kilometer weiter im umso verruchteren Ludwigsburg abgehe.

Nur allzu gut erinnerte sich Braig an die kurzweiligen Erläuterungen zur Geschichte der Stadt, denen er gemeinsam mit Ann-Katrin anlässlich einer Führung im vergangenen Sommer amüsiert gelauscht hatte, als er am Montagmorgen vor der schmucken Villa unweit des Ludwigsburger Schlossparks angelangt war. Bleibe nur zu hoffen, hatte die promovierte Historikerin ihre Ausführungen mit Augenzwinkern geschlossen, dass sich wenigstens die Schüler des Stuttgarter Eberhard-Ludwigs-Gymnasiums den verruchten Lebenswandel ihres Namensgebers ein Stück weit zu eigen machten – damit es der Landeshauptstadt gelinge, in Zukunft wenigstens einen kleinen Ansatz von der Lebendigkeit der kleineren Nachbarin zu gewinnen.

Der Bär schien wirklich in Ludwigsburg abzugehen, überlegte Braig, als er sich die Daten und Fakten, die Dolde in mühsamer Kleinarbeit im Verlauf des Nachmittags zur Person des in Ludwigsburg wohnenden Nico Meisner nach und nach zusammengetragen hatte, noch einmal vor Augen holte. Der Mann war kein unbeschriebenes Blatt, schien ein Leben zu führen wie ein bunter Hund. 1963 in Nürtingen geboren, hatte er einundzwanzig Jahre später im zweiten Anlauf in Reutlingen das Abitur abgelegt, danach in Marburg und Tübingen Anglistik und Philosophie studiert, ohne es allerdings zu einem anerkannten Abschluss zu bringen. Die Berufe, die er anschließend ausübte, deckten ein breites Spektrum ab: Hausverwalter, Makler, Journalist, Schauspieler, Fernseh-Reporter, Moderator, Entertainment-Consultant, Sport-Veranstalter, Producer, Event-Manager, was immer das jeweils zu bedeuten hatte.

»In welcher Reihenfolge?«, hatte Braig sich bei seinem Kollegen erkundigt, als Doldes Mail bei ihm eingetroffen war.

»Keine Ahnung. Das geben die Quellen nicht her.«

Interessanter waren allemal die Anlässe, derentwegen Meisner bei verschiedenen Mitarbeitern der Polizei bekannt geworden war: 1998 eine allerdings wieder zurückgezogene Anzeige wegen Körperverletzung, zur Kenntnis gebracht in Esslingen; 2001 eine ebenfalls annullierte Anzeige wegen Vergewaltigung, diesmal in Reutlingen, und 2006 eine zum ersten Mal nicht wieder kassierte Anzeige, erneut wegen Körperverletzung, jetzt in Ludwigsburg. Anlässlich dieses Delikts war es zu einem Gerichtsverfahren gekommen, bei dem Meisner mit einer Geldbuße von immerhin 10.000 Euro belegt worden war.

»Du hast nicht feststellen können, wer ihn da angezeigt hat?«, war Braig bei Dolde telefonisch vorstellig geworden.

Wenige Minuten später hatte er sich die Namen ausdrucken können: Jasmin und Andreas Wahl aus Waldenbuch. So spürbar die Strafe einem Normalsterblichen auch im Geldbeutel liegen mochte, Meisner hatte sie wohl locker aus der Portokasse bezahlt. Dem Villen-artigen Anwesen nach, an dem sein Name prangte, schien es der Mann auf jeden Fall zu einer ganzen Stange Geld gebracht zu haben.

Noch am Sonntag-Nachmittag hatte Braig versucht, Meisner telefonisch zu erreichen, vergeblich. Sowohl sein Festnetzanschluss als auch die Handy-Verbindung ließen nur die stereotype Computer-Ansage der jeweiligen Mailbox hören, die ihn aufforderte, sein Anliegen auszusprechen und auf den Rückruf zu warten.

Eine Stunde später hatte sich Dolde erneut bei ihm gemeldet.

»Ich glaube, wir sollten heute noch nach Ludwigsburg fahren. Sonntagabend hin oder her.«

»Du arbeitest immer noch? Was hast du entdeckt?«

»Meisners Auto. Ein 5er BMW.«

Der Groschen war sofort gefallen. Nur allzu gut erinnerte er sich an die Aussage Sven Kleibers, des jungen Mannes, den er am späten Freitagabend unterhalb der Comburg getroffen und der ihm erzählt hatte, dass er wenige Stunden zuvor, kurz nach Einbruch der Dämmerung, einen 5er BMW in auffälliger Hektik vom Parkplatz unterhalb der Klosteranlage habe davonrasen sehen.

»Da kommt einiges zusammen, wie?«

Keine Stunde später, gegen 18.30 Uhr, hatten sie sich vor der im Dunkeln liegenden Villa getroffen, die Klingel anschließend mehrfach vergeblich betätigt. Im Haus war nirgends ein Lebenszeichen zu erkennen gewesen, keines der Fenster von einem Lichtschein erhellt.

»Sieht so aus, als sei der Vogel ausgeflogen«, hatte Dolde überlegt. »Bedeutet das *Gefahr im Verzug?*«

»Du willst ins Haus?«

»Du bist der Chef. Die Entscheidung liegt bei dir.«

Braig hatte gezögert, dann beschlossen, den ordnungsgemäßen Weg einzuhalten und zuerst mit der Staatsanwaltschaft Rücksprache zu halten, anstatt sich zu einer eigenmächtig initiierten Hausdurchsuchung hinreißen zu lassen.

Doldes Anruf am frühen Montagmorgen hatte alle Zweifel beseitigt.

»Jetzt haben wir ihn«, hatte er erklärt.

Braig war wenige Minuten vorher im Büro eingetroffen, hatte verwundert die Spirale des unter dem Hörer hin und her schwankenden Telefonkabels betrachtet. »Ich verstehe nicht ganz.«

»Meisner. Er betätigt sich nebenbei als Jäger.«

»Als Jäger?«

»Du verstehst, was das bedeutet?«

»Mein Gott, er hat eine Waffe?«

»So ist es.«

»Woher weißt du das jetzt schon wieder?«

»Ich bin schon eine Weile hier. Habe verschiedene Register überprüft.«

»Und er verfügt wirklich über eine Waffe? Wie ist das mit dem Gerichtsverfahren in Einklang zu bringen?«, fragte Braig.

»Es war ja nur eine Geldbuße. Das reicht nicht, sie ihm zu entziehen.«

»Kannst du feststellen, welche Waffen er angemeldet hat?«

»Allerdings. Auf jeden Fall eine Walther PPK 7.65. Das reicht fürs Erste, oder?«

Er hatte geglaubt, nicht richtig zu verstehen. Sollte die Sache wirklich so einfach sein? Der Mann, mit dem Lisa Haag Abend für Abend lange Gespräche geführt, der sie wenige Stunden vor ihrem Tod als Letzter per Handy kontaktiert hatte – sofern es keine andere Person gab, die den auf seinen Namen angemeldeten Telefonanschluss nutzte – zudem ein Auto fuhr, dessen Typ zur Zeit ihrer Ermordung unweit des Tatorts beobachtet worden war, verfügte über genau das Modell einer Pistole, aus dem die tödlichen Schüsse abgegeben worden waren. Fast zu schön, um wahr zu sein, war sich Braig bewusst. Auch wenn man bedachte, dass es sich bei der Walther PPK 7.65 um eine weit verbreitete Allerweltswaffe handelte und bisher keinerlei Beweise vorlagen, dass es wirklich Meisner selbst gewesen war, der die vielen Telefonate mit der Ermordeten geführt hatte, die Summe der Verdachtsmomente gegen den Mann war außergewöhnlich groß. Braig hatte deshalb nicht lange gezögert und unmittelbar nach Doldes frühem Anruf die Staatsanwaltschaft über seinen Erkenntnisstand informiert.

Zehn Minuten nach zehn an diesem Montagmorgen standen sie erneut vor der Villa Meisners in Ludwigsburg, den von einem Ermittlungsrichter unterzeichneten Hausdurchsuchungsbeschluss in Händen. Ihr Läuten blieb wie am Vortag ohne Reaktion.

»Dann versuchen wir es eben auf die andere Tour.« Braig sah, wie Rössle einen großen Schlüsselbund aus der Tasche zog, nickte ihm zu.

Der Kriminaltechniker öffnete die Gartentür, tänzelte auf den von einer hauchdünnen Eisschicht überzogenen Steinplatten zum Gebäude, machte sich am Schloss der Haustür zu schaffen. Die Temperatur war in der Nacht weit unter die Frostgrenze gefallen, hatte seither nur wenig zugelegt.

Braig bewegte seine klammen Finger mühsam hin und her, griff zu seiner Waffe, wartete, dass die Tür aufsprang. Das Unternehmen schien mühsamer, als sie erwartet hatten.

»Ja, isch denn des möglich«, schimpfte Rössle, griff zum wiederholten Male nach einem anderen Schlüssel, »so a verbarrikadiertes Haus findescht ja bei all dene viele Idiote in Sindelfinge nirgends!« Er benötigte fast zehn Minuten, ehe die Tür offen war, trat dann zu Seite.

Braig schob sich ins Innere, die Pistole schussbereit in der Hand, starrte ins Dunkel einer weiten Diele. »Hier ist die Polizei. Wir kommen jetzt ins Haus«, rief er mit kräftiger Stimme.

Das Erste, was ihm auffiel, war der intensive Geruch. Irgendein herbes, nach Kräutern und anderen Pflanzen duftendes, mit Zitrusextrakten vermischtes Aroma. Er tastete nach dem Lichtschalter, setzte den gesamten Eingangsbereich in eine von mehreren Strahlern hell ausgeleuchtete Szenerie, kniff die Augen für den Moment einer Sekunde zusammen. Rössle schob sich an ihm vorbei, hielt seine Nase schnuppernd in die Höhe. Der Kriminaltechniker schaute sich prüfend um, die Stirn misstrauisch in Falten gelegt. Er zog sich Plastikhandschuhe über, bückte sich nach einer Steckdose, machte sich dort zu schaffen.

»Künschtliches Aroma, pfui Deifel, do stinkt's wie in Sindelfinge.« Er hielt eine kleine, helle Box in die Höhe, legte sie vorsichtig auf der Truhe gegenüber der Haustür ab. »Hoffentlich net in alle Zimmer!«

Braig lief durch die Diele, sah rechter Hand den schmalen, mit einem halbrunden Bogen gekrönten Durchlass, der direkt zur Treppe führte. Er warf einen kurzen Blick auf die aus dunklem Eichenholz gefertigten Stufen, machte einen Schritt zur nächsten Tür, öffnete sie. Ein großzügig geschnittenes Wohnzimmer von etwa sechs auf acht Metern lag vor ihm, postmodern eingerichtet, mit weißem Fliesenboden, einer schmalen, auf silberglänzenden Metallfüßen ruhenden beigefarbenen Ledergarnitur, einem niedrigen Glastisch und zwei kleinen Vitrinen mit Porzellan und Gläsern.

Braig hielt sich nicht lange in dem wie die Diele intensiv nach Kräutern und Zitrusextrakten duftenden Raum auf, warf einen kurzen Blick in die benachbarte, ebenfalls von weißen Fliesen und silberglänzenden Metallicfronten gezeichnete geräumige Küche. Töpfe, Geschirr, Besteck, alles ordentlich verstaut, nur ein verschmutzter, mit Essensresten überzogener Teller sowie ein entfernt nach Bier riechendes Glas in der Spüle, die darauf hinwiesen, dass sich hier vor kurzer Zeit noch jemand aufgehalten hatte. Braig sah, wie Rössle an dem Glas schnupperte, es dann vorsichtig in die Höhe hielt und es akribisch genau musterte.

»Wann wurde es benutzt?«, fragte er.

»Hellsehe sollt ma könne.« Der Kriminaltechniker zog eine kleine Lupe vor, begutachtete das Glas von mehreren Seiten. »Die Ränder sind eitrocknet. Mindeschtens zwoi Tag alt. Eher noch mehr.«

»Freitag?« *Der Tag, an dem der blonde Engel ermordet wurde*, lag es unausgesprochen in seiner Frage.

»Des muss noch genauer untersucht werde. Aber möglich isch es, ja.«

Dann fuhr Meisner nach der Tat gar nicht mehr nach Hause, sondern machte sich sofort auf und davon, überlegte Braig. Wohin?

Dolde stand in der Tür, warf einen flüchtigen Blick in die Küche. »Kannst du mal kommen?«

Braig nickte, folgte dem Kollegen zum Fuß der Treppe, sah die offene Tür. Zwei schlichte, mit Schreibtischen, Computern und Aktenschränken ausgestattete Räume.

»Das Büro«, erklärte Dolde. Er winkte Braig an den Schreibtisch des hinteren Zimmers, zeigte auf einen Aktenordner, der aufgeschlagen neben der Computer-Tastatur lehnte. »Er lag hier. Allerdings mit geschlossenem Deckel. Ich habe in ihm geblättert.«

Braig benötigte keine weitere Erklärung, starrte auf das Blatt vor sich, fühlte sich augenblicklich elektrisiert. Der Name, die Bilder, das Gesicht. Es handelte sich um die Bewerbung einer jungen Frau mit kurzem Lebenslauf, Beschreibung ihrer körperlichen Vorzüge und zwei Fotografien: Eine etwa postkartengroße Ganzkörper-Aufnahme in knappem Bikini und ein ebenso großes Porträt. Lisa Haag. Schön wie ein Engel.

»Sie hat sich bei ihm beworben.«

»Wofür?«

»Keine Ahnung. Sieht so aus, als betreibe er irgend so eine Casting-Agentur. Für Werbe-Models oder so.«

»Casting? Er prüft Leute, ob sie sich als Model eignen und vermittelt sie?«

»Ich denke, ja.« Dolde zeigte auf den Titel des Aktenordners. »Hier. Das dürfte seine Firma sein.«

Braig sah das DIN-A4-große farbige Foto einer schlanken jungen Frau in knappem T-Shirt und kurzen Hosen, auf deren Brust in großen Lettern *European Angels* und darunter, etwas kleiner *Meisners Famous Models* prangte. Zwischen die Beine eingeschoben die Internetadresse und Telefonnummer seiner Agentur.

Braig blätterte den Inhalt des Ordners durch, sah, dass er die Fotos junger Frauen samt der Beschreibung ihrer körperlichen Vorzüge sowie bereits erfolgreich abgeschlossener Verträge enthielt. Er überflog mehrere Seiten, musterte Bild auf Bild, wunderte sich über die Ähnlichkeit des Aussehens und der Figur der darauf posierenden jungen Frauen. Fast alle waren auffallend schlank, langbeinig und blond. »Bilde ich mir das ein oder geht es dir genau so: Die sehen aus, als seien sie alle miteinander verwandt«, sagte er.

Dolde lachte leise auf. »Die sind alle nach demselben Modell genormt«, stimmte er ihm zu. »Nach dem Mainstream gebürstet, industriemäßige Produktion, wie die Werbung es wünscht. European Angels, von den Agenturen geklonte Männerträume. Individualität und eigenständige Persönlichkeit stören da nur.«

»Und alle im gleichen Alter. Die Jüngste fünfzehn, die Älteste sechsundzwanzig, falls ich das richtig beobachtet habe.«

»Das wird wohl stimmen. Mit dreißig bist du in diesem Metier weg vom Fenster.«

Braig blätterte weiter, hatte Lisa Haags Vorstellung vor sich. »Sie war also eines seiner Models.«

»Number Five«, ergänzte Dolde, auf die am unteren Rand des Blattes hinter der Rubrik *European Angels No.* handschriftlich eingetragene Ziffer 5 deutend.

»Eines seiner Vorzeige-Models?«

»Sieht so aus, ja.«

Er blätterte weiter, sah, dass die Bögen tatsächlich verschieden gekennzeichnet und der Reihe nach eingeordnet waren. *Caroline Klenk European Angel No. one, Katja Bührle European Angel No. two, Jeanette Hagenmaier European Angel No. three, Deborah Eisenbeiss European Angel No. four, Lisa Haag European Angel No. five.* Fünfundneunzig weitere Engel folgten.

»Wer nimmt die Einteilung vor?«

»Was weiß ich? Dieser Meisner wahrscheinlich.«

»Und wovon hängt die Platzierung ab?« Braig betrachtete mehrere Fotos, schaute fragend zu seinem Kollegen. »Große Unterschiede gibt es da doch wirklich nicht.«

»Ich kenne den Mann nicht«, sagte Dolde, ein zweideutiges Grinsen im Gesicht, »aber was man so hört ...«

»Du hast dieselbe versaute Fantasie wie ich«, meinte Braig. »Aber vielleicht ist das die Erklärung für den Mord.«

Der Kriminaltechniker nickte. »Der Kerl nützt seine Position aus und legt seine Engel flach, je nach Lust und Laune. Und je öfter er bei einer landet, desto höher die Platzierung.«

»Da muss sich ein Engel aber ganz schön ranhalten, um ganz nach oben zu kommen. Immer schön dem Meister zu Diensten sein. So hat sie es immerhin auf Platz fünf geschafft. Aber plötzlich macht sie Zicken. Wurde es ihr zuviel?«

»Du meinst, sie will plötzlich nicht mehr so wie er? Sie erlaubt sich, sich ihm zu widersetzen, ihm, dem großen Heilsbringer?«

»Vielleicht«, überlegte Braig. »Wäre doch möglich, oder? Widerstand ist er sicher nicht gewöhnt. Schließlich ist er der Garant für eine glanzvolle Zukunft der Mädchen.«

»Und weil sie sich ihm widersetzt, gehen die Gäule mit ihm durch und er bringt sie um?« Dolde legte die Stirn in Falten, bewegte den Kopf hin und her. Jeder Quadratmillimeter seines Gesichts spiegelte seine Skepsis. »Ist das nicht etwas zu plump? Typisches Gedankengut zweier bürgerlicher Polizeibeamter, geprägt vom unterschwelligen Neid auf das lustvolle Leben dieses Model-Betreuers?«

Braig musste unwillkürlich lachen, klopfte seinem Kollegen auf den Arm. »Mag sein, ja. Klingt nicht ganz logisch, wie?«

»Das muss nichts heißen. Verbrechen werden nie nach Gesetzen der Logik verübt, das weißt du besser als ich.«

»Wie steht es mit Konkurrenz? Solche Model-Agenturen gibt es doch bestimmt unzählige, oder?«

»Du meinst, sie wollte den Stall wechseln?«

Braig hob abwehrend seine Hände. »Keine Ahnung. Auf jeden Fall ist das Mädchen sehr hübsch. Seine *Number five.* Vielleicht bekam sie von einer anderen Agentur mehr geboten und drohte abzuspringen. Ausgerechnet eines seiner Vorzeige-Models. Das konnte er nicht zulassen! Wenn das Schule macht ...« Braig verstummte mitten im Satz, blickte fragend zu Dolde. »Menschenskind, was labern wir da! Wir sind mitten im Spekulieren. Dazu ist es aber noch viel zu früh. Uns fehlen sämtliche Informationen, wie die Geschäfte in dieser Branche überhaupt laufen. Wo ist denn der Sitz seiner Firma, wo sind die Leute, die für ihn arbeiten? Er muss doch Angestellte haben, oder macht er das ganz allein?«

Dolde gab keine Antwort, setzte sich an den Computer, schaltete ihn ein. Braig sah mehrere junge, spärlich bekleidete Frauen über den Bildschirm huschen, verfolgte erstaunt, wie eines der jungen Dinger in der Mitte des Monitors stehen blieb, sich dem Betrachter zuwandte und ihm sein T-Shirt mit dem Emblem der Firma präsentierte:

European Angels
Meisners Famous Models.

Dieselbe Frau, die er schon vom Titel des Aktenordners her kannte.

»Cleverer Internet-Auftritt«, erklärte Dolde, »das muss man dem Kerl lassen.«

Das Titel-Mädchen griff nach seinem T-Shirt, zog es hoch, ließ ein neues, noch knapperes Stück Stoff mit der Aufschrift: *Wollen Sie mehr?* erscheinen.

»Zieht die sich jetzt ganz aus?«, fragte Braig.

Im gleichen Moment trat die junge Frau zurück, machte dem Auftritt anderer Modelle Platz. *Caroline*, las Braig, *European Angel No. one*, dann, wenige Sekunden später, *Katja, European Angel No. two, Jeanette, European Angel No. three, Deborah, European Angel No. four, Lisa, European Angel No. five*. Er erkannte sie sofort. Das ebenmäßig schmale Gesicht, die kleine Stupsnase, die langen goldblonden, leicht gelockten Haare. Sie posierte mit etwas ungelenken Bewegungen, wie er es von verschiedenen Internet-Präsentationen gewohnt war.

»Sie war wirklich eines seiner Vorzeige-Modelle«, meinte Dolde.

Braig nickte, sah ein neues Mädchen auf dem Monitor erscheinen. *Marion, European Angel No. six*. Er griff nach dem Aktenordner, bemerkte, dass die Reihenfolge identisch war. *Julia, European Angel No. seven*.

»Wie lange geht das so weiter?«, fragte er. »Werden jetzt alle hundert Engel ...« Er wurde vom lauten Schimpfen einer weiblichen Stimme unterbrochen, schaute überrascht auf.

Zuerst die wütend keifende Frau, dann die besänftigend klingende Antwort eines Mannes, anschließend wieder die weibliche Stimme. Ein heftiger Disput schien entbrannt zu sein. Er blickte in die Richtung der Haustür, von der der Lärm kam, hatte die Worte der Frau jetzt deutlich im Ohr.

»Was haben Sie hier zu suchen? Wo ist Herr Meisner?« Ihre Empörung war nicht zu überhören. »Ich verlange eine Erklärung!«

Braig löste sich vom Bildschirm, lief zur Diele. Er sah die beiden Kampfhähne schon von weitem. Markus Schöffler, einer der alten Routiniers der Spurensicherung mit abwehrend erhobenen Händen im Inneren des Hauses, eine etwa 40

Jahre alte Frau in einem vornehmen dunkelgrauen Hosenanzug, der ihre kräftige Figur vorteilhaft zur Geltung kommen ließ, wutschnaubend wie eine Rachegöttin keinen halben Meter von ihm entfernt.

»Wir sind von der Polizei«, hörte Braig den Kollegen gerade erklären.

»Polizei?«, tönte die Antwort. »Dass ich nicht lache!«

Er griff in seine Jacke, zog seinen Ausweis, streckte ihn der Frau entgegen. »Braig«, sagte er, »vom Landeskriminalamt. Das ist mein Kollege Schöffler. Darf ich wissen, was Sie von Herrn Meisner wünschen?«

»Was ich hier wünsche?« Das Gesicht der Frau war dunkelrot angelaufen. »Das ist mein Büro«, brach es heftig aus ihr hervor. Sie streckte ihren Arm in die Richtung, aus der Braig gerade gekommen war, schrammte mit ihrer Hand haarscharf an seiner Wange vorbei.

Er trat einen halben Schritt nach rechts, um ihr auszuweichen, sah, wie sie den Arm erschrocken zurückzog. »Sie arbeiten für Herrn Meisner?«, fragte er.

Sie nickte, schien sich langsam zu beruhigen. Die dunkelrote Farbe wich, die in Falten gelegte Stirn glättete sich zunehmend. Er musterte sie aufmerksam, sah das sorgsam, aber nur in Maßen aufgetragene Make-up, roch den feinen Duft, der von ihr ausging. Die Haare trug sie kurz, in brauner Tönung, unter der dunkelgrauen Jacke kam eine mit filigranen Stickereien verzierte weiße Bluse zum Vorschein. Alles in allem vermittelte die Frau einen Anschein von natürlichem Selbstbewusstsein und Seriosität, den er hier, in dieser Model-Agentur so nicht erwartet hatte. Vielleicht konnte sie ihnen helfen, das Versteck des Mannes aufzuspüren, falls sie nicht in allzu großer Loyalität für ihren Arbeitgeber gebunden war.

»Dürfte ich bitte Ihren Namen und Ihre berufliche Funktion wissen?«

Sie ließ einen lauten Seufzer hören, der wohl andeuten sollte, dass sie sich wider Willen in dieses eigentlich inakzeptable Spiel fügte, kam dann der Bitte ihres Gegenüber nach. »Regina Trefz. Ich arbeite für *Meisners Famous Models*.« Sie sprach den Namen der Agentur mit amerikanischem Akzent, vermittelte ihr so den Hauch von Weltläufigkeit und Sexappeal, der in dieser Branche wohl lebensnotwendig war.

»Sie sind für das Büro der Firma zuständig?«

»Wenn Sie das so ausdrücken wollen, ja.«

»Und wie viele Beschäftigte hat die Firma insgesamt?«

»Beschäftigte? Was soll die Frage? Wen wollen Sie hier groß beschäftigen? Herr Meisner und ich. Seine Frau ist vor fünf Jahren ausgeschieden.«

»Sie sind die einzige Arbeitskraft?«, fragte Braig überrascht.

Regina Trefz betrachtete ihn ausdruckslos, ohne jeden Kommentar.

»Sehe ich das richtig, dass die Tätigkeit der Firma in der Vermittlung von jungen Frauen für Werbeaufnahmen besteht?«

»Werbeaufnahmen?« Die Frau warf ihm einen geringschätzigen Blick zu. »Na ja, damit hat es mal angefangen. Das spielt heute nur noch eine Nebenrolle.«

»Und was ist die Hauptsache?«

»Castingshows«, sagte sie, wieder in jenem Tonfall, den Braig als amerikanischen Akzent deutete.

»Castingshows.« Er wiederholte ihre Antwort, überlegte, was sie wohl alles beinhaltete.

»Warum sprechen Sie nicht mit Herrn Meisner selbst, wenn Sie sich schon in seinem Haus aufhalten?«

Er sah sich aus seinen Überlegungen gerissen, suchte nach einer Antwort. »Er ist nicht da. Wir hätten ihn gerne gesprochen.«

Die Körperhaltung der Frau veränderte sich binnen Sekunden. Sie bog ihren Rücken durch, stand stramm wie ein Soldat beim Salutieren, musterte ihn mit strengem Blick. »Was heißt das? Er ist nicht da?«

»Er ist nicht hier«, beharrte er.

»Und Sie suchen ihn? Weshalb?«

Er wusste nicht, inwieweit er ihr offen antworten sollte, bat sie ins Büro. »Vielleicht können Sie uns genauer über die Geschäftspraktiken der Firma aufklären.«

Er lief ihr voran, machte sie mit Dr. Dolde bekannt, bat sie, auf ihrem gewohnten Stuhl Platz zu nehmen. Sie marschierte ins benachbarte Zimmer, legte ihre Handtasche auf dem Schreibtisch ab, zog sich den Bürostuhl heran, setzte sich. »Weshalb suchen Sie Herrn Meisner?«

»Sollte er um diese Zeit nicht hier anwesend sein?«

»Allerdings. Wir haben einige geschäftliche Dinge zu besprechen.«

»Zum Beispiel?«

»Das sind doch wohl interne Angelegenheiten unserer Agentur.«

»Nicht mehr. Soll ich Ihnen unseren Durchsuchungsbefehl zeigen?«

Regina Trefz erbleichte zusehends, schüttelte den Kopf. »Was ist mit Herrn Meisner? Weshalb sind Sie hier?«

»Sie haben heute noch keine Zeitung gelesen? Oder gestern und vorgestern die Nachrichten gehört oder gesehen?«

Sie schaute ihn fragend an. »Nein, ich habe andere Sorgen. Meine Mutter liegt in der Klinik. In Tübingen, nicht hier. Es sieht nicht gut aus.« Sie stockte für einen Moment, schluckte, fuhr dann fort. »Warum sollte ich die Nachrichten verfolgen? Ist etwas passiert?«

Braig deutete auf den Aktenordner im Nachbarraum. »Die *European Angels*«, sagte er. »Sie kennen sie?«

»Was, glauben Sie, ist mein Job?«

»Diese Frauen zu vermitteln, wenn ich das richtig verstehe?«

»So in etwa, ja.«

»Lisa Haag, der Name sagt Ihnen etwas?«

»Eine unserer *Angels*.« Wieder im gewohnten Akzent. »Natürlich kenne ich sie. Vom Bild her jedenfalls. Sie ist sehr weit vorne platziert.«

»Nicht persönlich?«

»Persönlich? Doch, ja, ich habe sie gesehen und mich auch mit ihr unterhalten. Hier im Haus. Zwei- oder dreimal. Sie ist sehr ehrgeizig, will unbedingt ganz nach vorne kommen.«

»Sehr ehrgeizig? Worin äußert sich das?«

»Sie wollen es aber genau wissen!«, kritisierte Regina Trefz. »Lisa Haag ruft oft an, taucht auch hier bei uns auf. Sie weiß, wie man es nach oben schafft. Das ist wohl nur noch eine Frage der Zeit, bis sie an der Spitze steht.«

»Was muss man denn tun, um es an die Spitze zu schaffen?«, nahm Braig ihre Worte auf.

»Was wohl?«, antwortete sie brüsk. »Sich möglichst gut verkaufen. Und das beherrscht sie sehr gut. Was ist mit ihr?«

»Sie haben nichts davon gehört?« Braig musterte angestrengt das Gesicht der Frau, versuchte, jede Regung einzufangen.

»Wieso? Ist ihr etwas zugestoßen?« Sie kniff die Augen zusammen, starrte aufmerksam zu ihm her.

Er gab keine Antwort, behielt ihre Miene im Blick.

»Oh mein Gott, ihr ist etwas passiert, ja?« Regina Trefz schnellte in die Höhe, schob ihren Stuhl zurück. »Im Zusammenhang mit den Aktivitäten unserer Agentur?« Sie sah Braigs starren Gesichtsausdruck, schüttelte den Kopf. »Und ich habe ihn mehrfach gewarnt, damit endlich aufzuhören.« Sie seufzte laut auf, griff nach ihrer Handtasche, zog eine Zigarettenpackung daraus hervor. »Was ist passiert?«

»Womit soll er endlich aufhören?«, fragte Braig, ohne auf ihre Worte einzugehen.

Die Frau machte sich an den Zigaretten zu schaffen, zog ein Feuerzeug aus der Tasche, zündete sich eine an. Sie nahm einen kräftigen Zug, blies eine blaue Wolke in die Luft. »Was ist passiert?«, wiederholte sie.

»Lisa Haag«, sagte Braig. »Sie wurde ermordet.«

»Verdammte Scheiße.« Regina Trefz Fluch hallte laut durch den Raum. Sie schien in sich zusammenzufallen, eilte gebückt, den Kopf nach vorne zwischen die Schulter gezogen, mit großen Schritten vor dem Schreibtisch hin und her, stieß wütend den Stuhl zur Seite. »Ermordet«, zischte sie, die Zigarette zwischen den Lippen, »wer war es?« Sie blieb stehen, jagte eine Kaskade blau-grauer Wolken in die Luft, musterte ihr Gegenüber. »Er wurde von Meisner vermittelt?«

Braig versuchte, den Sinn ihrer Worte zu verstehen, sah die Frau für Sekunden im Nebel ihres Zigarettenrauches verschwinden.

»Scheiße, Scheiße, Scheiße«, zischte sie.

»Was meinen Sie mit: *Er wurde von Meisner vermittelt?*«, fragte Braig.

Regina Trefz wedelte mit der Hand durch die Luft, drückte ihre Zigarette auf dem Schreibtisch aus, warf sie in den Abfalleimer. Sie lief zum Fenster, öffnete es für mehrere Sekunden, ließ einen Schwall kalter Luft in den Raum. Braig sah, wie sie kräftig durchatmete, bemerkte das leichte Frösteln auf seiner Haut. Die frische Luft schien der Frau neue Kraft zu verleihen; sie straffte ihren Körper, schloss das Fenster, lief aufrecht wie ein salutierender Soldat zum Schreibtisch zurück. Der Stuhl schlug hart auf dem Boden auf, als sie ihn mit weit ausgestrecktem Arm in die richtige Position zerrte. Sie setzte sich, ordnete ihre Haare, fuhr sich übers Gesicht. »Also, einer unserer *Angels* wurde ermordet«, erklärte sie dann in sachlichem Ton, als handle es sich um ein neues Angebot für ein von der Agentur betreutes Model. »Was wollen Sie von mir?«

»Ob er *von Meisner vermittelt* wurde, haben Sie mich gefragt. Ich würde Ihnen gerne antworten, verstehe Ihre Frage aber nicht ganz«, wiederholte Braig.

Regina Trefz starrte an ihm vorbei zu einem imaginären Punkt an der Wand. »Vergessen Sie´s«, sagte sie. »Lisa Haag ist einer unserer *Angels*. Ein wirklich hübsches Ding.«

Sie mauert, war er sich klar, versucht, mich abzulenken. Er sah ihre straffe Körperhaltung, war sich bewusst, dass er mit einem Frontalangriff ihre Abwehr nur verstärken, nicht durchbrechen würde. Er musste ihr Zeit, sie der Gewalt bewusst werden lassen, die der jungen Frau angetan worden war, um sie zur Besinnung zu bringen. Zur Besinnung darüber, dass sie verpflichtet war, ihnen alle Hinweise auf den Mörder zu offenbaren, über die sie verfügte, ob es ihren Arbeitgeber betraf oder nicht. »Wann haben Sie Herrn Meisner zum letzten Mal gesehen?«, fragte er deshalb.

Sie sah offensichtlich keinen Anlass, ihm die gewünschte Auskunft zu verweigern, überlegte nicht lange. »Am Donnerstag«, antwortete sie. »Letzten Donnerstag, wie üblich.«

»Seither nicht mehr?«

»Ich bin Montag bis Donnerstag jeweils von etwa 11 bis 18 Uhr hier im Büro. Viermal sieben Stunden. Das reicht vollkommen. Die restlichen Termine nimmt Herr Meisner selbst wahr.«

»Er ist immer anwesend, wenn Sie hier arbeiten?«

Regina Trefz schüttelte den Kopf. »Wie es sich ergibt. Eher selten, würde ich mal sagen. Er ist oft unterwegs bei potenziellen Kunden.«

»Sie wissen, was er übers Wochenende plante? Freitag, Samstag, Sonntag?«

»Herr Meisner?«

Braig nickte zustimmend.

»Woher? Donnerstag gegen 13 Uhr verließ er das Büro, mehr ist mir nicht bekannt.« Sie deutete auf den Nachbarraum, in dem Dolde Aktenordner studierte. »Sein Privatleben interessiert mich nicht.«

»Aber sein Privatleben hat schon mit seinen beruflichen Unternehmungen zu tun?«

»Wie meinen Sie das?«, fragte sie mit ausdrucksloser Stimme.

Er nahm ihre stocksteife Körperhaltung wie die versteinerte Miene wahr, wusste, dass sie ihn ganz genau verstanden hatte. »Ich meine, dass Herr Meisner *nähere*«, er betonte das Wort, indem er es langsam, fast Buchstabe für Buchstabe formulierte, fuhr dann in normaler Aussprache fort, »Beziehungen zu einigen der jungen Frauen unterhielt.«

Sie reagierte nicht, saß still wie eine Statue.

»Privater Natur«, fügte er hinzu.

»Das müssen Sie ihn selbst fragen«, erklärte sie. »Wie erwähnt, sein Privatleben interessiert mich nicht.« Sie griff erneut nach einer Zigarette, zündete sie an.

Braig beschloss, es auf eine sanftere Tour zu versuchen. »Wie sieht die Arbeit Ihrer Agentur aus? Können Sie mir das bitte erklären?«

Regina Trefz nickte widerstandslos. »*Meisners Famous Models* vermittelt junge Frauen an verschiedene Interessenten. Einerseits geht es um Fotoaufnahmen für Werbung; Kataloge, Prospekte und so fort, Sie kennen das ja. Das andere sind die Castingshows auf öffentlichen Bühnen und im Fernsehen. Wir suchen uns die jungen Frauen bei verschiedenen Anlässen aus und empfehlen sie dann an die potenziellen Kunden weiter. Die letzte Entscheidung, ob sie das empfohlene *Model*«, sie formulierte das Wort wieder im amerikanischen Akzent, »wirklich wählen, liegt natürlich beim Kunden. Er zahlt schließlich dafür.«

»Das Geld geht an die Agentur?«

»Richtig.« Sie inhalierte, drehte den Kopf zur Seite, blies eine große blaue Wolke in die Richtung des Fensters. »Wir bezahlen dann unser *Model*.«

»Wobei ein Teil des Geldes bei der Agentur verbleibt.«

»Ein kleiner Teil. Das ist schriftlich bis ins Detail fixiert. Wir müssen schließlich auch von etwas leben.«

»Ohne Zweifel«, attestierte Braig. Er sah, wie sie wieder inhalierte und wartete, bis sich die neue Nikotinwolke im Zimmer verteilt hatte. »Wer bestimmt letztendlich, welches *Model* einem Kunden empfohlen wird? Ich denke, Ihre Agentur hat sicher eine große Auswahl zur Verfügung?«

Sie warf ihm einen scharfen Blick zu, hatte die doppeldeutige Brisanz seiner Frage offensichtlich bemerkt.

»Allein der Kunde. Wir präsentieren ihm einen ganzen Katalog an in Frage kommenden *Models* und er wählt dann aus.«

»Aber Sie nehmen nicht jede junge Frau in Ihrem Katalog auf, die sich bei Ihnen bewirbt.«

»Natürlich nicht, das wäre unmöglich. Wissen Sie, wie viele Frauen sich bei uns melden, um aufgenommen zu werden?«

»Und wer entscheidet, ob eine junge Frau in den Katalog kommt oder nicht?«

Regina Trefz nahm einen tiefen Lungenzug, ließ sich mit ihrer Antwort Zeit. »Das entscheiden wir gemeinsam«, sagte sie schließlich.

»Wir?«

»Herr und Frau Meisner und ich.«

»Frau Meisner?«, fragte Braig.

»Früher jedenfalls. Jetzt ist sie nicht mehr dabei.«

»Weshalb?«

»Scheidung. Vor fünf Jahren.«

»Ah ja«, sagte er, »das ist nachvollziehbar bei dem Job.« Er musterte ihr Gesicht, sah am Zucken ihrer Mundwinkel, dass sie seine süffisante Bemerkung genau registriert hatte. Er ließ ihr Zeit, ihm zu widersprechen, das zweideutige Bild, das er von ihrem Chef zeichnete, abzuwehren, blieb ohne Reaktion.

»Seither bestimmt also Herr Meisner weitgehend allein darüber«, fügte er schließlich hinzu.

Regina Trefz nahm einen langen Zug von ihrer Zigarette, starrte zu dem imaginären Punkt an der Wand, sah immer noch keinen Anlass, seine Aussage zu korrigieren.

Dann haben wir also recht mit unserer schmutzigen Fantasie, überlegte er. Der Vermittler betreut seine Models wirklich in allen Lebenslagen. Er versucht es zumindest. Mal klappt es, mal klappt es nicht. Und Lisa Haag hatte, allen Ehrgeiz in Ehren, irgendwann genug von dieser besonderen Betreuung. Ab einer gewissen Grenze war sie nicht mehr zu ertragen, hatte seine Zuwendung Ausmaße angenommen, die ihren Preis nicht mehr wert waren. Der Betreuer selbst aber hatte das naturgemäß anders gesehen ...

»Wo könnte Herr Meisner sich jetzt aufhalten? Haben Sie eine Idee?«

Die blaugraue Wolke aus dem Mund seines Gegenübers näherte sich bedrohlich, löste sich erst wenige Zentimeter vor seinem Gesicht auf.

»Wo wird er schon sein? Unterwegs mit einem seiner *Freunde*.« Sie sprach das letzte Wort derart abwertend aus, dass Braig erstaunt aufsah.

»Von welchen Freunden sprechen Sie?«

»Na ja, einer dieser *Geschäftsfreunde*.« Auch in dieser Kombination war nicht zu überhören, was Regina Trefz von den erwähnten Freunden hielt.

»Geschäftsfreunde?«, nahm er ihre Antwort auf.

»Verlängerte Wochenendpartys«, erklärte sie, »irgendwo bei einem dieser Herren.«

»In Gesellschaft eines oder mehrerer Ihrer *Angels*«, sagte er.

Sie reagierte nicht, sog an ihrer Zigarette.

»Sie wissen es wirklich nicht genauer?«

»Nein«, antwortete sie in scharfem Ton.

Im gleichen Moment hörte er das laute Rufen Rössles. »Braig, des solltesch dir obedingt agucke!«

Er bat Regina Trefz, auf ihn zu warten, folgte den Worten des Spurensicherers ins obere Stockwerk. Er stieg die Treppe hinauf, fand den Kollegen in einem großen, mit unzähligen Fotografien und mehreren ausgestopften Tieren bestückten Raum. Zwei große dunkle Ledersessel in der Mitte, eine fast bis zum Boden herunter ausgerollte Leinwand, mehrere elektronische Geräte, ein wuchtiger, über und über mit Schnitzereien verzierter Schrank.

»Alle Idiote von Sindelfinge, do guckt der seine Pornos«, meinte Rössle, auf den Beamer deutend, der an der Decke befestigt war. »Und damit knallt der die arme Tierle ab.« Er öffnete die rechte Tür des Schranks, gab den Blick auf zwei Jagdgewehre frei.

»Wo ist seine Walther PPK?«

»In dem Schrank net«, antwortete Rössle. »I han des ganze Monschtrum scho durchsucht.«

»Und der Schlüssel zum Schrank?«

»Ordnungsgemäß versteckt. Im Nachttischle nebe seinem Bett. Wie gewohnt.«

»Wo könnte er die Pistole sonst aufbewahren?«

Rössle musste nicht lange überlegen. »In der Nähe von seinem Bett. Des machet jedenfalls die Meischte. Weil sie sich so sicherer fühlet.«

»Und?«

»Nix. I han sei ganzes Schlafzimmer uf de Kopf gstellt. Vom Nachttisch übers Bett bis zum Schrank. Wenn du dort a Pistole findesch, fress i drei Bese.«

Braig war sich der peniblen Arbeitsweise des Kollegen bewusst, hatte keinerlei Zweifel, was seine Aussage betraf. »Wo könnte sie sonst sein?«, fragte er deshalb.

»Bei ihrem Besitzer«, antwortete der Spurensicherer, »vielleicht braucht der se a zweites Mal.«

»Danke. Einmal ist genug.« Der Kommissar hob abwehrend seine Hände. »Und hier im Haus?«

»Mir gucket alles durch, koi Angscht!«

Braig nickte, trat zur Wand, warf einen Blick auf die Fotos. Wohin er auch sah, überall dasselbe Motiv: Gruppen von stehenden, knienden oder sitzenden Männern, mit blitzenden Augen und vor Stolz geschwellter Brust in die Kamera strahlend. Siegertypen, archaischen Kriegern gleich die Gewehre wie mächtige Speere umklammernd, Massen von erlegten Tieren vor und neben sich gebreitet. Er streckte den Kopf weiter vor, versuchte, die Gesichter der erfolgreichen Jäger genauer zu betrachten, stieß mit der Stirn an einen spitzen Gegenstand. Erschrocken sah er auf, merkte, dass es sich um den etwas abstehenden Zahn eines Keilers handelte, dessen ausgestopfter Kopf hier zwischen den Fotos vorragte. Er trat einen Schritt zur Seite, überlegte, was einen Menschen wohl dazu veranlasste, ein totes, wahrscheinlich von ihm selbst erlegtes Tier konservieren und in die Wohnung hängen zu lassen, konzentrierte sich auf eines der Fotos. Wieder dieselben vor Testosteron und Selbstbewusstsein geradezu berstenden Gesichter, geradewegs in die Kamera starrend, die Gewehre in den Händen, erschossene Hasen, Rehe, Wildschweine vor sich ausgebreitet. Männer, richtig starke Männer.

Er versuchte, eines der Gesichter zu erkennen, merkte, dass sie alle irgendwie gleichförmig aussahen: Aufgeblasene breite Backen, gerötete Gesichtshaut, massige dickwanstige Leiber. Wie pubertierende Jungs nach einer erfolgreichen Schlägerei. Dabei war keiner unter Fünfzig. Oder doch?

Er wusste es nicht, verglich die Physiognomien mit denen des benachbarten Bildes. Wieder dieselben Lustgreise: Phallisch aufgerichtete Gewehre, hochrot aufgedunsene Gesichter, Berge von erlegten Tieren. Er nahm zwei Fotos von der Wand, reichte sie dem Kollegen. »Kannst du jemand erkennen?«

Rössle nestelte seine Brille aus dem Futteral, betrachtete die beiden Bilder. »So viele Idiote findesch in ganz Sindelfinge net.«

»Meisner«, meinte Braig. »Haben wir ein Foto von ihm?«

Der Spurensicherer schaute fragend auf. »Koi Ahnung. I han nix gfunde. Aber do«, er deutete auf die Bilder. »Sind des net immer dieselbe Sparrefantel?«

Braig nickte, versuchte, den Hintergrund genauer auszumachen. Zwei Mal, auf dem einen Foto genau in der Mitte, auf dem anderen mehr am Rand, die Umrisse eines Hauses, eher eines aus Holz errichteten Gebäudes. »Eine Jagdhütte, was meinst du?«

Rössle konzentrierte sich auf die Bilder, stimmte ihm zu. »Du verstehsch, was i grad denk?«

»Meisners Jagdhütte oder die eines seiner Freunde«, überlegte der Kommissar, »das optimale Versteck für den Kerl.« Er sah das zustimmende Nicken des Kollegen, nahm die beiden Fotos, bat Rössle darum, die Untersuchung fortzusetzen, lief aus dem Raum.

Regina Trefz saß an ihrem Schreibtisch, blickte auf den Monitor, als er das Büro betrat.

»Sie haben zu tun?«, fragte er.

»Viele Mails. Die warten voller Sehnsucht auf Antwort«, erklärte sie.

»Bewerberinnen?«

»Wie Sand am Meer.«

Er legte die beiden Fotos neben die Tastatur, bat sie, ihm zu helfen. »Herr Meisner, ist er dabei?«

Regina Trefz zischte abfällig durch die Zähne, deutete auf eine der vor Testosteron-Überschuss beinahe berstenden Gestalten. »Hier. Einmal am Rand und einmal in der Mitte. Seine Geschäftsfreunde. Ich erwähnte sie schon.«

»Immer dieselbe Clique?«

»So genau kann ich das nicht sagen. Ich denke aber schon.«

»Kennen Sie einen oder mehrere dieser *Geschäftsfreunde*?« Er betonte das Wort, versuchte, es nicht in demselben abwertenden Ton auszusprechen, den sie benutzt hatte.

»Kennen?« Sie schüttelte ihren Kopf. »Tut mir leid, aber das ist wirklich seine Privatsache.« Sie schwieg, schaute zum Monitor, wo eine sanfte Glocke den Eingang einer neuen Mail annoncierte, fügte dann hinzu: »Auf die Gesellschaft dieser Herren kann ich gerne verzichten.«

Braig deutete erneut auf die Fotos. »Einen Namen werden Sie doch wissen. Oder wollen Sie mir allen Ernstes erklären, in all den Jahren nicht den einen oder anderen dieser Herren zumindest namentlich gehört zu haben?«

»Sie verdächtigen einen von ihnen, diese Lisa auf dem Gewissen zu haben, richtig?«, erwiderte sie.

Er blickte ihr offen ins Gesicht, hob abwehrend seine Hände. »Wir wissen bisher sehr wenig«, antwortete er.

»Boris Schremp. Der hat mehrfach angerufen.«

»Sie wissen, wo er wohnt?«

»In Reutlingen, wenn ich mich richtig erinnere. Er besitzt irgendeine Firma.«

Braig notierte sich ihre Angaben, fragte nach weiteren Namen. »Fragen Sie Schremp, ich kann Ihnen nicht weiter helfen. Die benutzen immer nur ihre Utznamen, wenn sie miteinander sprechen. Das finden die besonders cool, im Jargon der Jungen gesprochen. Tolle Kumpels, wie kleine Kinder.«

Er sah ihre abweisende Miene, deutete auf den Hintergrund der beiden Aufnahmen. »Zweimal dasselbe Gebäude. Eine Jagdhütte, wie es aussieht. Sie wissen, wo sie liegt?«

»Auf der Alb«, sagte sie, »sie gehört einem seiner Geschäftsfreunde.«

Braig wurde hellhörig. »Einem seiner Geschäftsfreunde? Wem konkret und wo liegt sie?«

»Woher soll ich das wissen? Glauben Sie, ich bin an seinen Sauf- und Bu...« Sie brach mitten im Wort ab, starrte ihn wütend an. »Ich weiß es nicht.«

»Ich denke, Sie arbeiten seit mehreren Jahren mit ihm zusammen?«

»Arbeiten, ja. Aber nichts, was darüber hinausgeht.«

Er hatte den anrüchigen Ton ihrer Aussage deutlich vernommen, brachte seine Vermutung auf den Punkt. »Meisner trifft sich dort nicht nur mit seinen *Geschäftsfreunden*, sondern auch mit ausgewählten *Angels*. Zu privaten Anlässen, richtig?«

»Glauben Sie doch, was Sie wollen. Aber behelligen Sie mich nicht weiter mit Ihrer perversen Fantasie«, schimpfte Regina Trefz.

»Wo liegt die Hütte? Geben Sie mir doch endlich Auskunft!«

»Ich weiß es nicht.« Ihr Gesicht war rot angelaufen vor Ärger. »Irgendwo auf der Alb. Mehr kann ich nicht sagen, ich war noch nie dort. Fragen Sie ihn selbst, wenn er zurückkommt, oder wenden Sie sich an seine Ex. Vielleicht hat die was davon gehört.«

»Seine ehemalige Frau? Wo wohnt sie?«

»Nadine Bihlmaier. In Weilheim an der Teck.«

14. Kapitel

Autos der Marke BMW mit Ludwigsburger Kennzeichen und der Buchstabenkombination EL oder FL oder LL waren in genau achtundachtzig verschiedenen Ausprägungen unterwegs. Neundorf hatte sich am Samstagmittag noch den Ausdruck der Kraftfahrzeugerfassung besorgt, auf den ersten Blick die immensen Schwierigkeiten erkannt, auf diese Weise zum Fahrer des Unglücks- oder Attentatswagens von Backnang zu gelangen. Selbst wenn man den Kreis der Autos auf die 3er und 5er Reihe der Marke einschränkte – was auf ausdrückliche telefonische Nachfrage Neundorfs von keinem Tatzeugen beschworen werden konnte – hatte sie immer noch siebenundfünfzig verschiedene Fahrzeuge zur Auswahl. Siebenundfünfzig.

Was sollte sie unternehmen? Jeden einzelnen Besitzer dieser Autos auf sein Alibi am Freitagabend befragen – darauf hoffend, dass der Täter sich sofort zu seiner Schuld bekennen würde?

Absurd, sie war sich sofort darüber klar, vollkommen absurd. Selbst wenn es sich nur um einen Unfall, ein aus Unachtsamkeit geschehenes Ereignis und keinen Anschlag handeln sollte, der Fahrer des Wagens hätte ein Verfahren wegen Unfallflucht, zudem die Kosten der Operation von Bernhard Haigis am Hals. Wer wäre dazu schon – freiwillig – bereit? Immerhin hatte der Fahrzeugführer mindestens zwei, wenn nicht sogar drei Passanten in größte Gefahr gebracht, einen davon schwer verletzt. Wie sich die Genesung Haigis' weiter entwickelte, war nicht abzusehen, ein Oberschenkelhalsbruch, soweit sie informiert war, keine vernachlässigenswerte Lappalie. Wenn es nicht gut lief, trug der

Mann lebenslängliche Behinderungen und Schmerzen davon – ein wichtiger Grund, den Verursacher ausfindig zu machen und zur Verantwortung zu ziehen.

Blieb die Frage nach dem Hintergrund des Geschehens. Unfall oder Absicht? Neundorf war sich nicht schlüssig, wunderte sich dennoch über die gemeinsame Aussage dreier voneinander unabhängiger Zeugen, es habe sich unübersehbar um ein gezieltes Verbrechen gehandelt. Das Auto habe auf der linken Seite der bergan führenden Straße gewartet, sei genau in dem Moment losgerast, als Riederich sie habe überqueren wollen. Nur der Unternehmer selbst hatte kategorisch ausgeschlossen, dass es sich um etwas anderes als einen zufällig erfolgten Unfall handeln konnte.

Hinzu kam Haigis' überraschende Behauptung, Riederich sei scherzend, Hand in Hand mit einer jungen Frau unterwegs gewesen. Neundorf hatte sowohl die Buchhändlerinnen als auch die beiden Fußgänger mit dieser Aussage des Frischoperierten konfrontiert und dabei unerwartete Antworten erhalten.

»Also, Hand in Hand über die Straße laufen«, hatte Stefanie de Buhr nach ein paar Sekunden des Nachdenkens geäußert, »daran kann ich mich nicht erinnern. Aber richtig, wenn ich mir das alles noch mal durch den Kopf gehen lasse – kurz nach dem Vorfall habe ich eine Person von dort wegspringen sehen. Genau von der Stelle, wo es passiert war. Den Schillerplatz entlang, Richtung Bahnhof. Ob Mann oder Frau, keine Ahnung. Ich habe nur die Umrisse der Person im Gedächtnis. Schlank, mit langen Haaren. Auffällig lange Haare. Sie flatterten waagerecht, wie ein Schleier, durch die Luft, als sie davon sprang.«

»Die Haare einer jungen Frau?«

»Wenn Sie das sagen – das ist möglich, ja.«

Auch Torsten Klenk, der den Vorgang von der Straße aus beobachtet hatte, konnte sich an die Silhouette einer davoneilenden Person erinnern. Ob diese aber wirklich Hand in Hand mit Riederich unterwegs gewesen war, hatte er nicht sagen können.

Völlig überrascht nahm Neundorf dann am Montagmittag den Anruf der zweiten Buchhändlerin entgegen.

»Hier ist Marlies Weller. Wir haben uns in der Buchhandlung Kreutzmann in Backnang getroffen. Am Freitagabend. Ich arbeite hier. Sie erinnern sich?«

»Natürlich erinnere ich mich. Sie haben den Vorfall vor Ihrem Geschäft beobachtet.«

»Genau. Und deshalb rufe ich auch an. Sie haben mir Ihre Nummer gegeben.«

»Ja. Ist Ihnen noch etwas eingefallen?«

»Das kann man so sagen, ja. Gestern Mittag. Ich habe den ganzen Abend und die halbe Nacht darüber nachgedacht und die Sache zuerst mit Dieter, meinem Mann und dann auch mit meinen Kolleginnen besprochen und bin mir jetzt ziemlich sicher.«

Neundorf war hellhörig geworden. »Was wollen Sie mir sagen?«

»Durch diesen Unfall und den ganzen Tumult mit dem Verletzten und dem Krankenwagen und der Polizei habe ich völlig vergessen, dass das miteinander in Verbindung stehen könnte. Wir waren so aufgeregt, verstehen Sie, die Sache direkt vor unserem Laden und dann auch noch der Verdacht, dass er es absichtlich getan haben könnte, um den Mann zu töten ...«

»Das ist verständlich, ja, und das geht jedem so. Deshalb sollten Sie sich keine Vorwürfe machen.«

»Als Sie anriefen, am Samstag, ob wir vielleicht eine junge Frau beobachtet ... Also, ob das Opfer, dieser Doktor ...«

»... Riederich ...«

»Ja, also ob er Hand in Hand mit einer jungen Frau unterwegs gewesen sein könnte ... Da kam mir der Gedanke zum ersten Mal. Und jetzt bin ich mir ziemlich sicher.«

»Um was geht es?«

»Sie waren bei uns im Laden.«

»Wer?«

»Dieser Dr. Riederich und die junge Frau.«

»Wie bitte?«

»Ja, es tut mir leid, dass ich Ihnen das nicht gleich am Freitagabend erzählt habe, aber ich kann es nur mit der Aufregung über den Unfall erklären ... Der Mann, müssen Sie wissen, falls er es wirklich war, blieb nur im Hintergrund. Er kam nicht zur Kasse, wollte auch keine Beratung, stand nur vor einem Bücherregal unmittelbar neben der Tür, mit dem Rücken zu uns, deshalb hat ihn auch niemand erkannt. Aber in dem Moment, als sie nach einer jungen Frau fragten ...«

»Was hat die junge Frau gemacht? Sie haben sie gesehen?«

»Sie hat ein Buch gekauft, bei unserem Chef. Heute Morgen haben wir uns darüber unterhalten. Herr Kreutzmann erinnert sich noch genau daran. Es war ein außergewöhnlicher Titel, deshalb. Ein relativ teurer Bildband. *Intime Körpermassage. Anleitung in Wort und Bild.*«

»*Intime Körpermassage.* Das verkaufen Sie wohl nicht jeden Tag.«

»Nein, deshalb kann er sich auch noch an die junge Frau erinnern.«

»Handelt es sich um eine Stammkundin?«

»Wir haben darüber nachgedacht. Leider nein.«

»Aber Sie und Ihr Chef könnten ihr Aussehen beschreiben? Wir haben sehr gute Grafiker und exzellente Computerprogramme ...«

»Tut mir leid, aber ... Wir haben darüber gesprochen. Niemand hat richtig auf sie geachtet. Ich meine, natürlich ... das außergewöhnliche Buch ... Aber zu der Zeit waren mehrere Kunden im Laden und es war schon recht spät am Abend und unmittelbar darauf dann dieser Vorfall ... Wir können sie nicht mehr beschreiben oder jedenfalls nur noch ganz grob ... Nein, das hat keinen Sinn, leider.«

»Sie haben sich mit den anderen Kolleginnen darüber unterhalten? Oder wie steht es mit den Kunden, die zu der Zeit im Laden waren? Könnten wir von denen jemand befragen, ob er sich an die Frau erinnert?«

Marlies Weller zögerte keine Sekunde mit ihrer Antwort. »Ich denke, das ist unnötige Arbeit.«

»Wieso? Die Frau zu finden ...«

»Sie hat mit Karte bezahlt.«

»Nein!« Neundorf sprang von ihrem Bürostuhl auf, klatschte sich mit der rechten Hand auf ihr Bein. »Und Sie wissen genau, dass es sich um diese Frau handelt?«

»Ja, das steht außer Frage. Es war die junge Frau, die mit einem Mann, der sich die ganze Zeit im Hintergrund aufhielt, in den Laden kam und das erwähnte Buch kaufte. Und zwar direkt vor diesem Vorfall draußen auf der Straße.«

»Dann schicke ich Ihnen einen unserer Techniker, der sich um Ihre Kasse ...«

»Das haben wir schon erledigt. Ich kann Ihnen die Kontonummer und die Bankleitzahl nennen, von der die achtundsiebzig Euro für den Band abgebucht werden.«

Neundorf glaubte zuerst, nicht richtig zu hören, bedankte sich dann für den Fleiß der Buchhändlerin und notierte sich die Daten. »Wir werden das sofort überprüfen. Herzlichen Dank.«

Sie informierte die Staatsanwaltschaft, ließ sich von Koch persönlich die Genehmigung geben, die Inhaberin des betreffenden Kontos zu ermitteln. Keine zwanzig Minuten später traf die Mail bei ihr ein. *Dr. Manuel Riederich, Markgröningen.*

15. Kapitel

Er war nicht immer so. Der Job, diese verrückten jungen Dinger haben ihn verändert. Vollkommen. Hätten Sie ihn vor zehn, zwölf Jahren kennengelernt, Sie wären bereit gewesen, jeden Eid darauf zu schwören, dass aus diesem freundlichen, zuvorkommenden Mann nicht ein solches Scheusal werden kann. Ein charmanter Sonnyboy, oh ja, Sie können mir glauben. Die offene, freundliche Art, ihretwegen habe ich mich mit ihm eingelassen. Und ich habe es nie bereut in den ersten Jahren. Wir hatten eine wunderbare Zeit miteinander, wirklich, das hat nichts mit Verklärung der Vergangenheit oder so zu tun, das ist echt. Nico, ja, ich habe ihn geliebt. Aber dann kamen all diese vielen von Ehrgeiz und der Sucht nach Aufmerksamkeit und einer glanzvollen Zukunft besessenen jungen Frauen. Er hat es nicht verkraftet, so umschwärmt zu werden, ständig im Mittelpunkt zu stehen. Der Herr über Sein oder Nichtsein, haben wir am Anfang noch gelästert. Aber das ist kein Klischee und keine Karikatur, nein, das ist blutiger Ernst. Er entscheidet wirklich zwischen Sein oder Nichtsein, jedenfalls in den Augen dieser jungen Dinger. Für sie gibt es keinen Mittelweg. Nur das eine Ziel: Rein ins grelle Licht der Kameras, her mit all dem Glanz und Glamour dieser Welt – jede andere Existenz ist sinnlos, absolut sinnlos, besitzt keinerlei Wert.«

Nadine Bihlmaier streichelte den getigerten Kater, der leise schnurrend auf ihrem Schoß lag und vor lauter Wonne alle Viere von sich streckte, sanft übers Fell. Sie lehnte sich in ihrem Sessel zurück, achtete darauf, die zu einem dicken flauschigen Wollballen zusammengefaltete Decke, auf der das Tier ruhte, nicht zu bewegen. »Sie wissen, dass eines dieser jungen Dinger in den Neckar sprang, nachdem er sie nicht angenommen hatte?«

Braig schaute überrascht auf. »Nein. Wann war das?«

»Kurz vor unserer Scheidung. Vielleicht zwei, drei Monate vorher. Es hat ihn getroffen, das muss ich zugeben. Vollends weggetreten war er damals noch nicht. Sie war siebzehn, ihre Eltern hatten nur sie. Zwei Tage vorher hatte er ihr seine Entscheidung mitgeteilt. Es war Januar, wie jetzt. Nur wesentlich kälter. Keine solchen Frühlingstemperaturen wie in diesem Jahr. Sie sprang an einem Samstagabend. In Esslingen von der Vogelsangbrücke. Ein paar Kilometer weiter, in Mettingen, fischten sie ihre Leiche aus dem Wasser.«

Noch von Ludwigsburg aus hatte er am Mittag versucht, Meisners Ex-Frau zu sprechen, jedoch nur ihre Mailbox erreicht. Er war gerade auf dem Weg aus dem Büro, kurz nach 18 Uhr, als sie zurückrief.

»Es geht um Ihren Mann«, hatte er erklärt, »ich muss Sie sprechen.«

»Ex-Mann, bitte. Die Sache mit diesem ermordeten *Angel*?« Sie hatte sofort Bescheid gewusst.

»Wie kommen Sie darauf?«

»Ach Gott, jetzt tun Sie doch nicht so. Das kommt doch schon den ganzen Abend im Radio.«

Noch am Nachmittag hatten sie eine Pressekonferenz einberufen und Nico Meisner zur Fahndung ausgeschrieben. Die Medienvertreter schienen begeistert über die Möglichkeit zur Mitarbeit. Endlich wieder eine Aufsehen erregende Suche nach einem Täter in Sachen *Sex and Crime*. Das versprach Aufmerksamkeit, höhere Einschaltquoten, bessere Verkaufszahlen.

Boris Schremp zu erreichen, war dagegen gescheitert. Nach Auskunft seiner Sekretärin befand sich der Mann bis zum Ende der Woche auf einer eminent wichtigen Geschäftsreise durch die asiatischen Länder der ehemaligen Sowjetunion, während der er, der anstrengenden Gespräche mit potenziellen Kunden wegen, keinerlei Störung von der Heimatfront, wie diese sich ausdrückte, wünschte.

Auch der Versuch, Meisner über sein Handy zu lokalisieren, war bisher fehlgeschlagen. Der flüchtige Mann hatte sein Mobiltelefon offensichtlich in Kenntnis der Möglichkeiten der modernen Technik komplett außer Betrieb gesetzt, jedenfalls in den Stunden, seit sie versuchten, ihm auf die Spur zu kommen.

»Sie wissen, wo die Jagdhütte liegt, in der sich Ihr ehemaliger Mann mit Freunden trifft und welche Freunde das sind?«, hatte er Nadine Bihlmaier noch am Telefon gefragt.

»Wir haben seit fünf Jahren keinen Kontakt mehr«, hatte sie erwidert, »und damals fingen diese Sauf- und Bumspartys gerade an. Tut mir leid, ich kenne keine Jagdhütte. Auch wenn sie einem seiner Freunde gehört.«

Sie hatte sich mit einem wichtigen Termin entschuldigt, das Gespräch auf den Dienstagmorgen terminiert. »Bei mir in Weilheim, zehn Uhr?«

Braig hatte die kleine Wohnung im Dachgeschoss eines Drei-Familien-Hauses am Rand der Altstadt in unmittelbarer Nähe der berühmten Peterskirche schnell gefunden. Das über und über mit Teppichen, Kissen und bequemen Sitzgelegenheiten ausgestattete Wohnzimmer erinnerte ihn an ein kleines Museum. Fotos aller erdenklichen Motive hingen kreuz und quer, teilweise einander überlappend an allen vier Wänden. Große, kleine, schwarz-weiße, bunte.

»Ihr Hobby?«, hatte er gefragt, auf die Wände deutend.

»Mein Beruf«, war ihre Antwort, »so verdiene ich mein Brot.« Sie hatte nach einem dicken Packen farbiger Fotos gegriffen, die vor ihr auf dem Tisch lagen, hatte sie ihm überreicht. »Mein jüngster Auftrag. Deswegen war ich gestern nicht zu sprechen.«

Er hatte die Bilder betrachtet, allesamt Ansichten eines von hellen Farbtönen dominierten Kirchenraumes, der mit seiner schlichten Einrichtung eine angenehme Atmosphäre ausstrahlte.

»Die romanische Martinskirche in Neckartailfingen, eine der bedeutendsten Dorfkirchen im Land. Sie kennen sie?«

Braig hatte den Kopf geschüttelt.

»Sie stammt aus dem frühen 12. Jahrhundert. Einer alten Urkunde sowie der Architektur des Gebäudes zufolge wurde die Kirche von Baumeistern des Klosters Hirsau im Schwarzwald errichtet. Sie steht umgeben vom alten Friedhof leicht erhöht über dem Ort. Im Langhaus überraschen die hohen Proportionen. Sechs mächtige Säulen verleihen der kleinen Kirche eine unerwartete Größe. Die Wandmalereien hier«, sie hatte auf mehrere Fotos gezeigt, »stammen aus dem 13. Jahrhundert. Sie zeigen Christus als Richter der Welt und den Heiligen Martin auf einem Pferd sitzend. Ein ehrenvoller Auftrag für eine gewöhnliche Fotografin.«

»Sie sind auf Kirchen spezialisiert?«

Nadine Bihlmaier hatte laut gelacht. »Sie haben Humor. Nein, die Sache geht wohl eher auf einen Zufall zurück. Letzten Sommer habe ich Fotos für neue Prospekte für die evangelische Weilheimer Peterskirche und die Altstadt hier aufgenommen.« Sie war zu einem kleinen Schrank gelaufen, hatte ihm mehrere großformatige Bilder und einen peppig aufgemachten Flyer in die Hand gedrückt. *Rundweg historisches Städtle. Zwanzig Stationen vom Rathaus zur Peterskirche.*

»Die Bilder sind wohl gut gelungen. So kam ich zu dem neuen Auftrag.«

Die Fotos zeigten ein über und über mit bunten Gemälden geschmücktes Gotteshaus in einer Pracht und Anmut, wie er es selten gesehen hatte. Ein einzigartig farbenfroher Bilderreigen mit Szenen der christlichen Tradition bis hin zum Jüngsten Gericht überzog sämtliche Wände des Gebäudes. Prächtige bunte Glasfenster ergänzten das Farbenmeer; helle, schlanke Säulen wiesen den Blick zur wunderschön gestalteten Decke. Braig wusste nicht, wie viele Fotos die Frau ihm hier präsentierte – Aufnahmen des Innenraumes aus allen Perspektiven, Detailvergrößerungen unzähliger Motive – glaubte, mitten in der Kirche zu sitzen und ihre Anmut mit allen Sinnen zu genießen. Er betrachtete die schmuckvolle, zentimetergenau, wie ihm schien, zwischen Decke und Empore eingepasste Orgel, sah das filigrane Wunderwerk der an eine der hohen hellen Säulen geschmiegten Kanzel, zu der eine gewundene, wunderschön geschmückte Treppe hochführte. Trotz aller Farbenpracht wirkte die Kirche nicht überladen, allen Ausschmückungen zum Trotz hatte sie nicht einmal einen Hauch jenes Protzes, den all die gold- und schmucküberladenen Barocktempel ausstrahlten. Die Aufnahmen Nadine Bihlmaiers präsentierten ein Bauwerk von unvergleichlicher Farbenvielfalt, eine einzigartig gelungene Synthese von kontemplativer Atmosphäre und purer Lebensfreude.

»Mein Gott, ist das schön«, bekannte er deshalb, nach Minuten des Genießens, »und dieses Wunderwerk steht hier in Weilheim?«

»Keine hundert Meter entfernt«, erklärte sie, wies zum Fenster.

Er blickte nach draußen, sah den von einer grünen Kuppel gekrönten Turm des Gebäudes, das er wenige Minuten zuvor passiert hatte.

»Unsere Peterskirche. Im 15. und 16. Jahrhundert im spätgotischen Stil anstelle einer Vorgängerkirche von Peter von Koblenz, dem Baumeister Graf Eberhards im Bart, errichtet. Viele Gemälde wie das *Jüngste Gericht* vom Kirchheimer Maler Thomas Schick sind original aus derselben Zeit erhalten, andere kamen etwa hundert Jahre später hinzu. Die Orgel des Weilheimer Orgelbauers Andreas Goll stammt aus dem späten 18. Jahrhundert. Die Kirche gefällt Ihnen?«

Braig musste mit sich kämpfen, um sich von der Pracht der Bilder zu lösen, nickte. »Obwohl ich alles andere als ein Kirchenfreak bin.« Er reichte ihr die Aufnahmen, betrachtete den mehrfach gefalteten Flyer mit Fotos alter Fachwerkhäuser der Stadt. »Sie scheinen ein Faible für sakrale Gebäude zu haben.«

»Glauben Sie?« Nadine Bihlmaier hatte ein süffisantes Lächeln im Gesicht. »Das ist schön formuliert. Zum Glück ist die Peterskirche evangelisch. Ich fürchte, der Papst würde sich weigern, eine langjährige Model-Fotografin damit zu beauftragen, seine Paläste abzulichten.«

»Sie arbeiten selbstständig?«

»Mehr schlecht als recht, wie Sie sich denken können. Leben von der Hand in den Mund, angewiesen auf die sporadischen Aufträge verschiedener Zeitungen. So habe ich auch Meisner damals kennen gelernt. Ein Bericht über die Tätigkeiten einer Werbeagentur. Er war mit seinem Fotografen nicht zufrieden, bot mir die Mitarbeit an. Auf einmal war ich im Boot. Gemeinsam versuchten wir die Bewerber in ein besonders vorteilhaftes Licht zu rücken.«

»Ein aufregender Job.«

»Ach, na ja, es klingt aufregender als es in Wirklichkeit ist. Welche Kleidung passt zu welchem Typ, wie lassen sich Makel der Haut oder fehlende Symmetrien des Gesichts effektvoll vertuschen, wie leuchten wir Vorder- und Hintergrund möglichst kontrastreich aus, kurz, wie schaffen wir es, die jeweilige Kandidatin oder den jeweiligen Kandidaten in ein für sie oder ihn vorteilhaftes Licht zu setzen? Das ist harte Arbeit, erfordert einige Anstrengung. Aufregend ist es eher in der Fantasie derer, die mit dem Job nichts zu tun haben.«

»Aber Spaß macht es Ihnen trotzdem.«

»Hat es lange gemacht, ja. Arbeit mit Menschen. Jede Person war anders. Mit jeder Bewerberin, jedem Bewerber fing das Projekt wieder neu an. Was die eine vorteilhaft zur Geltung kommen ließ, konnte bei der Nächsten zum Fiasko werden. Da bedurfte es jeden Tag neuer, kreativer Überlegungen. Und die Leute, Weiblein wie Männlein, waren dankbar, manchmal außer sich vor Freude, wenn sie die Bilder, das, was wir aus ihnen gemacht hatten, sahen. Viele konnten es kaum glauben. Vom Aschenputtel zur bezaubernden Prinzessin. Manchmal ist es uns wirklich gelungen. Sie schienen vor Freude durch unser Atelier zu schweben, lachten und strahlten vor Glück. Aber das ist vorbei, endgültig.«

»Weil Sie sich von Meisner scheiden ließen«, meinte Braig.

»Das hat miteinander zu tun, ja. Aber das entscheidende Moment sind die Kandidatinnen und Kandidaten. Das sind nicht mehr dieselben Charaktere wie früher. Mädchen, junge Frauen, die mit zwei Beinen im Beruf oder der Ausbildung standen und nebenbei auf einen kleinen Pluspunkt hofften, ein winziges Schmankerl, ein zusätzliches Stück vom Glück. Ab und an mal ein Bild, hin und wieder ein Werbeplakat, das war das Höchste der Gefühle. Aber alles in dem Bewusstsein, dass es nur mit viel, viel Glück zu erreichen und nur als besonderes Geschenk, nicht als Lebensinhalt anzusehen war. Ein Feiertag mehr im Leben, eine zusätzliche schöne Stunde, warum nicht?«

Sie streichelte ihrem Kater über den Rücken, sorgte für ein neues Tremolo des kräftig schnurrenden Tieres. »Heute dagegen, wen haben Sie da als Kandidaten? Monster, sage ich Ihnen, eine einzige große Sammlung von egomanischen Zombies. Narzistische, in ihre aufgedonnerte Schale, ihr absurd aufgebrezeltes Äußeres vernarrte Affen, die nur ein Ziel vor Augen haben: Ich muss ins Licht der Scheinwerfer, ich muss auf die Bildschirme, ich muss zum Superstar von was auch immer werden, denn anders hat mein Leben keinen Wert. Entweder ich schaffe den Sprung ins Rampenlicht, oder ich gebe mir gleich die Kugel. Alternativen existieren nicht. Es gibt kein lebenswertes Dasein außerhalb der Welt der Stars, kein Glück als das von Glanz und Glamour. Wie sollen sie auch anders denken – sie sehen ja nichts anderes den ganzen Tag als über die Bildschirme tanzende Models, im Rampenlicht zu einem künstlichen Lächeln verzerrte Grimassen, inhaltsleere, aufgeblähte Hüllen ohne jeden Kern. Von frühester Kindheit an werden sie auf das eine Glaubensbekenntnis hin dressiert: Ich bin im Fernsehen, also lebe ich. Ich stehe im Licht der Scheinwerfer, also tanze ich. Ich stehe im Mittelpunkt der Massen, also gehört mir das ewige Glück. Außerhalb dieser Glamour-Welt existiert kein erstrebenswertes Dasein.«

Sie blickte auf, sah zu ihrem Besucher. »Und Sie glauben allen Ernstes, diese kaum der Pubertät entronnenen, Tag und Nacht Antidepressiva als Grundnahrungsmittel einwerfenden Monster zu fotografieren macht noch Spaß? Dann schon lieber alte Kirchen, dort finden Sie mehr Lebensfreude!«

16. Kapitel

Weshalb hatte Riederich nichts von seiner Begleiterin erzählt?

Neundorf brauchte nicht lange zu überlegen, um eine plausible Antwort zu finden. Weil er Gründe hatte, die Beziehung zu der Unbekannten zu verheimlichen, es gab keine andere Erklärung.

Der Beschreibung der Buchhändlerin zufolge konnte es sich, was das Alter anbetraf, weder um seine Frau noch um seine Tochter gehandelt haben. Mit wem zusammen hatte er dann den Laden besucht? *Intime Körpermassage. Anleitung in Wort und Bild.* Wohl kaum in Gesellschaft seiner Nichte, seiner Schwester oder einer anderen Verwandten, sofern die überhaupt existierten – oder doch? Sie sah sich verpflichtet, den Mann danach zu fragen, nicht allein, weil Koch, der Oberstaatsanwalt, sich am Montagmittag von ihr eingehend über den Anschlag *auf diesen ehrenwerten Leistungsträger unseres Landes* hatte informieren lassen. *Wenn wir nicht bald entscheidende Fortschritte in den Ermittlungen erzielen, werde ich eine Sonderkommission zur Aufklärung dieser brisanten Angelegenheit aufstellen müssen,* hatte er ihr angekündigt, schließlich *habe ich schon viele besorgte Anrufe hochrangiger Vertreter unserer Gesellschaft wie der Industrie- und Handelskammer, des Regierungspräsidiums und des Wirtschaftsministeriums bezüglich des Fortgangs der Ermittlungen entgegennehmen müssen.*

Welche Hohlköpfe denn noch, hatte es ihr auf der Zunge gelegen, sollen wir nicht gleich den Katastrophenfall fürs ganze Ländle ausrufen lassen? Sie hatte sich in letzter Sekunde gebremst, ihren Kommentar auch nur in abgemilderter Form zu äußern, derweil Koch seine Befürchtungen *eines terroristischen Anschlags auf eine bedeutende Persönlichkeit* von sich gegeben hatte. *Fernöstliche Konkurrenz, verstehen Sie*, hatte er getönt, *die schrecken vor nichts mehr zurück*.

Sie hatte das Lamento wie gewohnt über sich ergehen lassen, den Telefonhörer möglichst weit vom Ohr entfernt, hatte dem Oberstaatsanwalt zugesagt, jede neue Erkenntnis, diesen wichtigen Leistungsträger betreffend, sofort an ihn weiter zu reichen, das Gespräch dann schleunigst beendet.

Seit dem Anruf Marlies Wellers schien ihr die Sachlage weit weniger verworren als vorher: Wer anders als der gehörnte Ehemann oder eifersüchtige Freund der bisher unbekannten Begleiterin Riederichs sollte hinter dem Attentat stecken? Die insgesamt doch recht plumpe Ausführung der Tat, in einem Auto am Straßenrand zu warten und mit aufheulendem Motor auf den Nebenbuhler zuzurasen, um dann letztendlich doch noch den Falschen zu erwischen, deutete unübersehbar auf ein hochgradig emotionales Motiv als Auslöser der Tat. Der Nebenbuhler hatte auf den passenden Moment gewartet, an dem er losschlagen konnte, war dann beim Anblick des, wie Haigis behauptet hatte, miteinander scherzenden, eventuell sogar Hand in Hand gemeinsam die Straße überquerenden Paares buchstäblich ausgerastet. Nur dieser emotionalen Ausnahmesituation des Täters, die jede präzise ausgeführte Aktion zum Glück behinderte, war es zu verdanken, dass nichts Schlimmeres geschehen war.

Welche Konsequenzen diese Erkenntnis für ihre Ermittlungen erforderte, war Neundorf sofort klar. Es gab nur einen Weg, diesen eifersüchtigen Nebenbuhler schnell aufzuspüren, so schnell jedenfalls, dass ein weiterer Anschlag verhindert werden konnte: Riederich musste die Identität seiner Begleiterin preisgeben. Noch am Montagnachmittag hatte sie deshalb versucht, ein persönliches Gespräch mit dem Mann zu vereinbaren, war von seiner Sekretärin aber trotz ihres Drängens auf den Dienstag verwiesen worden, weil sich Riederich deren Aussage nach bis zu diesem Zeitpunkt in einem Zulieferbetrieb in Rumänien aufgehalten hatte. So sehr sie sich über diese Auskunft geärgert hatte, ihr war nichts anderes übrig geblieben, als sich damit abzufinden.

Der Mann sah tatsächlich abgekämpft aus, als sie ihm am Dienstag gegen 14 Uhr in seinem Büro in Stuttgart gegenüber saß, gestresst und um Jahre gealtert im Vergleich zu ihrer Begegnung in seinem von Wohlstand und privilegiertem Lebensstil geprägten Haus in Markgröningen. Den Hemdkragen weit geöffnet, die Krawatte gelockert, die Ärmel bis zu den Ellbogen hochgekrempelt – vielleicht ein Attribut an die für einen Januartag schon wieder außergewöhnlich hohen Temperaturen?

»Sie verschwenden immer noch Ihre Zeit wegen diesem unseligen Unfall?«, empfing er sie sichtbar schlecht gelaunt, hinter seinem Schreibtisch stehend, die Hand zu einer kurzen Begrüßung reichend.

»Sie wollen es immer noch als harmlos abtun?« Sie folgte seinem Zeichen, nahm in dem harten Stuhl auf der anderen Seite des Schreibtisches Platz, das unbequeme Möbelstück als Hinweis auf sein Desinteresse an ihrem Besuch verstehend.

»Es war harmlos«, bekräftigte er, »und mir fehlt wirklich die Zeit ...«

Neundorf war nicht gewillt, sich auf diese Weise abspeisen zu lassen. Besser schon am Anfang die Fronten klären als ewig um den heißen Brei herumreden, überlegte sie. »*Intime Körpermassage. Anleitung in Wort und Bild.*«

Es dauerte zwei, drei Sekunden, bis er die Bedeutung ihrer Worte begriffen hatte. Zwei, drei Sekunden, bis ihm klar geworden war, dass er sie unterschätzt hatte, sie nicht mehr so einfach abspeisen konnte, wie er sich das ausgemalt hatte. Der Ruck ging beinahe sichtbar durch seinen Körper. Er schien zu versteinern, nahm Haltung an. Farbe wich aus seinem Gesicht. »Ich verstehe nicht.« Seine Lippen formulierten leere, nichts sagende Worthülsen. Nur ein Blinder konnte übersehen, dass seine Körpersprache in eine völlig andere Richtung zielte.

»Sie verstehen sehr gut«, konterte Neundorf, fixierte ihr nervös an seiner Krawatte nestelndes Gegenüber mit ihrem Blick. »Und ich sage Ihnen klar und deutlich: Ihr Privatleben interessiert mich nicht. Wir sind ein freies Land. Sie können tun und lassen, was Sie wollen. Im Moment habe ich allerdings ein Problem. Ich kann nicht davon absehen, dass ein eifersüchtiger Heißsporn offensichtlich nicht länger mit ansehen will, dass ihm seine Freundin ausgespannt wird. Von einem Mann, der sehr viel mehr Geld und Einfluss hat als er und dem es deshalb gelungen ist, seine Freundin zu verführen. So sehr er sich bemüht, sie zurückzugewinnen, ist ihm kein Erfolg beschieden. Der andere hat einfach mehr Geld, mehr Charme, mehr Erfahrung. Und da gehen ihm die Nerven durch. Er spioniert ihr nach, entdeckt sie in Gesellschaft ihres neuen Verehrers und wartet auf eine Gelegenheit, es den beiden heimzuzahlen. Hand in Hand schlendern die beiden am Abend durch die Stadt, schäkern miteinander, verschwinden in einer Buchhandlung. Der Wahn der Eifersucht übermannt den gehörnten Freund vollends. Er versteckt sich in seinem Auto, sieht die beiden wie ein verliebtes Paar aus der Buchhandlung kommen und die Straße betreten und rast los. Zu seinem Pech, oder sollte ich besser sagen: Glück, gibt es aber einen Passanten, der gerade noch rechtzeitig eingreifen und das verliebte Paar zur Seite reißen kann, bevor es ihn selbst erwischt.

Der Attentäter flieht, die Attackierten bleiben zurück. Eine Menge Zeugen sind zur Stelle. Blitzschnell ist dem erfahrenen Liebhaber klar, welche Probleme diese Situation für ihn bringen kann, vor allem, als zufällig auch noch eine Polizeistreife auftaucht. Er ist verheiratet, hat eine Familie, dazu noch einen gewissen Bekanntheitsgrad in der Öffentlichkeit. Er nimmt wahr, dass seine Freundin zum Glück unversehrt ist, bittet sie, sich so schnell als möglich aus dem Staub zu machen. Die junge Frau versteht, taucht in der Dunkelheit unter. Ihr kommt entgegen, dass der Vorfall am Rand eines kleinen Parks stattgefunden hat, der ihr leichtes Entkommen möglich macht.« Neundorf hielt inne, musterte ihr Gegenüber. »Ich nehme an, dass ich die Sache einigermaßen treffend beschrieben habe.«

Riederich hatte sich wieder gefangen, seine Nervosität abgelegt. Er sah offen zu ihr hinüber, gab sich gelangweilt, schaute zwischendurch demonstrativ auf seine Uhr. »Und? Sind wir am Ende der Vorstellung?«

»Leider nein. Ich habe nämlich das Problem, dass das Ganze nicht folgenlos ablief. Das Opfer dieses eifersüchtigen Amokfahrers musste operiert werden und liegt im Krankenhaus. Die gesundheitlichen Folgen für ihn sind bisher noch nicht bekannt. Es gibt einen Schuldigen, der die Schmerzen dieses Mannes verursacht hat. Es ist meine Aufgabe, ihn dafür zur Rechenschaft zu ziehen.«

»Dann ermitteln Sie ihn doch. Wenn Sie Ihren Beruf ordentlich gelernt haben, müsste das zu bewältigen sein.«

Neundorf musste an sich halten, nicht aufzuspringen. Sie sah, wie sich die Miene des Mannes verhärtete, er offensichtlich jeden Ansatz abblockte, seine Verweigerungshaltung aufzugeben. »Ich denke, die junge Frau kann mir die Identität des Mannes nennen.«

»Welche junge Frau?«

»Jetzt tun Sie doch nicht so unwissend!« Sie sprang von ihrem Stuhl, baute sich vor seinem Schreibtisch auf. »Geben Sie mir den Namen und die Telefonnummer Ihrer Begleiterin. Ich werde die Sache selbstverständlich diskret behandeln. Mir ist klar, dass Sie familiäre Schwierigkeiten befürchten. Aber die lassen sich vermeiden, wenn wir vorsichtig vorgehen.«

»Ich weiß nicht, wovon Sie sprechen.« Riederich schob seinen Stuhl zurück, erhob sich ebenfalls. Er stützte sich an einem Aktenstapel auf seinem Schreibtisch ab, schaute ihr offen ins Gesicht. »Und ich merke immer deutlicher, Sie wissen es selbst nicht. Der Vorfall, um den es hier geht, ereignete sich am vergangenen Freitagabend. Es war dunkel. Ich war allein unterwegs, überquerte eine Straße, vielleicht etwas unachtsam, das muss ich zugeben, aber an dieser Stelle befindet sich ein Zebrastreifen, und ich glaubte deshalb, nicht so sehr auf den Verkehr achten zu müssen. Zudem führt die Straße den Berg hoch, weshalb die meisten Autos dort kein hohes Tempo drauf haben. Dummerweise war aber trotzdem ein Wagen recht schnell unterwegs. Ich kann mich nicht erinnern, mit welcher Geschwindigkeit, ich habe einfach zu wenig auf den Verkehr geachtet. Vierzig Kilometer, vielleicht auch fünfzig, fragen Sie mich nicht danach. Er hatte offensichtlich nicht bemerkt, dass an dieser Stelle ein Zebrastreifen über die Fahrbahn führt. Jedenfalls kam er mir meiner Empfindung nach empfindlich nahe, weshalb ich schnell auf den Gehweg sprang. Gut, ich rutschte aus und stützte mich mit der Hand ab. Das war aber auch schon alles. Wäre nicht zufällig in diesem Moment eine Polizeistreife den Berg hoch gekommen, kein Mensch würde jetzt noch ein

Wort über die Sache verlieren. Mehr kann ich Ihnen dazu nicht sagen.« Er wandte sich demonstrativ zur Seite, machte einen Schritt zur Tür.

»Und dass dieser Herr Haigis im Krankenhaus liegt, weil er es unter Einsatz seines Lebens riskierte, Sie und Ihre Begleiterin in letzter Sekunde vor dem Amokfahrer auf den Gehweg zu stoßen, interessiert Sie nicht?«

»Es tut mir sehr leid für ihn – ich selbst habe von dieser Aktion ebenso wie von einer Frau, die zu der Zeit die Straße überquert haben soll, nichts bemerkt. Ich war allein unterwegs, ich erwähnte es jetzt schon mehrfach. Wenn dieser Mann aber unbedingt glauben will, eine Frau gerettet zu haben, bitte, dann lassen Sie ihm den Glauben. Vielleicht hilft es seiner Genesung.« Er schritt vollends zur Tür, öffnete sie, wies ihr mit seiner Rechten den Weg.

Sie sah den spöttischen Zug um seinen Mund, spürte unbändige Wut. »Na gut, dann machen wir es eben auf die andere Tour. Behinderung kriminalpolizeilicher Ermittlungen nennt sich Ihr Verhalten. Ein Straftatbestand, falls Sie das nicht wissen sollten.«

»Ich bitte Sie, meine Zeit nicht länger in Anspruch zu nehmen, Frau Kommissarin.«

Neundorf lief zur Tür, blieb einen halben Meter davor stehen, schüttelte den Kopf. »Über eine Sache allerdings sollten Sie vielleicht doch noch einmal nachdenken«, sagte sie dann. Sie stand zwei Schritte von ihm entfernt, roch sein teures After Shave. »Wenn dieser eifersüchtige Heißsporn jetzt keinen Erfolg hatte bei seiner Aktion gegen seinen Nebenbuhler, bedeutet das noch lange nicht, dass er keinen neuen Versuch unternimmt. Irgendwo, irgendwann. Sie wissen ja selbst, wie schön dunkel es jetzt im Januar draußen ist.« Ein süffisantes Lächeln huschte über ihr Gesicht, sie fühlte sich augenblicklich besser. »Ich wäre von jetzt an auf der Hut. Immer und überall. Zu jeder Sekunde.«

Für den Augenblick einer Sekunde zuckten seine Mundwinkel, dann hatte er sich wieder gefangen. Er zog die Tür vollends auf, nickte ihr zu. »Ach ja. Dann lassen Sie es ihn doch versuchen.« Sein Lächeln wirkte etwas krampfhaft.

Das werde ich auch, arbeitete es in ihr. Und wenn er dich erwischt, ich werde dir keine Träne nachweinen. Sie lief zur Tür, warf ihm einen letzten Blick zu. »Wir hören voneinander.«

»Schneller als Sie glauben«, rief er ihr nach.

17. Kapitel

Fiona Pregizers Anruf war der erste Lichtblick an diesem Dienstagnachmittag. Braig hatte bereits mehr als zwei Stunden fast ohne Unterbrechung mit ergebnislosen, im Nachhinein völlig überflüssigen Telefonaten verbracht, dazu unzählige Fotos aus Meisners Haus studiert, die ihm Dolde mit der Aufforderung auf den Schreibtisch gelegt hatte, nach bekannten Gesichtern zu schauen, als sich die junge Frau bei ihm meldete. Nach dem Gespräch mit Nadine Bihlmaier und einem kurzen Imbiss unterwegs hatte er mehrere der in Meisners Wohnung und Büro aufgefundenen Rufnummern gewählt, um eventuell Hinweise auf den Standort der gesuchten Jagdhütte zu erhalten – ohne Erfolg. So eindrucksvoll ihm die Ex-Frau Einblicke in Meisners geschäftliches Metier gewährt hatte, so ahnungslos hatte sie sich bezüglich des potenziellen Verstecks erwiesen – nicht anders, als alle Gesprächspartner dieses Nachmittags.

Aus dem Rahmen gefallen war lediglich die Unterhaltung mit der Ehefrau Schremps, die er nach mehreren Versuchen endlich an die Strippe bekommen hatte. Die offensichtlich mit einem außergewöhnlichen Mitteilungsbedürfnis ausgestattete Frau hatte ihn noch während seiner ersten Worte darüber aufgeklärt, dass sie im Moment unter immensem Zeitdruck stehe, um dann zweiundvierzig Minuten später, wie er durch einen Blick auf seine Uhr feststellte, ihre detaillierten Ausführungen über die vielfältigen Einkaufsmöglichkeiten in den Metzinger Factory Outlet Centern ziemlich abrupt zu beenden. Wie sie auf dieses Thema gekommen waren, daran konnte er sich am Ende des Gesprächs nicht mehr erinnern, – dass die Frau von einem

Nico Meisner wie von einer angeblich im Umkreis ihres Mannes existierenden Jagdhütte noch nie im Leben gehört hatte, dagegen umso mehr.

»Die ganz alltägliche Arbeit eines Kriminalbeamten«, brabbelte Braig vor sich hin, als er entnervt von so viel ergebnisloser Unterhaltung den Hörer zurücklegte – langweilig, mühselig, ohne durchschlagenden Erfolg – ganz anders als im Roman oder in einem der abseits jeder realen Vorlage gedrehten Filme des Fernsehens geschildert. Er griff zum wiederholten Mal nach einem der Fotos aus Meisners Haus, betrachtete die vor Stolz geblähten Gesichter der erfolgreichen Jäger, musterte sie der Reihe nach. Einer wie der andere in der gleichen Pose, breitbeinig, kraftstrotzend, von Adrenalin geschwängert, das Ego aus allen Poren quellend.

Braig hatte schnell genug von dem Bild, wollte es schon zur Seite schieben, als er die verblüffende Ähnlichkeit sah. Im selben Moment läutete das Telefon. Rechts außen Meisner, das Gewehr in der Hand, mehrere erlegte Hasen vor sich, danach drei weitere Jäger und links außen, ebenfalls mit Gewehr und erlegter Beute das bekannte Gesicht. Er war es. Orchitis, der Ministerialdirigent aus dem Ministerium. Ein alter Bekannter.

Das Telefon läutete zum vierten oder fünften Mal. Seufzend und mit nur mühsam überwundenem innerem Widerstand löste sich Braig von dem Anblick, nahm den Anruf entgegen, eine unbekannte weibliche Stimme am Ohr.

»Fiona Pregizer. Sind Sie der Kommissar, der sich um Lisa kümmert?«

»Sie sprechen von Lisa Haag?«

»Genau.«

»Der bin ich, ja.«

»Lisas Eltern haben mich gebeten, bei Ihnen anzurufen. Wir sind Freundinnen, seit vielen Jahren schon. Ich kann es noch gar nicht begreifen.«

»Das geht nicht nur Ihnen so. Ihre Freundin war noch viel zu jung, jetzt schon zu sterben. Sie haben sie gut gekannt?«

»Sehr gut, ja. Wir gingen gemeinsam zur Schule, haben gemeinsam studiert und in einer WG gewohnt. Bis ich vor ein paar Monaten nach Frankreich ging, zwei Auslandssemester. Sie wissen, wer es getan hat?«

Braig überlegte, wie er eine Antwort formulieren sollte. »Wissen ist zuviel gesagt. Wir hegen aber einen starken Verdacht.«

»Heißt dieser Verdacht zufällig Meisner?«

»Meisner? Wie kommen Sie darauf?«

»Lisas Vater erzählte, dass Sie nach ihm fahnden. Ich hätte Ihnen den Namen aber auch so genannt.«

»Weshalb?«

»Der Kerl hat sie verrückt gemacht. Das war nur noch peinlich. Alles nur, um sie ins Bett zu kriegen.«

»Sie kennen ihn?«

»Allerdings. Das blieb nicht aus. Lisa und ich sind«, sie unterbrach sich kurz, fuhr dann fort, »oh nein, jetzt muss ich ja sagen, wir *waren* beste Freundinnen. Aber seit sie diesen Meisner kannte, war es nicht mehr zum Aushalten.«

»Wo sind Sie gerade?«, fragte Braig. »Können wir uns persönlich sprechen?«

»Das ist schlecht«, antwortete Fiona Pregizer, »ich bin in Marseille. Zwei Auslandssemester, seit Oktober, verstehen Sie?«

Er erinnerte sich an das Gespräch mit Vanessa Kösel vor wenigen Tagen, bot der jungen Frau an, die Verbindung zu unterbrechen und zurückzurufen, um ihr die Kosten zu ersparen.

»Das wäre nicht schlecht«, gab sie zu.

Er notierte sich die Nummer, gab die französische Vorwahl ein, hatte sie kurz darauf wieder am Ohr. »Da bin ich wieder«, sagte er. »Sie haben heute von Lisas Tod erfahren?«

»Am Sonntag. Mein Vater hat es mir gemailt. Lisas Eltern haben ihn informiert. Ich musste es erst verdauen. Eigentlich kann ich es immer noch nicht begreifen.«

»Wie gut kennen Sie Meisner?«

»Sie dürfen sich nicht zu viel von mir versprechen. Ich kenne ihn nicht gut genug, um Ihnen weiterzuhelfen. Aber eines kann ich Ihnen sagen: Der Kerl war mir von Anfang an unsympathisch.«

»Sie wissen von seiner Jagdhütte?«

»Jagdhütte?« Die junge Frau schien zu überlegen. »Nein, von einer Jagdhütte weiß ich nichts. Der traf sich mit Lisa im Hotel, glaube ich.«

»In welchem Hotel?«

»Verschiedene. Dort, wo er gerade mit seiner Model-Truppe unterwegs war. Sie kennen seine Casting-Agentur?«

»In Ludwigsburg.«

»Genau. Der veranstaltet Model-Wettbewerbe. Öffentlich, auf Bühnen und in Stadien. Irgendwelche geilen schwerreichen Typen als Jury, natürlich entsprechend verbrämt. Den Kandidatinnen verheißt er Auftritte im Fernsehen. Denen, die sich am schnellsten flachlegen lassen. Ich weiß nicht, was mit Lisa los war. Auf einmal war sie völlig verrückt nach diesem Model-Wahn. Sie hat sich total verändert, innerhalb von wenigen Wochen. Der Kerl hat ihr das Blaue vom Himmel versprochen, sie ständig als seinen schönsten Engel bezeichnet. *Lisa, mein Sonnenschein. Lisa, mein Angel No. one.*« Sie machte eine kurze Pause, hustete. »Ich konnte es nicht mehr mit anhören. So macht er das doch garantiert mit allen jungen Frauen. Zeigt ihnen schöne Bilder, verspricht ihnen das Paradies auf Erden, flötet ihnen alle Träume dieser Welt ins Ohr. Ich kann nicht verstehen, wie Lisa so darauf hereinfallen konnte. Eigentlich ist sie doch ein ganz anderer Typ. Lernt fleißig, bis zum Umfallen, galt schon in der Schule als eine der besten. War zurückhaltend, überhaupt nicht so öffentlichkeitsgeil, wie es zu diesem Meisner passt. Typen wie der haben sie früher völlig kalt gelassen. Noch vor einem Jahr hätte sie auf den überhaupt nicht reagiert. Aber dann, im Frühling, irgendwann, kam sie plötzlich mit ihm an. Das ging über Nacht. Dennis, ihr Freund, galt von einem Tag zum andern nichts mehr. Am Anfang tat sie noch geheimnisvoll, wollte nicht damit herausrücken, obwohl nicht zu übersehen war, wie sehr sie sich verändert hatte. Plötzlich kam sie ständig mit neuen Klamotten an, rannte zum Friseur, stylte sich wie eine dieser Fernsehzicken. Und danach hatte sie nur noch ein Ziel: *Du wirst Augen machen. Bald bin ich die Number One.* Sie glauben nicht, wie froh ich war, als ich mein Stipendium dann doch noch bewilligt bekam. Ich hätte nie gedacht, dass es mir so leicht fallen würde, Tübingen und Lisa für ein Jahr den Rücken zu kehren.«

»Wann hatten Sie zuletzt Kontakt mit ihr?«

Fiona Pregizer hatte Mühe, seine Frage zu beantworten. »Das ist es ja, was ich mir jetzt vorwerfe«, sagte sie.

Er hörte, wie ihre Stimme versagte, weil sie schluchzte, ließ ihr Zeit.

»Wir sahen uns ein einziges Mal kurz nach Weihnachten, obwohl ich zehn Tage bei meinen Eltern und meinem Freund war. Ein einziges ausführliches Gespräch, das war alles. Ich besuchte sie in Schwäbisch Hall, Anfang Januar. Es war warm wie im Frühling. Wir saßen auf dem Dach vom Sudhaus an der Kunsthalle bei zwei Milchkaffee, Sie kennen es vielleicht, mit diesem wunderbaren Ausblick über die ganze romantische Altstadt. Sie hatten die Terrasse ausnahmsweise geöffnet, weil es so mild war. Der erste Frühlingstag in diesem Jahr, frotzelten wir, ich weiß es noch genau. Lisa fing sofort wieder an, von ihrem Ziel, der *Number One Angel* zu werden, zu erzählen, ich konnte es nicht mehr hören. Ein alter Kindheits-Traum sei in Erfüllung gegangen, sie sei schon immer davon beseelt gewesen, und jetzt sei es bald so weit. Bisher habe sie nur nicht gewagt, sich zu diesem Traum zu bekennen, aber jetzt werde er endlich wahr. Meisner könne sie nicht länger hinhalten, er müsse sie jetzt endlich zur *Number One* machen, sie lasse nicht länger mit sich spielen. Wenn er nicht bald nachgebe, werde sie schon dafür sorgen, dass er reagiere. Sie wisse Mittel und Wege, ihn dazu zu bringen.«

»Mittel und Wege, ihn dazu zu bringen, sie zur Nummer eins zu machen?«, vergewisserte sich Braig.

»Genau so, ja. Das klang wie eine unverhohlene Drohung, jedenfalls kam es mir so vor.«

»Sie erinnern sich genau an diese Aussage?«

»Allerdings. Damit kam sie erst nach einer Weile. Hoppla, überlegte ich, es läuft doch nicht so wie gedacht.«

»Und was sagte sie noch?«

»Sie lasse nicht länger alles mit sich machen, habe ihm seine Wünsche oft genug erfüllt, jetzt wolle sie die Belohnung sehen. Meisner sei es ihr schuldig. Und sie habe ihn in der Hand.«

»Sie habe ihn in der Hand?«

»Ja. Ich wunderte mich noch über ihre Worte. Mir kam es so vor, als habe sie ihn endlich durchschaut, als wolle sie sich nicht länger von ihm benutzen, diese entwürdigenden Fleischbeschauereien auf den Bühnen über sich ergehen lassen, nur weil er sie zu einem seiner dämlichen Engel machte. Leider habe ich nicht genauer nachgefragt. Wir kamen dann auch nicht mehr zu dem Thema. Und später haben wir auch nicht mehr darüber gesprochen. Es tut mir jetzt so leid. Glauben Sie, diese seltsamen Drohungen haben etwas mit ihrem Tod zu tun?«

»Das kann ich nicht ausschließen. Wir fahnden auf jeden Fall nach dem Mann. Leider haben wir immer noch keinen Hinweis auf seinen Aufenthaltsort. Oder hätten Sie eine Idee, wo er sich versteckt halten könnte?«

»Nein, wirklich, dazu kann ich Ihnen nichts sagen. Der Mann hat mich nicht interessiert. Ich habe immer weggehört, wenn das Thema auf ihn und seine Angels kam.«

Braig bedankte sich für das Gespräch, bat sie, anzurufen, wenn ihr doch noch etwas zur Sache einfallen sollte, legte den Hörer auf. Ohne lange darüber nachzudenken, war er sich bewusst, dass Fiona Pregizer seinen Verdacht gegen Meisner voll bestätigt, ja noch verstärkt hatte. *Wenn er nicht bald nachgebe,* hatte sie ihre Freundin zitiert, *werde sie schon dafür sorgen, dass er reagiere. Sie wisse Mittel und Wege, ihn dazu zu bringen, sie zur* Number One *zu machen. Meisner sei es ihr schuldig. Sie habe ihn in der Hand.*

Gab es noch irgendwelche offenen Fragen, was geschehen war? Meisner hatte Lisa Haag das Blaue vom Himmel versprochen, was ihre Model-Karriere anbetraf und sie sich damit sexuell gefügig gemacht. Doch anstatt sich mit ihrer Einordnung in seine Angel-Tabelle zufrieden zu geben, hatte sie noch mehr von ihm verlangt: Den Spitzenplatz aller Angels. Offensichtlich war er jedoch nicht so schnell bereit gewesen, ihrem Wunsch nachzugeben. Daraufhin hatte sie ihn erpresst. *Sie habe ihn in der Hand.*

Womit?

Geile schwerreiche Typen als Jury, hatte die junge Frau erzählt. *Kandidatinnen, die sich flachlegen lassen, verheißt er Auftritte im Fernsehen.*

Hatte sie ihn damit erpresst? Die Namen einiger Herren zu verraten, die beim Flachlegen junger Models mitgewirkt hatten?

Worum auch immer es ging, sie war bei Meisner an den Falschen geraten. So ließ er nicht mit sich umgehen. Vielleicht hatte er seine Firma, seinen Job als Model-Betreuer in Gefahr gesehen ...

Auf jeden Fall hatte er reagiert. So, dass ihm keine Gefahr mehr drohte. Nicht von Lisa Haag ...

Das Telefon läutete, unterbrach seine Gedanken. Er sah auf dem Display, dass der Anruf aus der Kriminaltechnik kam, griff zum Hörer.

»Du bist noch da?« Doldes Stimme klang atemlos. »Ich muss dir was zeigen. Sofort.«

»Um was geht es?«

»Das wirst du gleich erfahren. Ich bin schon unterwegs.« Bevor Braig reagieren konnte, hatte er aufgelegt.

Er versuchte, wieder zu seiner aktuellen Ermittlung zu finden, sah das Foto vor sich liegen. Orchitis, der Ministerialdirigent. Oder täuschte er sich? Er fühlte sich nicht mehr sicher, nahm das Bild, lief in Neundorfs Büro. Es war leer. Zehn vor Fünf. Vielleicht war sie noch in ihrem derzeitigen Fall unterwegs, irgendetwas mit einem angeblichen Attentat auf einen Industriellen, wie sie ihm erzählt hatte, vielleicht auch schon zu Hause.

Er legte das Foto auf ihren Schreibtisch, nahm sich ein leeres Blatt und einen Stift, notierte seine Frage. *Kennst du einen von denen?* Im gleichen Moment hörte er Doldes Stimme auf dem Flur. Braig ließ das Bild liegen, lief dem Kollegen in die Arme.

»Es gibt Arbeit«, erklärte der Mann, mit einem in durchsichtiger Folie verpackten Papier durch die Luft wedelnd.

»Arbeit?«, brummte Braig. »Weißt du, wie spät es ist?«

Dolde gab keine Antwort, folgte ihm in sein Büro, legte sein Mitbringsel mitten auf den Schreibtisch. »Hier, bitte.«

Es handelte sich um ein mit Computer beschriebenes, leicht zerknittertes Blatt, das in der rechten Mitte etwas eingerissen war. Braig las die ersten Sätze, fühlte sich sofort elektrisiert.

Meisner, du widerlicher Dreckskerl, wir haben deine verlogenen Märchen satt. Du hast uns den Himmel auf Erden versprochen, und wir waren so dumm, dir zu glauben. Unsere Träume von einer Karriere als Model hast du benutzt, uns für deine Zwecke einzuspannen.

Wir geben zu: Wir waren blöder als blöd. Wir haben lange nicht begriffen, um was es dir in Wirklichkeit geht. Die paar Aufträge für Werbung, die wir erhalten haben, die paar Auftritte im Fernsehen und auf anderen Bühnen, bei denen wir wie eine Herde Kälber gegeneinander ausgespielt wurden, damit sich die geilen Böcke der Jury auf unsere Kosten austoben konnten, sind den Preis nicht wert. Du und deine verkommenen Freunde haben unsere Dummheit ausgenutzt. Zahlen sie dir tatsächlich auch noch Geld dafür? Du bist kein Model Manager, du bist ein Zuhälter. Wir haben es satt, uns von deinen geilen alten Säcken weiter ins Bett zerren zu lassen. Jetzt fängst du sogar schon mit Minderjährigen an. Wir lassen uns nicht länger für dumm verkaufen.

Höchste Zeit, dass die Öffentlichkeit von deinen Schweinereien erfährt. Die Zeitungen werden sich freuen, wenn wir jetzt auspacken. Wir lassen uns nicht länger wie Nutten behandeln, nur um in die nächste Show zu kommen. Jetzt erzählen wir alles.

Lisa und Tina

»Das darf nicht wahr sein! Wo hast du das her?« Braig hatte Mühe, sich von dem Text zu lösen, spürte die Aufregung in allen Gliedern. Vom ersten Satz an hatte er begriffen, welche Brisanz in dem Schreiben steckte.

»Aus Meisners Aktenordnern«, antwortete Dolde, »ich hatte sie zwar durchgeblättert, einen nach dem anderen, aber nicht gründlich genug. Vorhin, bei einem genaueren Durchgang, ist es mir in die Hände gefallen.«

»Du verdienst ein zusätzliches Gehalt. Ist dir klar, was da vor uns liegt?«

Dolde griff zu seiner Brille, säuberte sie mit einem Tuch. »Ich fürchte, ja. Der Grund, weshalb das Mädchen sterben musste. Sie droht ihm, auszupacken. Der muss ganz schön Dreck am Stecken haben.«

»Verdammter Mist, ja. Sie hat ihn erpresst. Jetzt haben wir es schwarz auf weiß. Genau wie es ihre Freundin angedeutet hat.« Er berichtete dem Kollegen von dem Anruf Fiona Pregizers, starrte erneut auf das Blatt. »Lisa und Tina. Wer ist diese Tina?«

»Einer der anderen Angels.«

»Natürlich, ja. Aber wenn sie hier mit unterschrieben hat ...« Braig spürte, wie es ihn siedend heiß durchlief. »Wir benötigen die Liste. Die Liste seiner Angels. Sofort.«

»Du glaubst ...« Dolde verzichtete darauf, seinen Gedanken auszusprechen, sah an Braigs in Falten gelegter Stirn, dass beide dieselbe Befürchtung hegten. »Ich meine, immerhin ist der Kerl jetzt abgetaucht. Er kann es sich gar nicht leisten, hier zu erscheinen, um dieser Tina etwas anzutun.«

»Woher willst du das wissen? Er kann es sich auf jeden Fall nicht leisten, ihr *nichts* anzutun. Wenn das, was die beiden Frauen erzählen wollen, so brisant ist, dass er einen Mord begeht, um die Veröffentlichung zu verhindern, muss er ein zweites Mal zuschlagen. Und zwar bald. Solange nämlich diese Tina durch Lisas Tod so schockiert ist, dass sie sich nicht an die Öffentlichkeit traut. Er *muss* sich auch diese Tina vornehmen, sonst hat der Mord an Lisa Haag überhaupt nichts gebracht.«

»Es sei denn, diese Tina ist nach dem Verbrechen an Lisa Haag jetzt so eingeschüchtert, dass sie den Mund hält. Für immer. Sie weiß, was ihr sonst blüht. Meisner, ein Mann der Tat.«

Braig verstand Doldes Argumentation, zeigte sich dennoch nicht einverstanden. »Das ist mir, und ich fürchte, auch Meisner, viel zu riskant. Darauf vertrauen, dass sie den Mund hält? Auf ihren guten Willen bauen, wo so viel auf dem Spiel steht? Nein, dafür ist er garantiert nicht der Typ. Der sitzt in seinem Versteck und bereitet sich darauf vor, ein zweites Mal zuzuschlagen. Und kein Mensch weiß, wann das sein wird. Heute noch oder erst morgen. Du verstehst?«

»Okay. Die Liste seiner Angels ...« Dolde akzeptierte Braigs Wunsch. »Ich habe mir eine CD gebrannt. Das ist wohl der schnellste Weg. Sie liegt bei mir im Labor.«

»Also. Worauf wartest du noch?«

18. Kapitel

Kriminalhauptkommissar Stephan Herbs Bedarf nach ausgemergelten dunkelhaarigen Männern war endgültig gedeckt. Den siebten Tag hintereinander, den vergangenen Sonntag auf ausdrücklichen Wunsch seiner Vorgesetzten inbegriffen, war er jetzt hinter dem terroristischer Absichten verdächtigten Asylbewerber hinterher. Das verstößt ja schon gegen die primitivsten Arbeitsschutzvorschriften, hatte seine Frau Julia moniert, als sie selbst den Sonntag ohne ihren Ehemann hatte verbringen müssen. Arbeitsschutzvorschriften, war Herbs Replik, wer bei der Polizei kümmerte sich jemals um solche überflüssigen Spitzfindigkeiten? Einen Anschlag auf einen der beiden Atomreaktoren in Neckarwestheim galt es zu vereiteln, was interessierten da die persönlichen Befindlichkeiten eines kleinen Kriminalbeamten?

So war er also auch an diesem Dienstag wieder in Reutlingen unterwegs, Stephanie Riedinger an seiner Seite, die üblichen, längst bekannten Touren durch die Stadt hinter sich. Verlassen der Asylbewerberunterkunft, Passage der Fußgängerzone, kurzer Aufenthalt an der Marienkirche, dann in die Burgstraße zum Haus in der Nähe der Leonhardskirche. Kurze Zeit später in die Kaiserstraße, am Kaiser-Wilhelm-Denkmal in die Planie, dann die Bismarckstraße entlang zur Karlstraße, die junge Kollegin zu Fuß hinterher.

»Menschenskind, ich wäre so gern mal in einer der vielen Kneipen eingekehrt, an denen ich vorbeikam«, hatte Riedinger kritisiert, »in Ruhe einen Kaffee trinken und die Leute beobachten, aber was ist ...? Nichts, überhaupt nichts. Der Typ marschiert weiter und weiter, an allem vorbei. Dabei habe ich einige echt einladende Cafés und Bistros im

Vorbeigehen entdeckt. Im Vorbeigehen, was ist das für ein Leben?«

»Das Leben eines Kriminalbeamten«, war Herbs Antwort, »des Idioten also, der den anderen den Dreck aus dem Weg räumen darf.«

Ein langer, kaum endender Autopulk wälzte sich die Karlstraße entlang an ihnen vorbei, hinterließ nichts als trockene, von Abgasen verseuchte Luft. Herb schimpfte leise vor sich hin, schloss das Fenster.

»Im Stillen habe ich gehofft, dass wir heute wieder zu einem Ausflug auf die Alb aufbrechen. Schloss Lichtenstein, Pferdegestüt Marbach ...«, meinte Riedinger.

»Daraus wird garantiert nichts«, fiel Herb ihr ins Wort. »Der läuft jetzt in die Charlottenstraße und dann quer durch den Stadtgarten in die Silberburgstraße. Wie jeden Tag. Und ich Idiot denselben Weg hinterher.«

»Aber du hast immer noch keine Ahnung, was er dort überall treibt?«

»Was wird der schon treiben? Vorbereitungen dafür treffen, möglichst viele Menschen ins Jenseits zu befördern, das, was alle Religiösen dieser Welt am besten beherrschen.«

»Alle Religiösen?« Riedinger lachte laut. »Ein paar Ausnahmen wird es wohl noch geben.«

»Die kannst du garantiert an einer Hand abzählen.«

»Das meinst du doch nicht ernst. Wo befördern denn unsere Pfarrer Menschen ins Jenseits?«

Herb schlug mit der Rechten auf die Konsole. »Noch nichts vom Präser-Verbot durch die katholische Kirche gehört? Deren Priester labern in Afrika und anderen Elendsgebieten die Leute voll, es sei gegen Gottes Willen, dieses Teufelszeug zu verwenden. Und was ist die Folge? Die Menschen dort vermehren sich wie die Karnickel, und Millionen haben sich mit Aids infiziert. Ein Drittel der Bevölkerung in manchen Staaten vegetiert entkräftet vor sich hin. Verhütungsmittel systematisch madig zu machen verursacht erst die Verelendung, die das Pfaffenpack dann mit milden Gaben wieder abmildern will. Wo immer Religiöse was zu sagen haben, herrscht der Teufel.«

»Was erzählst du das mir? Ich gehöre dem Verein nicht an.«

»Ja gut, es war ja auch nicht gegen dich gerichtet.« Herb schien sich wieder zu beruhigen. »Mich ärgert es immer wieder nur aufs Neue ...« Er starrte angestrengt nach draußen, sah den ausgemergelten Schwarzhaarigen wenige Meter vor ihnen die Straße entlanglaufen, stöhnte laut auf. »Mist, jetzt hätte ich den Kerl doch beinahe verpasst.« Er knöpfte seine Jacke zu, öffnete die Tür, sah, wie der Mann vorne um die Ecke bog. »Der läuft schon in die Charlottenstraße. Hab ich´s nicht gesagt? Derselbe Weg wie jeden Tag. Nachher quer durch den Stadtgarten und dann ab in die Silberburgstraße. Und ich Idiot darf ihm hinterher latschen. Die neueste Sightseeingtour durch Reutlingen. Bald kenne ich die Stadt inund auswendig. Ich frage mich nur, warum ich mir nicht längst eine Wohnung zugelegt habe. Am besten hier in der Karlstraße. Dann könnten wir wenigstens einen Kaffee trinken statt nur im Karren zu hocken, während der Kerl seine Bomben baut.«

»Ein guter Vorschlag«, rief Riedinger hinter ihm her. »Hoffentlich kümmerst du dich bald darum.«

In dem Moment war Herb aber schon um die Ecke in der Charlottenstraße verschwunden.

19. Kapitel

Sie hatten keine zehn Minuten benötigt, die Frau zu identifizieren. Dolde war zu einer großen Kiste gelaufen, in der er Material aus Meisners Büro aufbewahrte, hatte eine Weile gekramt, dann eine Hand voll CDs vorgeholt, sie gemustert und eine davon in seinen Computer gelegt. Kurz darauf flimmerte der ihnen bekannte Trailer spärlich bekleideter junger Frauen über den Bildschirm und präsentierte *European Angels Meisners Famous Models.*

Model auf Model stellte sich vor, genau wie sie es am Vortag in Meisners Büro gesehen hatten.

Caroline, European Angel No. One, Katja, European Angel No. Two, Jeanette, European Angel No. Three, Deborah, European Angel No. Four, Lisa, European Angel No. Five, Marion, European Angel No. Six, Julia, European Angel No. Seven, Tina, European ...

»Halt«, rief Braig, »da haben wir sie.«

Dolde stoppte das Programm, hielt *Tina, European Angel No. Eight* auf dem Monitor fest. Die junge Frau hatte helle blonde Haare, ein bleiches schmales Gesicht, wurde als Tina Etzel, einundzwanzig Jahre jung, vorgestellt. Anschließend folgten ihre Körpermaße sowie die Werbeverträge und Auftritte in verschiedenen Show-Programmen. Wo sie wohnte, unter welcher Telefonnummer sie zu erreichen war – Fehlanzeige.

»Logisch«, sagte Dolde, »der Zugriff auf die Frau kann nur über Meisner erfolgen. Damit verdient er ja sein Geld.«

»Und wie kommen wir dann an die Adresse?«

»Moment, ich müsste sie finden.« Er tauschte die CD aus, suchte nach dem entsprechenden Programm, öffnete es.

European Angels - Meisners Famous Models - Adressenliste

»Ich saß mehrere Stunden an seinem Computer«, erklärte der Techniker.

Braig wartete, sah Tina Etzels Adresse samt Handy-Nummer auf dem Bildschirm auftauchen, notierte sie. *Tina Etzel, Plochingen.*

»Du versuchst, sie zu erreichen?«

»Jetzt gleich, ja. Am besten von deinem Labor aus.« Braig sah Doldes zustimmendes Nicken, gab die Nummer ein. Er hatte es eilig, wollte jede Minute nutzen. »Der Brief«, sagte er, »könntest du mir bitte eine Kopie machen?«

Der Techniker nahm das Blatt, verschwand in einem Eck des großen Raumes. Im gleichen Moment hatte Braig eine weibliche Stimme in der Leitung.

»Ja, was isch?«

»Braig ist mein Name. Spreche ich mit Frau Tina Etzel?«

»Ja, was wellet se vo mir?«

»Ich bin Polizeibeamter und möchte gern mit Ihnen sprechen.«

»Wieso?«

»Das würde ich Ihnen gerne persönlich erklären. Können wir uns heute Abend noch treffen?«

»Heit Abend no? Sie hents aber eilig!«

»Wo wohnen Sie?«

»In Plochinge. Aber wieso ...?«

»Sie sind heute Abend zu Hause?«

»Noi, i schaff doch bis um Achte.«

»Bis um Acht. Wo arbeiten Sie?«

»I woiß gar net, warum Sie des alles wisset wellet.«

»Jetzt erklären Sie mir doch bitte, wo Sie arbeiten.«

»In Cannstatt in der Drogerie im Carré.«

»Hier in Cannstatt?«, rief Braig überrascht.

»Ja, wieso? Sind Sie au in Cannstatt?«

»Ich bin in fünfzehn Minuten bei Ihnen. Die Angelegenheit ist äußerst brisant. Sie warten auf mich, ja?«

»I sag Ihne doch, dass i bis um Achte hier schaff.«

Braig beendete das Gespräch, nahm die Kopie, die Dolde für ihn angefertigt hatte, bedankte sich bei dem Kollegen, spurtete zum Aufzug. So sehr er sich fast immer bemühte, die Treppen zu benutzen, um einigermaßen fit zu bleiben, im Moment kam es ihm auf jede Minute an. Er eilte in sein Büro, griff nach seinen Unterlagen und der Jacke, rief die Fahrbereitschaft an, bat um einen Wagen zum Cannstatter Carré.

»Die paar Meter?«, knurrte der Kollege.

Braig gab keine Antwort, lief wieder zum Fahrstuhl, nahm den Weg zum Ausgang. Er gab seine Kennkarte ein, passierte die Sperre. Als er auf die Straße trat, nahm er erst richtig wahr, wie dunkel es bereits war. Zwanzig vor sechs. Die Januar-Nacht war längst angebrochen. Er sah den Dienstwagen wenige Meter entfernt warten, nahm neben dem Fahrer Platz.

»Zum Carré hier in Cannstatt, ja?«

Braig nickte, schnallte sich fest. »Ich fürchte, eine Frau ist in Gefahr«, sagte er.

»Das haben wir gleich«, meinte der Kollege.

Hoffentlich, überlegte er, den Drohbrief im Sinn. Jetzt, während der Arbeit, wird er es wohl kaum wagen, ihr etwas anzutun. Nicht in einer Drogerie mitten unter wer weiß wie vielen Kunden. Er schaute nach draußen, sah unzählige Passanten auf dem Weg zum Bahnhof, in die Innenstadt, nach Hause. Jetzt um diese Zeit ist sie sicher, solange so viele Menschen unterwegs sind. Aber später, nach sieben? Ich muss Polizeischutz für sie anfordern, überlegte er, noch haben wir Meisner nicht, noch wissen wir nicht, ob und wann er sich auch sie vorzuknöpfen gedenkt. Vielleicht auf dem Nachhauseweg, im Dunkeln, wenn sie schon bis in die Nacht arbeitet, wird er sich diese Chance kaum entgehen lassen. Möglicherweise liegt er schon irgendwo draußen auf der Lauer.

Das Auto näherte sich der Unterführung kurz vorm Cannstatter Bahnhof, wenige Meter vorm Carré entfernt.

»Ich steige hier aus«, sagte Braig, »vielen Dank. Sie können zurückfahren. Ich weiß nicht, wie lange es dauert.«

Er gurtete sich los, stieg auf die Straße, spürte die kalte Luft. Wenigstens abends und in der Nacht herrschten noch einigermaßen normale Temperaturen, wenn man tagsüber schon glauben musste, beim Januar handle es sich um den ersten Frühsommermonat. Er hüllte sich in seine Jacke, sah den klobigen Bau des Einkaufszentrums vor sich, schritt kräftig aus. Ein ganzer Pulk von Fußgängern begleitete ihn über den Vorplatz, strebte mit ihm dem Haupteingang zu. Obwohl der erst vor wenigen Jahren gebaute Komplex des Carrés nur wenige Gehminuten vom Landeskriminalamt entfernt lag, suchte Braig die Geschäfte dort nur äußerst selten auf. Er bevorzugte die wenige hundert Meter weiter gelegene Cannstatter Fußgängerzone, die mit ihren schmalen Gassen, verwinkelten Innenhöfen und alten Fassaden dem Flair mittelalterlicher Stadtkerne in nichts nachstand. Oft genug nahm er den Weg an der Weinstube *Klösterle* vorbei, einem pittoresken Fachwerkhaus mit einem solch urigen Erker, wie er es selten gesehen hatte, fühlte sich dann in jene Jahrhunderte versetzt, in denen das *Klösterle*, 1463 erbaut, als Sozialstation des mildtätigen Frauenordens der Beginen diente. Eine Inschrift wies das zauberhafte Bauwerk als ältestes Wohnhaus Groß-Stuttgarts, zudem auch als einziges Beginenhaus Europas mit einer gotischen Kapelle aus. War er nicht in Eile, stattete Braig dem nahen *Kaffee Klatsch* einen Besuch ab, den Blick auf die von drei Enten begleitete *Entaklemmer*-Skulptur am Thaddäus-Troll-Platz, einem seiner Lieblings-Schriftsteller, genießend. So klein das Areal auch war, die urigen Altstadtgassen Bad Cannstatts warteten mit einer solch reizvollen Atmosphäre auf, dass er manchmal beim Eintreten in dieses pittoreske Viertel die beruflichen Sorgen ein Stück weit von sich abfallen fühlte. Das konnte in der hell erleuchteten und mit schriller Reklame an allen Ecken und Enden dekorierten Kunstwelt des Carré niemals geschehen.

Braig reihte sich in den Strom der Menge, passierte den Haupteingang der Einkaufspassage. Ein Schwall warmer Luft schwappte ihm entgegen. Er öffnete seine Jacke, kämpfte sich an ausgebeulte Plastiktüten schleppenden, dem Ausgang zu eilenden Menschen vorbei. Die Drogerie war schon von weitem zu bemerken. Noch bevor er ihre Auslagen vor sich sah, hatte er den Geruch ihres reichhaltigen Parfüm-Sortiments in der Nase. Aromen aller Art, dominiert von süßlich schweren Düften stiegen ihm in den Kopf. Er spürte seinen inneren Widerstand gegen diese Umgebung, zwang sich, weiterzugehen, dem weit geöffneten Eingang zu. Er achtete nicht auf die mit bunten Schildern versehenen Sonderangebote, die auf großen Tischen außerhalb des Ladens feilgeboten wurden, drückte sich an mehreren die Auslagen prüfenden Frauen vorbei ins Geschäft. Die Drogerie schien gut besucht, wohin er auch sah, in den Regalen stöbernde Kunden. Er musterte die junge dunkelhaarige Frau an der Kasse, versuchte sich an das Porträt Tina Etzels in *Meisners Famous Models* zu erinnern. Sie konnte es nicht sein, hatte ein ganz anderes Profil.

Braig lief dennoch zu der Kassiererin, wartete, bis sie eine Kundin bedient hatte, fragte dann nach der Gesuchten.

»Tina?« Die dunkelhaarige Frau schaute auf. »Die füllt im Moment Regale. Dort, bei der Kosmetik.«

Er folgte ihrem Fingerzeig, passierte zwei vollbepackte Verkaufsständer, drückte sich an einer Reihe Parfüms und Kosmetika prüfender Frauen vorbei. Die Luft war erfüllt von Düften und Aromen jeder Geschmacksrichtung. Braig versuchte, den Atem für ein paar Sekunden anzuhalten, stand plötzlich vor einer ihm den Rücken zuwendenden, im Dress des Ladens gekleideten Angestellten, die eines der Regale nachfüllte. Er blieb stehen, räusperte sich, nannte den Namen der Gesuchten. »Frau Etzel?«

»Ja?«

Die Ähnlichkeit mit dem Bild des Computermonitors war marginal. Dick aufgetragene Schminke, im künstlichen Farbton nachblondierte Haare, viel zu kräftig modellierte Lippen. Eine Wolke süßlichen Parfüms hüllte die Frau ein.

»Braig ist mein Name. Kriminalpolizei.« Er musterte das Gesicht seines Gegenübers, sah, wie sie erschrak. »Wir haben miteinander telefoniert«, fügte er schnell hinzu.

»Kriminal...« Die Worte erstarben ihr im Hals, sie starrte zu ihm auf wie zu einem Wesen von einem anderen Stern.

»Ich muss mit Ihnen sprechen, unter vier Augen. Wo können wir das tun?«

Sie benötigte mehrere Sekunden, sein Anliegen zu verstehen, zeigte dann auf einen kleinen Raum, der wenige Meter weiter hinter den Regalen zu erkennen war.

Er nickte mit dem Kopf, wartete, bis sie sich endlich in Bewegung setzte, folgte ihr. Die widerliche Parfüm-Wolke begleitete ihn bei jedem Schritt. Sie wichen einer mit Toilettenpapier vollbepackten älteren Dame aus, schoben sich am Kinderwagen einer verschleierten Frau vorbei in den kleinen Raum, der offensichtlich als Lager diente. Tina Etzel blieb vor einem Tisch stehen, wartete auf eine Erklärung des Besuchers.

»Können wir kurz Platz nehmen?« Braig deutete auf die beiden Metallstühle hinter dem Tisch, zog sie her, setzte sich dann, der jungen Frau gegenüber.

Sie schaute ihn mit erwartungsvoller Miene an, konnte ihre Neugier nicht länger zurückhalten. »Also i woiß überhaupt net, was Sie wellet.«

»European Angels«, begann Braig, *»Meisners Famous Models.«*

Die Augen seines Gegenübers begannen augenblicklich zu leuchten. »Ich bin die *Number Eight«*, erklärte Tina Etzel in gestelztem amerikanischen Akzent, »an achter Stelle von alle!« Stolz pochte aus allen Poren ihres Körpers.

Braig nickte, war sich darüber im Klaren, dass das ganze Universum vor allem aus unerklärbaren Phänomenen bestand.

»Sie wissen, was mit Lisa geschehen ist?«

Diesmal begriff sie sofort. »Schrecklich«, hauchte sie, »schrecklich. I bin so erschrocke, wie i des ghört han.«

»Das kann ich mir vorstellen«, sagte er, »vor allem, nachdem Sie diesen Brief mit unterschrieben haben.« Er zog die Kopie des in Meisners Akten gefundenen Schreibens aus der Tasche, glättete sie, legte sie auf den Tisch.

Tina Etzel warf einen Blick auf das Papier, musterte ihn fragend. »Was soll das sein?«

»Tun Sie doch nicht so. Schauen Sie doch mal genau hin.«

Die junge Frau drückte ihren rechten Zeigefinger auf das Blatt, las leise mit bedächtigem Tonfall den Text, schaute überrascht auf. »Lisa und Tina? Wer soll das sein?«

»Ja, wer wohl?«, schimpfte Braig. »Warum bin ich wohl hier?«

Tina Etzels Gesicht verlor an Farbe, soweit das trotz der dick aufgetragenen Schminke möglich war. Sie schluckte, holte weit aus, deutete mit ihrer rechten Hand auf ihre Brust. »I?«

»Ja, wer denn sonst?« Braig sah keinen Anlass, seinen Ärger über das scheinheilige Getue zu verbergen, verstärkte den aggressiven Tonfall seiner Stimme. »Hören Sie, das ist kein Spiel. Jetzt nicht mehr. Sie und Lisa Haag haben Meisner mit diesem Brief bedroht, und jetzt ist Lisa tot. Kapieren Sie denn nicht, in welcher Gefahr Sie schweben?«

Die junge Frau schien nicht zu begreifen. Braig wusste nicht, wie er ihr Verhalten beurteilen sollte, verfolgte ihr regloses Verharren mit ungläubigem Staunen. Sie saß einfach da, starrte ihn an, sagte kein Wort.

»Frau Etzel«, polterte er, von zunehmender Wut getrieben, »wann haben Sie das geschrieben? Und warum?«

Sie schaute ihm in die Augen, schüttelte den Kopf. Der süßliche Duft waberte noch intensiver in seine Nase. »Des han i net gschriebe«, sagte sie dann, langsam, wie in Zeitlupe, »wieso denn au, des isch doch totaler Quatsch, was do stoht.«

Braig verstand kein Wort. »Was ist Quatsch?«

»Wieso sollt i dem Nico drohe? Könnet Sie mir des sage? Der Nico isch ein wunderbarer Mann«, erklärte sie voller Überzeugung, »i han doch alles ihm zu verdanke, dass i so weit bis auf den achte Platz komme bin. Der setzt sich doch bei jedem neue Wettbewerb für uns ei, gibt uns Tipps und Ratschläg und isch für mi inzwische wie mein zweiter Vadder. I bin der *Angel Number Eight*, wisset Sie des net? Was glaubet Sie, wie stolz die hier im Lade alle auf mi sind, die hent die *Number Eight* unter sich, jeden Tag! Und viele Kunde kommet bloß, um mi zu sehe! I han sogar scho abote, Autogramme zu schreibe, aber mein Chef meint, i soll no warte, vielleicht schaff i es noch zur *Number Five* oder sogar noch höher! Was glaubet Sie, wie dann die Leut in de Lade stürmet, um mi zu sehe. Und dann bin i au bereit, Autogramme zu schreibe, dann garantiert. Aber wenn Sie heut scho eins wellet ...« Sie schaute ihn erwartungsvoll an.

»Wie bitte?« Braig glaubte, nicht richtig gehört zu haben. »Autogramme?« Er sprang von dem Stuhl auf, musste an sich halten, nicht laut zu werden. »Verstehe ich das richtig, dass Sie das nicht geschrieben haben wollen?« Er donnerte mit seinem Finger auf das Papier auf dem Tisch, bis ihm die Hand schmerzte.

»I sags Ihne doch: Wieso sollt i so en Quatsch schreibe? Bald bin i die *Number Five* und dann schreib i Autogramme ...«

Er musterte eindringlich ihr Gesicht, verlor den letzten Rest eines Zweifels am Wahrheitsgehalt ihrer Aussage. So abstrus ihre Worte auch klangen – das war keine Show, kein aufgesetztes Jung-Mädchen-Geplapper, sondern ehrliche Überzeugung, wenn es auch schwer fallen mochte, es als Aussage eines halbwegs erwachsenen Menschen zu akzeptieren. Ihre bodenlose Naivität war nicht gespielt, sie kam aus tiefstem Herzen. Wenn er seiner langjährigen Erfahrung als Ermittler vertrauen konnte – und diese Grundbedingung war fundamental für die einigermaßen erfolgreiche Ausübung seines Berufs – dann wurde ihm, so schwer es auch fallen musste, der Frau vorurteilslos Glauben zu schenken, hier keine Lüge aufgetischt, sondern die Auffassung einer zutiefst in pubertären Vorstellungen befangenen naiven Seele präsentiert. Die junge Frau vor ihm schauspielerte nicht, sie glaubte wirklich, was sie sagte – auch wenn das nur schwer nachvollziehbar war. Die einzige Konsequenz, die er diesem Gespräch entnehmen konnte, bestand in der Tatsache, dass Tina Etzel das Schreiben an Meisner weder verfertigt noch unterzeichnet hatte. Wer aber hatte es dann – gemeinsam mit Lisa Haag – getan?

Bevor er sich lange auf die Frage einließ, war er sich bewusst, wo die Antwort zu finden war: Es musste sich um eine

Verwechslung handeln. Eine Verwechslung, was den Vornamen der Briefschreiberin anbetraf.

»Sagen Sie, der Name Tina, es gibt viele junge Frauen, die so heißen, oder?«

Sie schaute ratlos zu ihm auf.

»Konkret gefragt: Gibt es unter den Angels noch andere Frauen mit dem Namen Tina?«

»Außer mir?«

Braig nickte.

»Ja, schon. Die Tina, also der *European Angel Number Ten*, die heißt au so. Also eigentlich Christina, aber niemand nennt die so.«

Tina als Rufname, Christina als offiziell eingetragene Version. Natürlich, daran hatten sie in der Eile nach der Entdeckung des Drohschreibens nicht gedacht. »Christina ..., wie heißt sie mit Nachnamen?«

Die junge Frau drehte ihr Gesicht nach allen Seiten, als suche sie irgendwo an einer der Wände des Raumes die richtige Antwort, schaute dann ratlos zu ihm her. »Sie fraget Sache ... Mir nennet sie nur Tina, mehr ...«

»Wissen Sie, wo sie wohnt?« Er ersparte es sich, auf eine Antwort zu warten, ihr Gesichtsausdruck sprach Bände. »Dann bedanke ich mich für die Auskunft.«

Er spürte die innere Unruhe, die sich seiner aufs Neue bemächtigte, wollte weg aus dieser aus unzähligen Flakons zusammengemischten Parfümwolke, benötigte einen großen Schwall frischer Luft.

Meisners Kartei. Sie mussten sie noch einmal gründlich überprüfen.

Braig ließ den Engel Nummer Acht ohne jeden weiteren Kommentar stehen, eilte aus dem Raum, dann aus dem Laden, schließlich aus der gesamten Mall. Er wich laut miteinander scherzenden jungen Paaren, die keine Veranlassung sahen, auf den Weg zu achten, aus, kämpfte sich an müde nach Hause wankenden, schwer bepackten Konsumenten vorbei. Draußen, wenige Meter vom Eingang entfernt, pumpte er frische Luft in seine Lungen, griff dann nach seinem Handy, gab Doldes Nummer ein. Der Techniker schien von den Anstrengungen des Tages nicht weniger erschöpft als er, ließ ihn mehrere Sekunden warten.

»Du bist noch im Amt«, eröffnete er unvermittelt, ohne jede Begrüßung, das Gespräch.

»Ich war an der Tür«, antwortete der Kollege.

»Dann habe ich noch mal Glück gehabt». Braig unterbrach seinen Wortschwall, schnappte nach Luft. »Diese Tina ist es nicht. Du musst noch einmal in Meisners Kartei nachsehen. Angeblich nennt sich die Nummer Zehn auch Tina. Sie wird offiziell als Christina ausgewiesen.«

»Du hast die Frau überprüft?«

»Ich habe mit ihr gesprochen. Das reicht.« Er ersparte sich jeden weiteren Kommentar, hörte den Techniker am anderen Ende auf einer Tastatur klappern, wartete auf dessen Antwort. Menschen eilten an ihm vorbei, aus dem Einkaufszentrum kommend, andere liefen auf den Eingang zu. Wenige Meter entfernt hupte ein Auto.

»Christina Schaufler, *Angel Number ten*«, meldete sich Dolde.

»Die Telefonnummer und die Adresse?«

»Langsam, langsam. Ich muss erst die andere CD einlegen.«

Braig atmete tief durch, versuchte, seine Ungeduld zu zügeln. Das Auto in seiner Nähe hupte erneut, dann sah er eine Frau aus der Dunkelheit auftauchen und winkend auf den Wagen zulaufen. Sie trug eine Tasche in der Rechten, öffnete die Beifahrertür, verschwand im Inneren des Fahrzeugs.

Braig hörte die Geräusche eines Zuges, schaute nach links zur Bahnlinie, sah eine S-Bahn in den Bahnhof einfahren. Sie bremste stark ab, kam einen Steinwurf von ihm entfernt zum Stehen. Im selben Moment quietschten unmittelbar vor ihm die Reifen eines rasant startenden Fahrzeugs, dann tat es einen ohrenbetäubend lauten Knall. Braig schrak zusammen, fuhr sich erschrocken über den Mund. Er spürte das heftige Pochen seines Herzens, schaute auf. Keine zwanzig Meter vor ihm war das Auto einem anderen voll in die Seite geprallt.

»Christina Schaufler«, erklärte Dolde, »wohnt in Tübingen in der Eugenstraße. Ihre Handynummer ... gib sie ein?«

Braig riss sich von dem Geschehen in seiner Umgebung los, hielt die Nummer fest. »Ich danke dir.«

Er sah, wie Menschen von allen Seiten zur Unfallstelle rannten, nahm die beiden seltsam verquer auf der Fahrbahn stehenden Autos wahr. Zwei Männer waren ausgestiegen, von den Scheinwerfern des einen Fahrzeugs angestrahlt, heftig mit den Händen gestikulierend und aufeinander einbrüllend. »Du Arschloch ...«, schallte es laut zu ihm her.

Braig versuchte, nicht auf die beiden Kampfhähne zu achten, bat Dolde um einen letzten Gefallen. »Wenn du mir das bitte noch erledigen könntest ... Diese Engel ... Gibt es noch weitere Christinas? Entschuldige!«

Der Techniker ließ einen lauten Seufzer hören, versprach, sich sofort an die Überprüfung zu machen und ihm im Erfolgsfall gegen Abend noch Bescheid zu geben, beendete dann das Gespräch. Zwanzig Sekunden später hatte Braig Christina Schaufler in der Leitung.

20. Kapitel

Der Unterschied zwischen den beiden Frauen hätte kaum gewaltiger ausfallen können. *Krass*, überlegte Braig, müsste ich es im Jargon der Jugendlichen ausdrücken, mir fiele kein besserer Ausdruck ein. Die beiden Frauen waren zwar fast gleichaltrig – jedenfalls den Aufzeichnungen in Meisners Akten zufolge – doch so grundverschieden, dass diese Differenz nur mit einer plakativen Wortwahl zu verdeutlichen war. Grundverschieden nicht nur in Bezug auf ihr Aussehen, sondern auch hinsichtlich ihrer psychischen Reife. Dort das abschreckend mit Schminke zugekleisterte Dummchen, hier die selbstbewusste, mit scharfem Verstand argumentierende Frau. Er kam nicht dazu, darüber zu spekulieren, ob er Tina Etzel mit diesem Urteil Unrecht tat, sah sich von seiner neuen Gesprächspartnerin nach wenigen Worten voll in Beschlag genommen.

»Mein Gott, *Angel No. Ten*, ersparen Sie sich doch das Gesülze!«, hatte sie ihn empfangen, nachdem er vom Südausgang des Tübinger Hauptbahnhofs in – wie von ihr angekündigt – weniger als fünf Minuten zu ihrer Wohnung in der Eugenstraße gelaufen war. Die ruhigen Straßen und traumhaft ins Grüne eingebetteten Häuser rund um den Volksgarten jenseits der Steinlach waren ihm von verschiedenen Besuchen der Stadt gut bekannt. Braig hatte den Namen Christina Schauflers zusammen mit mehreren anderen neben der Klingel, die das erste Obergeschoss bediente, entdeckt, war von einem jungen Mann an der Wohnungstür begrüßt worden. Er hatte nach ihr gefragt, war fast im selben Moment vom Auftauchen der leger in einen weiten, hellen Hausanzug gekleideten jungen Frau überrascht worden. Sie war hübsch, ohne Zweifel, das war auf den ersten Blick zu erkennen, aber eher von einer zurückhaltend vornehmen Art, die es nicht nötig hatte, sich mit irgendwelchen Hilfsmitteln plump aufzumöbeln, um aufzufallen. Wenn sie Schminke benutzte, dann äußerst dezent, das sah er im Schein der hellen Dielenlampe nur zu gut. Ein auffallend schmales, in Ansätzen fast asketisch wirkendes, von wunderschönen, kräftig blauen Augen geprägtes Gesicht, lange mittelblonde Haare, die ihr bis über die Schulter reichten, eine schlanke, mittelgroße Figur.

»Sie sind also *European Angel No. Ten*«, hatte er unwillkürlich geäußert, die entfernte Ähnlichkeit des Aussehens der jungen Frau mit Lisa Haag im Blick, damit aber nur ihre spöttische Widerrede provoziert.

Er war ihr in ein geräumiges Zimmer gefolgt, das der Wohngemeinschaft wohl als gemeinsame gute Stube diente, hatte sich einen heißen Tee einschenken lassen, war dann unmittelbar zum Thema gekommen. »Es geht um Ihre Tätigkeit als Model oder Engel oder wie immer ich das bezeichnen soll.«

»Mein Gott, stellen Sie sich nicht so an. Das ist ein Geschäft wie jedes andere auch. Meisner und seine Kompagnons wollen Kohle machen und ich und die anderen Kandidatinnen genauso.«

»Weshalb haben Sie ihn dann bedroht?« Er zog die Kopie des Schreibens aus der Tasche, breitete sie vor ihr auf dem Tisch aus.

Christina Schaufler betrachtete ihn mit in Falten gelegter Stirn, studierte den Text, lachte laut los. Etwas zu laut, überlegte er. »Oh je, für wie dämlich halten Sie mich?«

»Sie ...?«

»Wo haben Sie das gefunden? Bei Meisner?«

Sie hatte ihn schon bei seinem Anruf vom Vorplatz des Cannstatter Carrés aus darauf angesprochen, dass sie längst mit einer Anfrage der Polizei gerechnet hatte.

»Wieso?«, hatte er überrascht gefragt.

»Ja, mein Gott, ich bin ja nicht meschugge. Erst wird einer der Engel«, sie hatte das Wort tatsächlich in der deutschen Version ausgesprochen, »getötet und dann schreiben Sie Meisner zur Fahndung aus. Ich bin schon noch im Stande, Eins und Eins zusammenzuzählen.«

Sie hatte gelacht, als er danach gefragt hatte, wo sie sich am Abend aufhalte und ob er sie noch zu einem kurzen Gespräch aufsuchen könne. »Ja, nun, wenn es unbedingt sein muss. Ich bin brav zu Hause, in vier Wochen schreibe ich Klausur.«

Sie hatte ihm erklärt, dass sie Psychologie studiere und wie er zu ihrer Wohnung finden werde und er war die paar Meter zum Cannstatter Bahnhof gelaufen und hatte den nächsten Zug genommen, Ann-Kathrin in einem langen Gespräch um Verständnis bittend, dass er kaum vor 21 Uhr nach Hause kommen würde.

»Ich habe es geahnt«, hatte seine Partnerin kommentiert, die dicken Schlagzeilen der Zeitungen und die ausführliche Berichterstattung in sämtlichen Medien im Blick.

Und jetzt saß er erneut Angesicht in Angesicht mit einem von Meisners Engeln und hörte das zweite Dementi, dieses unselige Schreiben verfasst und unterschrieben zu haben.

»Sie streiten es wirklich ab?«

Christina Schaufler trank von ihrem Tee, stellte die Tasse ab. »Okay«, sagte sie, »ich jobbe bei Meisner. Ich bin ihrer Auffassung nach also eines dieser selten dämlichen blondierten Geschöpfe, die Schwarz und Weiß nicht voneinander unterscheiden können.«

»Das habe ich nicht behauptet«, unterbrach er sie.

»Aber gedacht. Und damit haben Sie nicht einmal so unrecht, was die Mehrheit dieser sogenannten Engel betrifft. Die meisten sind in der Tat dumm wie Stroh. Lassen sich von Meisner und seinen Kompagnons vollsülzen und mokieren sich dann, wenn die Herren zur Sache kommen. Dabei müsste jeder halbwegs erwachsenen Frau klar sein, dass die Typen neben der großen Kohle auch darauf spekulieren, möglichst viele dieser Dummchen ins Bett zu kriegen. Schauen Sie sich diese geilen Böcke doch an. Ich habe es Meisner bei unserer ersten Begegnung klargemacht, dass das mit mir nicht läuft, weder mit ihm noch mit seinen Kompagnons. Ich gehe mit dem ins Bett, der mir gefällt, nicht mit geilen Säcken, die mir irgendwas von einer besseren Platzierung bei der nächsten Model-Show vorlabern. Er hat es akzeptiert, die anderen Typen genau so. Die haben mich kein einziges Mal belästigt«, erklärte sie im Brustton der Überzeugung.

Braig führte seine Tasse zum Mund, musterte die junge Frau mit kritischem Blick. Wie alt war sie? Einundzwanzig, – den Unterlagen Meisners nach, aus denen ihm Dolde zitiert hatte. Klang das nicht etwas zu selbstbewusst, zu lebenserfahren, zu altklug für eine so junge Frau?

»Weshalb also sollte ich Meisner drohen?«

Er trank von dem Tee, einer intensiv nach verschiedenen Früchten duftenden und kräftig schmeckenden Flüssigkeit, wusste nicht, was ihn an seinem Gegenüber so irritierte. Das doch etwas zu stark aufgetragene, uneingeschränkte Selbstbewusstsein?

»Es geht um Ihre Sicherheit«, rechtfertigte er sich. »Lisa Haag wurde ermordet, wir fürchten, dieses Schreibens wegen. Wer immer hinter dieser Tina steckt, sie ist in größter Gefahr.«

»Wenn Sie das glauben. Ich bin es auf jeden Fall nicht.«

Bist du dir wirklich sicher, überlegte er, stellte den Gedanken dann aber zurück. »Um wen könnte es sich dann bei dieser Tina handeln?«

Christina Schaufler schnappte nach Luft. »Sie sind gut. Glauben Sie, ich kenne alle diese dummen, nach Berühmtheit lechzenden Gören, die sich Meisner an den Hals werfen?«

Zu denen du doch auch gehörst, arbeitete es in ihm. Er hörte ihr lautes Lachen, betrachtete sie nachdenklich.

»Das ist wie die Suche nach der Nadel im Heuhaufen. Die meisten dieser Affen flippen doch aus, wenn sie nur eine Kamera auf sich gerichtet sehen.« Sie lachte immer noch.

Eine Spur zu breit, ein paar Phon zu laut. Er sah das Leuchten ihrer blauen Augen. Sie waren nicht einfach nur blau. Mehr als blau. Azurblau. Himmelblau. Von einer farblichen Intensität, die ihresgleichen suchte. Ihr Trumpf, ihr großes Plus.

»Die lassen alles mit sich machen, um einen guten Platz auf seiner Engelsliste zu erhalten. Meisner könnte sich sein ganzes Trara ersparen, die meisten sind *ralliger* als läufige Hündinnen.«

Er wusste nicht, ob sie merkte, in welch abfälligem Ton sie über ihre Kolleginnen sprach. »Welches Trara meinen Sie?«

»Mein Gott, seine Methoden eben, sich seine Engel gefügig zu machen. Das ganze Gesülze von der *Number One* und der *Number Two* und so weiter. Und dann sein Initiationsritus, mit dem er jede Kandidatin einzeln auf seine Agentur einschwört.«

Braig wusste nicht, wovon sie sprach, fragte nach.

»Seine besondere Masche. Er macht es mit jeder Bewerberin, tut aber so, als unternehme er die Prozedur zum ersten und einzigen Mal. Exklusiv für dich. Du bist die Schönste, die

Strahlendste von allen. Damit labert er jede voll, packt den zukünftigen Engel dann in seinen wunderbaren BMW, fährt mit ihm zu irgendeiner Burg, einem Aussichtspunkt oder einem Felsen irgendwo in der Pampa, marschiert mit ihm die letzten Meter vollends hoch bis zur absoluten Spitze und lässt ihn dann den atemberaubenden Anblick genießen. *Siehst du die Welt unter dir,* seine Flötentöne scheinen direkt aus dem Himmel zu kommen, *warte nur ab, ich mache dich zur* Number One, *dann liegen dir alle zu Füßen. Sie beten dich an.*«

»Das hat er mit Ihnen gemacht?« War das die Erklärung, weshalb wir Lisa Haags Leiche unterhalb der Comburg fanden, fragte er sich. Der wunderbare Ausblick auf die Umgebung und Schwäbisch Hall?

»Nicht nur mit mir. Mit allen, mit denen ich bisher gesprochen habe. Er selbst oder sein Kompagnon.«

»Welcher Kompagnon?«

»Na, der Teilhaber seiner Agentur. Sie gehört ja nur zur Hälfte ihm selbst. Seit etwa einem Jahr jedenfalls. Meisner war damals finanziell so klamm, dass er froh war, einen Teilhaber zu finden.«

Braig schaute überrascht zu seiner Gesprächspartnerin. »Kennen Sie den Namen dieses Teilhabers?«

Christina Schaufler zuckte mit der Schulter, nannte ihm den Namen. Er zog sein Notizbuch vor, notierte ihn. »Dann wäre die Agentur nicht am Ende, selbst wenn wir Meisner festnehmen.«

»Er war nur der Geschäftsführer. Sein Kompagnon brennt genauso auf junges Fleisch.«

»Aber bei Ihnen hatten beide noch keinen Erfolg?«

Ihre blauen Augen flackerten, ihr Blick wurde etwas unstet, sie schaute zur Seite, als sie sich endlich zu einer Antwort durchrang. »Das habe ich Ihnen schon erklärt. Außerdem finden die genügend dumme Gören, die die Beine für sie breit machen. Die tun doch alles, um die *Number One* zu werden. Das hat doch nichts mit Aussehen zu tun.«

Er wusste nicht, woher der harte Unterton in ihrer Antwort kam. Weil sie nicht die Wahrheit sagte und doch von Meisner oder seinem Teilhaber verführt worden war?

Er fühlte sich zu müde, auf dem Thema zu insistieren, dachte an die Jagdhütte, in der sich Meisner eventuell versteckte. »Die Burg, auf der er Ihnen die Welt zu Füßen legte, wo war das?«

Sie starrte ihn mit großen Augen an, ließ sich mit ihrer Antwort Zeit. »Wo wohl?«, brummte sie.

Er starrte in ihre blauen Augen, wusste nicht, worauf sie anspielte. »Die Comburg?«, fragte er.

Sie nickte fast unmerklich.

Lisas Leiche. Er benötigte keine weitere Erklärung, warum sie so zögernd reagiert hatte. Die Comburg. Hatte Meisner Lisa Haag die Welt zu Füßen gelegt, ohne ihr Einverständnis zu erlangen?

»Wir suchen eine Jagdhütte«, sagte er müde, seine Uhr im Blick, »im Zusammenhang mit Meisner. Fällt Ihnen da irgendetwas ein?«

Christina Schaufler schüttelte den Kopf. »Eine Jagdhütte? Nein, was soll damit sein?«

21. Kapitel

Mit irgend so etwas hatte sie gerechnet. Nicht genau mit dieser Version, nicht ganz so unverblümt, etwas dezenter, verklausulierter, irgendwie diplomatisch verpackt, aber auf jeden Fall in diese Richtung zielend.

Riederich, einen von denen da oben, sie hatte ihn ertappt. In flagranti, sozusagen. Mit weiblicher Begleitung, die offiziell nicht zu existieren hatte. Insgeheim schon, jedenfalls so ab und an. *Mann* hatte schließlich seine Bedürfnisse. Aber eben auch seine Ehefrau, seine beiden Kinder, die Firma, die Zugehörigkeit zu vielen Zirkeln der Mächtigen, die Nähe zu einigen von denen ganz oben.

Deswegen.

Es konnte nicht sein, was nicht sein durfte.

So einfach war die Welt. So simpel funktionierte dieses Ländle.

Musste sie sich wirklich wundern? Sie war doch seit Jahren im Beruf.

Der Computer hatte die Mail genau in dem Moment empfangen, als sie ins Büro gekommen war. Neundorf war schnurstracks zu ihm marschiert, hatte die Nachricht auf den Bildschirm geholt.

Ermittlungen bezüglich Backnanger Unfall sofort einstellen. Bagatellen können wir nicht verfolgen. Wird an lokale Dienststellen weiter gereicht. Koch, OSA.

Bagatelle? Darum ging es nicht. Haigis lag nach wie vor im Krankenhaus in Backnang, sie hatte ihn heute Morgen noch einmal aufgesucht, um ihn betreffs der Person in dem Auto, das ihn so übel verletzt hatte, zu befragen. Erinnerungen an Einzelheiten in Stresssituationen, das wusste sie aus

Erfahrung, tauchten manchmal erst nach Tagen, oft sogar noch später im Bewusstsein der Betroffenen auf – nicht im Falle Haigis, wie sie leider gerade hatte feststellen müssen. Der Mann litt weiterhin unter Schmerzen, hatte die Operation noch längst nicht überwunden, war nach wie vor ohne Gewissheit, jemals wieder voll fit zu werden.

Nein, Haigis' schwere Verletzung war keine Bagatelle. Rücksichtslos angefahren von einem vor Eifersucht kochenden, ausgerasteten Idioten. Körperverletzung, wahrscheinlich sogar voller Absicht. Mit dem Risiko, einen, nein, sogar mehrere Menschen nicht nur gesundheitlich zu schädigen, sondern sie zu töten. Bagatelle?

Nein, alles, nur keine Bagatelle.

Riederich war die Sache zu heiß geworden, das war der Punkt. Er hatte nicht damit gerechnet, dass sie ihm auf die Schliche kommen, die Sache mit seiner Begleiterin aufdecken würden. Dass die Buchhändlerin in Backnang, Frau Weller, sich an ihn und die junge Frau an seiner Seite hatte erinnern können.

Hier lag der Hase begraben. Hier und sonst nirgends.

Und weil er einer von denen da oben war, hatte er zum Telefonhörer gegriffen und sich bei einem von seiner Clique beschwert. Koch. Direkt oder indirekt. Und dieser erbärmliche Speichellecker ...

Neundorf musste sich zusammenreißen, um ihre Aggressionen nicht über sich Herr werden zu lassen, donnerte mit der Faust auf den Schreibtisch. Zwei Papiere, oder was immer es war, flogen hoch, das eine wieder zurück, das andere auf den Boden. Mittwochmittag, kurz vor zwölf. Der Tag schien sich wieder einmal optimal zu entwickeln.

Sie starrte auf den Boden vor dem Schreibtisch, sah, dass es sich um eine Notiz Braigs handelte.

Kennst du einen von denen?

Wen soll ich kennen, brummte sie vor sich hin, nahm das Papier auf, griff nach dem Blatt auf dem Schreibtisch. Ein Foto. Mehrere in Reih und Glied nebeneinander aufgebaute dämlich in die Kamera glotzende Idioten. Gekleidet wie Dorfdeppen, mit dunkelgrünen Jacken und karierten Hemden, Gewehre in den Händen, tote Tiere vor und neben sich. Jäger.

Dieses Pack hatte ihr gerade noch gefehlt. Hirnlose Adrenalinbomber, die nur zum Orgasmus kamen, wenn sie wehrlose Tiere abknallten. Was sollte sie mit diesen Blödköpfen?

Sie wollte das Foto gerade wieder zurücklegen, als sie den Kerl erkannte. Riederich. Mitten in der Horde dieser Vollidioten. Das passte. Der neureiche Unternehmer. Immer auf der Jagd. Unter der Woche nach Geld, später dann nach Bett- und anderen Hasen. Riederich im Kreis irgendwelcher anderer Idioten. Der Umgebung nach zu urteilen im Wald. Oder jedenfalls in dessen Nähe. Eine Jagdhütte oder ein ähnliches Gebäude im Hintergrund. Wie kam Braig zu dem Bild?

Sie nahm ihre Brille, betrachtete das Foto in allen Einzelheiten. Erlegte Hasen, Rehe, Wildschweine, ein angeleinter Jagdhund, fünf mit Gewehren bewaffnete Exemplare dieser besonderen Fehlentwicklung der Evolution. Sie studierte die Gesichter, eins nach dem anderen, diese feisten, von der Jagdlust noch deutlich erhitzten Visagen, spürte die Übelkeit in sich aufsteigen.

Riederich also als Jäger, überlegte sie, ich muss das Bild weglegen, sonst wird mir schlecht. Im selben Moment erkannte sie die Figur links außen. Orchitis. Die Hodenentzündung. Sie beugte sich zu dem Foto nieder, betrachtete den Kerl genauer. Orchitis. Ohne Zweifel. Na, also. War das nicht deutlich genug?

Riederich und Orchitis auf einem Bild, in gemeinsamer Pose. Der neureiche Unternehmer und der Ministerialdirigent, der sich als Vertreter des Ministeriums seit Jahren so unverhohlen in ihre Arbeit einzumischen versuchte, wie man das eigentlich nur von irgendwelchen Bananenrepubliken im Urwald Afrikas vermutete. Einer der Spitzenbeamten des Ländles, der des richtigen Parteibuchs und des in üppigen Mengen abgesonderten Schleims wegen in selbst für diese Kategorien auffallend kurzer Zeit sämtliche Treppen bis zu den obersten Stufen hochgestolpert war. Nach unten treten, nach oben den Kopf einziehen – das altbekannte Programm. Orchitis, die Hodenentzündung. Sie erinnerte sich noch gut daran, wie sie sich an der Übersetzung seines Namens delektiert hatten. Die einzige Möglichkeit, den Umgang mit dem Mann zu ertragen. *Grüß Gott, Herr Hodenentzündung. Jawohl, Herr Hodenentzündung.*

Orchitis und Riederich auf einem Bild. Wo hatte Braig das her?

Sie nahm das Foto, ging ins Büro des Kollegen. Es war leer, roch nach eingetrocknetem Kaffee. Sie sah, dass die Kaffeemaschine leer vor sich hin köchelte, schaltete sie aus. War er wieder unterwegs? Sie wusste, dass er immer noch mit dem Tod der jungen Frau unterhalb der Comburg zu tun hatte, ging ins eigene Büro zurück, gab seine Handy-Nummer ein. Es dauerte mehrere Sekunden, ehe er sich meldete.

»Du bist auf Tour?«

Ein kräftiges Seufzen musste als Antwort reichen.

»Mühsame Ermittlungen?«

»Sisyphos. Ich hatte den Felsen fast auf dem Gipfel.«

»Der Tod der jungen Frau?«

»Lisa Haag, ja. Ich bin auf der Rückfahrt von Schwäbisch Gmünd.« Er berichtete ihr von dem Drohbrief, den Besuchen bei Tina Etzel und Christina Schaufler. »Und dann hat Dolde tatsächlich eine weitere Frau entdeckt. Kristin Röhrig aus Schwäbisch Gmünd, arbeitet als Friseuse. Da musst du erst mal drauf kommen, dass eine Kristin mit Tina unterschreibt. *Angel Number twenty-five* oder so. Ich war heute Morgen bei ihr im Laden. *Braig, Kriminalpolizei.* Sie war total schockiert, hat es sofort zugegeben.«

»Sie hat den Brief gemeinsam mit Lisa geschrieben?«

»Sie ist es, ja.«

»Und was war der Grund dafür?«

»Sie nahmen beide auf Meisners großartige Versprechungen hin an einer dieser Castingshows im Fernsehen teil. *So elend habe ich mich im ganzen Leben noch nie gefühlt.* Sie fing an zu heulen, als sie es mir erzählte. *So beschissen wie du aussiehst, traust du dich tatsächlich hier unter die Leute? Das ist doch kein Arsch und kein Busen, was du da präsentierst, das ist doch nur labbriges, glibbriges Fett, pfui Teufel! Warum tust du den Zuschauern das an und versteckst dich nicht zu Hause in der Besenkammer?* Zwei Wochen hatte sie sich nicht mehr unter die Leute getraut. *Wenn Lisa nicht gewesen wäre, ich hätte mich umgebracht.* Obwohl es Lisa nicht besser ergangen war. Die muss in ähnlicher Weise niedergemacht worden sein. Und anschließend gingen ihnen Meisner und einer seiner Kompagnons an die Wäsche. Sie nutzten die Verzweiflung aus, füllten sie mit Alkohol ab und feierten eine *After Work Party* – in der Horizontalen, versteht sich. In ihrer Verzweiflung kamen die beiden jungen Frauen auf die Idee, Meisner zu bedrohen und seine Aktivitäten an die Öffentlichkeit zu bringen. Das musste er unbedingt verhindern! ... weil sonst all die anderen Opfer wach würden. Das würde eine ganze Lawine von Beschuldigungen auslösen. Der Kerl wäre fällig.«

»Dann benötigt diese Kristin sofort Polizeischutz. Sonst versucht er auch noch, sie zum Schweigen zu bringen.«

Braig seufzte laut. »Menschenskind, wenn es so einfach wäre.«

»Wieso? Haben sich die Gmünder Kollegen geweigert?«

»Nein, das ist nicht der Punkt.«

»Sondern?«

»Diese Lisa ist das Problem.«

»Lisa Haag? Die ermordet wurde?«

Braig hörte die Lautsprecher-Durchsage, dass der Zug jetzt Schorndorf erreiche, wartete mit seiner Antwort. »Zum Glück ist der Wagen leer, sonst könnte ich dir gar nicht alles erklären. Die Sache ist komplizierter.«

»Was ist mit Lisa Haag?«

»Ich dachte bisher, sie sei deshalb ermordet worden, weil sie Meisner mit diesem Schreiben bedrohte.«

»Ja, das klingt doch logisch, oder?«

»Lisa Haag hat diese Zeilen aber nicht geschrieben.«

»Wer denn sonst?«

»Lisa Schlenker.«

»Wer soll das sein?«

»Kristin Röhrigs Freundin. Sie arbeitet ebenfalls als Friseuse, im gleichen Laden. Ich habe mit ihr gesprochen, sie hat es gestanden.«

»Moment.« Neundorf benötigte ein paar Sekunden, sich das Ganze durch den Kopf gehen zu lassen. »Verstehe ich das jetzt richtig: Du willst sagen, dieses Drohschreiben hat mit Lisa Haag überhaupt nichts zu tun?«

»Genau so ist es.«

»Somit wohl auch nichts mit ihrem Tod?«

»Ich fürchte, nein.«

»Falsche Spur also.«

»Ich habe es doch erwähnt: Sisyphos. Der Felsbrocken war fast oben.«

»Oh nein! Das ist vielleicht ein Mist!«

»Du sagst es.«

»Und jetzt?«

»Ich muss wieder bei Null anfangen, wie üblich.«

Neundorf konnte gut nachvollziehen, in welcher Stimmung er sich befand, kannte die Situation aus eigener Erfahrung nur zu gut. Tage-, manchmal gar wochenlang hinter einer vermeintlichen Spur herzurennen, sich die Nächte um die Ohren zu schlagen und mit ständiger Kaffeezufuhr künstlich wachzuhalten, nur um dann plötzlich feststellen zu müssen, dass es sich um eine Sackgasse handelte, in der es kein Weiterkommen gab. Oft genug war es ihr so ergangen. Genau aus diesem Grund wusste sie aber auch sehr gut, wie wichtig es war, sich in der verfahrenen Situation nicht von depressiven Gedanken überfluten zu lassen, sondern sich neue Ziele zu setzen, alternative Wege aufzuspüren – und sei es, dass man ganz von vorne beginnen musste.

»Was willst du jetzt als Nächstes tun?«, fragte sie deshalb, erfreut seine schnelle Antwort wahrnehmend.

»Ich muss endlich die Jagdhütte aufspüren. Vielleicht hält Meisner sich dort versteckt.«

»Welche Jagdhütte?«

»Er betätigt sich als Jäger. Wir fanden in seinem Haus mehrere Fotos mit einer Jagdhütte im Hintergrund.«

»Das Foto mit Orchitis und Riederich, das du mir auf den Schreibtisch gelegt hast?«

»Welcher Riederich?«

»Na, der Kerl aus meiner Ermittlung, der abstreitet, in weiblicher Begleitung angefahren worden zu sein.«

»Der ist auf dem Foto?«

»Deswegen hast du es mir doch auf den Schreibtisch gelegt.«

»Deswegen? Ich kenne den Mann doch gar nicht.« Braig klang verwirrt. »Der Name kommt mir allerdings bekannt vor. Irgendwo habe ich ihn schon einmal gehört.«

»Wahrscheinlich im Zusammenhang mit meinen Ermittlungen.«

»Vielleicht, ja. Aber was das Foto betrifft: Meisner ist darauf zu sehen und anscheinend Orchitis.«

»Meisner? Nach dem du die ganze Zeit fahndest?«

»Ja. Und weil ich mir nicht sicher war, ob es sich wirklich um Orchitis handelt, habe ich es dir hingelegt.«

»Er ist es, ich habe ihn gleich erkannt. Das ist interessant! Riederich, dieser Meisner und Orchitis auf einem Foto. Drei passionierte Jäger ...«

»Ich muss wissen, wo diese Jagdhütte liegt«, fiel ihr Braig ins Wort. Seine Stimme klang aufgeregt. »Ich nehme an, dass Meisner sich dort versteckt hält. Wenn Orchitis und dieser Riederich gemeinsam mit ihm auf dem Bild posieren, müssen sie wissen, wo die Hütte liegt. Das heißt ...«

»Du musst mit einem der beiden Herren sprechen.«

»Genau.« Braig legte eine kurze Pause ein, fuhr dann zögernd fort. »Riederich. Das ist also der Typ, der angefahren worden sein soll.«

»Der Vorfall in Backnang, den ich untersucht habe, ja. Koch hat mir die Sache entzogen.«

»Er hat dir die Sache entzogen?«

»Es handele sich um eine Bagatelle.« Neundorf erklärte ihm den Sachverhalt, wurde mitten in ihren Ausführungen von Braig unterbrochen.

»Jetzt fällt mir wieder ein, wieso mir der Name bekannt vorkommt.«

»Riederich?«

»Riederich, genau.«

»Woher kennst du ihn?«

»Gestern Abend in Tübingen. Christina Schaufler nannte mir den Teilhaber an Meisners Model-Agentur. Riederich. Ich nehme an, wir reden vom gleichen Mann.«

22. Kapitel

Endlich also ein Fortschritt!

Braig stieg in Cannstatt aus dem Zug, holte sich beim Bäcker im Bahnhof zwei Brezeln, lief mit großen Schritten zum Amt. Erfreut nahm er die schon wieder frühlingshaft warme Luft wahr, atmete sie in vollen Zügen ein. Schritt um Schritt schien der Frust dieses Morgens von ihm abzufallen. Waren das die ersten Anzeichen der Klimaveränderung, diese angeblichen Wintermonate mit Mittagstemperaturen um die zwanzig Grad? Er sah zwei leicht bekleidete junge Frauen auf der anderen Straßenseite flanieren, fühlte sich augenblicklich besser.

Orchitis und Riederich, zwei namentlich bekannte Männer auf dem Foto mit Meisner, zwei Personen, die Bescheid wissen mussten, wo die Jagdhütte lag. So sehr es ihn in Schwäbisch Gmünd verwirrt hatte, erfahren zu müssen, dass nicht Lisa Haag den Drohbrief verfasst hatte, so erfreulich war die Nachricht mit Meisners Jagdgefährten. Wenn jetzt nicht alles schief ging, mussten sie die Hütte in wenigen Stunden identifiziert haben. Neundorf hatte ihm versprochen, sich trotz des Koch´schen Verdiktes um Riederich zu kümmern. Das ist kein Verstoß gegen die Anordnungen der Staatsanwaltschaft, hatte sie erklärt. Jetzt geht es um den Standort der Jagdhütte, eine völlig neue Ermittlung. Der wird Augen machen!

Er bog von der Decker- in die Wörishofener Straße ein, hörte sein Handy läuten. Dr. Dolde war in der Leitung, aufgeregt wie selten.

»Du hast die Mail?«

»Welche Mail?«

»Meisners Handy. Gestern Abend, 21.35 Uhr, wurde es benutzt.«

»Meisners Handy?« Braig blieb mitten auf dem Gehweg stehen, hatte jedes Gefühl für die korrekte Lautstärke verloren. »Wen hat er angerufen?«, fragte er so laut, dass eine junge Frau, die ihm entgegen kam, überrascht zu ihm hin sah.

»Das wissen sie noch nicht, leider. Sie haben mir versprochen, uns so schnell wie möglich zu informieren.«

»Von wo aus hat er telefoniert?«

»Wir müssen abwarten. Sie wollen uns baldmöglichst Bescheid geben.«

»Gestern Abend? Und diese Telefongesellschaft ist nicht imstande, jetzt, heute Mittag, konkrete Angaben zu machen?«

»Ich stehe in direktem Kontakt mit einer Mitarbeiterin des Unternehmens. Sie kümmert sich persönlich darum. Es gab eine Panne. Angeblich haben sie die Daten an eine falsche Adresse weitergeleitet.«

»So ein Quatsch! Das glaubst du?«

»Wie gesagt, ich stehe in direktem Kontakt. Wir werden es gleich haben, hoffe ich jedenfalls. Ich gebe dir sofort Bescheid. Du bist im Amt?«

»In fünf Minuten«, antwortete Braig. Er steckte sein Mobiltelefon weg, spürte die Nervosität im ganzen Körper. Meisner hatte sein Handy benutzt. Gestern Abend bereits. Was hatte das zu bedeuten? Ahnte der Mann nicht, dass sie es überwachten?

Er hatte die Taubenheimstraße erreicht, überquerte sie, lief direkt auf den Eingang des Amts zu. Er zog seine Kennkarte, ließ sich registrieren, passierte die Sperre.

Wen hatte der Kerl angerufen? Und von wo aus? Sie mussten der Telefongesellschaft Trab machen, dafür sorgen, dass sie jede weitere Aktivität des Mannes postwendend erfuhren.

Er eilte die Treppen hoch, rang um Luft, als sein Handy erneut Signal gab.

»Ja?«

»Reutlingen«, sagte Dolde.

»Was ist mit Reutlingen?«

»Dort wurde Meisners Handy gestern Abend benutzt. Reutlingen, in der Nähe vom Bahnhof. Dort steht der Mast, der den Anruf registrierte.«

»Der Kerl war mitten in Reutlingen?«

»Das ergeben die Aufzeichnungen, ja. Angerufen hat er eine Caroline Klenk.«

»Den Namen habe ich schon gehört.«

»Ja, ich schaue gerade in der Liste nach. *European Angels No. One*.«

»Du bist dir sicher?« Braig ahnte sofort, was das bedeuten konnte.

»Absolut. Ich habe den Namen Schwarz auf Weiß vor mir.«

»Du hast ihre Nummer und die Adresse? Wir müssen sie sofort anrufen.« Wenn es nicht schon zu spät ist, brodelte es in ihm.

»Hier hast du sie: Caroline Klenk, Neuffenstraße in Esslingen.« Er nannte ihm die Nummer, gab die Leitung frei.

Braig spurtete die Treppe vollends hoch, lief in sein Büro, gab die Ziffern der jungen Frau ein. Es läutete zweimal, dann meldete sich die Mailbox. Er nannte seinen Namen und seine Rufnummer, bat sie, sofort zurückzurufen, versuchte es noch einmal, hatte erneut die Mailbox in der Leitung. Verärgert legte er auf.

Was wollte Meisner jetzt, nachdem er tagelang kein Lebenszeichen von sich gegeben hatte, von dieser jungen Frau? Nach all dem, was geschehen war, gab es für ihn nur eine Antwort: Sie war ihm – aus welchem Grund auch immer

– genau so lästig geworden wie Lisa Haag. Über die Konsequenz dieser Vermutung musste er nicht lange nachdenken. Caroline Klenk war in Gefahr, in höchster Gefahr.

Was die Sache gravierend verschlimmerte, war die Tatsache, dass der Anruf bereits gestern am späten Abend erfolgt war. Gegen 21.35 Uhr. Vor mehr als fünfzehn Stunden also. Hatte Meisner sich gar in der Nacht noch mit der jungen Frau getroffen? Oder einen Termin für den heutigen Tag vereinbart?

Braig spürte die Anspannung, lief zum Computer, gab den Nachnamen der jungen Frau ein, suchte in Esslingen nach weiteren Personen dieses Namens. Wenn er Glück hatte, wohnte sie noch bei ihren Eltern, und er konnte vielleicht von diesen erfahren, wo sie sich aufhielt ...

Er kam nicht dazu, die Liste zu überprüfen, weil sein Handy läutete. Er hatte vergessen, die Rufumleitung vom Festnetz auszuschalten, nahm das Gerät vom Schreibtisch.

»Um 13.05 Uhr, vor fünfzehn Minuten also, wurde Meisners Handy wieder benutzt«, sagte Dolde.

»Wie bitte?«

»Ja, die passen jetzt wirklich auf. Sie sind gerade dabei, den Ort und den Empfänger des Gesprächs zu ermitteln. Es handelt sich um wenige Minuten, bis sie es haben.«

»Du hast ihnen erklärt, um was es geht?«

»Eindringlich, ja. Es sieht so aus, als hätten sie es verstanden. Hier, gerade laufen die Informationen ein. Standort von Meisners Handy: Bissingen.«

»Bissingen?«

»Ja, Bissingen an der Teck.«

»Was will der in Bissingen?« Braig erinnerte sich an seinen Besuch am vergangenen Sonntag bei Dennis Zeller, dem ehemaligen Freund Lisa Haags, überlegte, ob Meisners Aufenthalt in Bissingen mit Zeller in Verbindung stand oder ob er auf bloßem Zufall beruhte.

»Keine Ahnung. Aber hier haben wir den Empfänger des Gesprächs: Caroline Klenk«, fuhr Dolde fort, »wie gestern Abend. Und auch sie hält sich zur Zeit, jedenfalls vor wenigen Minuten, als die Verbindung registriert wurde, in Bissingen auf.«

»Wie bitte? Auch sie ist dort? Das heißt, die wollen sich dort treffen?«

»Das könnte sein, ja.«

Bissingen, überlegte er, Dennis Zeller. Hatte Meisners Aufenthalt dort mit dem jungen Mann zu tun? Und wenn ja, was? »Weshalb?«

»Bissingen. Weißt du, an was ich denke?«, fragte Dolde.

Braig versuchte, sich von dem Gedanken an den Freund Lisa Haags zu lösen, wusste, dass sie sofort reagieren mussten. »Was meinst du?«

»Was hat dir diese Christina Schaufler gestern Abend erzählt? Meisner liebe es, seine Engel auf Ausblicke zu führen, Burgen oder ähnliches und ihnen symbolisch die Welt zu Füßen zu legen. Was liegt bei Bissingen?«

»Mein Gott, du hast Recht. Burg Teck. Schöner kannst du dir die Welt kaum zu Füßen legen.« Der Ausblick war überirdisch, er erinnerte sich noch gut an den Ausflug mit Ann-Katrin. »Wir müssen hin«, sagte er. »Auf der Stelle.«

23. Kapitel

Mittwoch, der 21. Januar, sie hatte ihn lange erwartet. Marie Luise Ebeling war hoch erfreut über den Wetterbericht, der für diesen Tag prognostiziert worden war: Frühsommerlich warme Luft mit Temperaturen bis zu dreiundzwanzig Grad Celsius, von Morgennebeln in den Flusstälern abgesehen klarer Himmel, nur nachts müsse mit der jahreszeitlich typischen Abkühlung gerechnet werden. Noch im Verlauf des Dienstags hatte sie oben auf der Burg angerufen, sich vergewissert, dass sie auch an ihrem Jubiläumstag bewirtschaftet wäre. Mittwoch, der 21. Januar, ihr siebenundsechzigster Geburtstag, zugleich ihr dritter Hochzeitstag. Wir laufen hoch? Es hatte keiner weiteren Erklärung bedurft, das Wunschziel stand außer Frage.

Kurz nach halb elf an diesem Morgen, nach einem ausgiebigen und gemütlichen Frühstück, waren sie gestartet, mit dem Zug von Bad Cannstatt bis Wendlingen, dann weiter mit der Regionalbahn Richtung Oberlenningen. Eine gute Stunde später hatten sie Owen erreicht. Sie folgten der Bahnhof- und der Amtsstraße bis zur Kirche, überquerten die auch an diesem Tag von Lärm und Abgas erfüllte stinkende Kirchheimer Piste, flanierten die noch kahlen Obstbaumhügel hoch, bis sie das sanft ansteigende Wiesengelände erreichten. Der Blick in die Höhe war atemberaubend wie immer: Über dem breiten Wiesengürtel der steil ansteigende Wald, dem Himmel zu, scheinbar schwerelos in ihn hineinragend, der schlanke Turm der Burg. Marie Luise Ebeling verharrte auf der Stelle, genoss den Moment des Glücks.

»Du hast es nicht bereut?«

»Nie«, erklärte sie voller Überzeugung.

Bei einer Wanderung waren sie aufeinander getroffen, oben, im Herzen der Burg. Es war Liebe auf den ersten Blick, obwohl sie es selbst kaum glauben konnte. Jenseits der Sechzig? Mit einem Bein im Grab?

Sie hatten lange gezögert, mehr als fünfzehn Monate, die ablehnende Haltung allzu vieler Freunde im Ohr. Allen Einwänden zum Trotz – an ihrem Vierundsechzigsten hatten sie den gemeinsamen Schritt ins Glück gewagt. Zustimmung war nicht die einzige Reaktion. Ablehnung, Entrüstung, der Abbruch langjähriger Freundschaften fast in gleicher Anzahl.

»Allen Verlusten zum Trotz?«

»Verlust? Ist es wirklich ein Verlust, von solchen Freunden befreit zu werden?«

Sie wollte nicht länger daran denken, schritt wieder aus, die hügeligen Wiesen hoch. Nach zwanzig Minuten hatten sie den Waldsaum erreicht. Sie überquerten die Straße, folgten dem schmalen Weg am bewaldeten Hang in die Höhe. Es war mühsam und schweißtreibend wie immer, wenn man die Sechzig schon einige Jahre hinter sich hatte jedenfalls. Siebenhundertdreiundsiebenzig Meter über dem Meeresspiegel wollten erst mal erklommen sein, auch wenn der Bahnhof unten im Tal, von hier oben winzig klein wie die Anlage einer Modelleisenbahn anzusehen, die dreihundert Höhenmeter um einiges überschritt. Kurz nach 14 Uhr hatten sie es jedenfalls geschafft. Sie kämpften sich die letzten Meter auf dem hier oben fahrbahnbreiten Weg bergan, passierten die nordöstliche Stützmauer der Burg, liefen dann Hand in Hand die Rampe ins Innere der Anlage hoch.

Der Andrang war bescheiden, wie Marie Luise Ebeling dankbar feststellte, dem Rummel an manchen Sommerwochenenden in keiner Weise vergleichbar. Einige wenige überwiegend ältere Frauen und Männer, dazu eine handvoll

Mütter mit Kindern hatten den Weg auf sich genommen, saßen jetzt auf im Innenhof aufgestellten Bänken und Tischen, Kaffee, Limo und Kuchen vor sich, von fleißigen Helfern des Schwäbischen Albvereins versorgt. Ein Novum im Januar, wusste Marie Luise Ebeling, wann hatte es das – mitten im angeblichen Winter – schon einmal gegeben?

»Zuerst auf den Ausguck?«

Keine Frage, das war Tradition. Sie liefen an dem bewirtschafteten Areal vorbei, erklommen den Turm. Viele, viele Stufen, dann ein letzter Schritt. Sie wusste von unzähligen Besuchen der Burg, was jetzt auf sie wartete, wurde – wie jedes Mal – auch heute wieder aufs Neue vom nächsten Moment überwältigt. Sie klammerte sich an die Wand, starrte hinaus ins Land, sah die halbe Welt unter sich liegen. Der Ausblick war einfach gigantisch. *Hier ist Freude, hier ist Lust, wie ich nie empfunden,* Marie Luise Ebeling kannte die Geschichte der Burg wie die Lobpreisungen Eduard Mörikes in- und auswendig. Der schwäbische Poet, der Anfang des 19. Jahrhunderts als Vikar in Owen gelebt hatte, war dem Blick von dem hohen Albfelsen wie so viele andere Schwaben regelrecht verfallen. Verliebt in ihre Namensvetterin Luise, mit der er die Burg oft bestieg, hatte er ihr eines seiner schönsten Gedichte geschenkt.

Errichtet worden war die gewaltige Anlage auf der weit ins Land vorspringenden Teck schon im 12. Jahrhundert. 1186 hatte sie Herzog Adalbert von Zähringen zu seiner Residenz ausgebaut. Im 14. Jahrhundert zuerst in den Besitz der Habsburger, dann in den der Württemberger gelangt, war die Burg im Bauernkrieg 1525 weitgehend zerstört worden. Zwar hatte Herzog Karl Alexander später versucht, der Anlage einen Teil der alten Substanz zurückzugeben, doch war es bis heute bei dem unvollständigen Ensemble geblieben. Dass das englische Königshaus über die Queen Elizabeth von der Duchess of Teck abstammte, war ein besonders gern überliefertes Bonmot zur Geschichte der Burg. Zum großen Glück unzähliger Wanderer hatte der Schwäbische Albverein die Gelegenheit ergriffen, die Burgruine zu einer Herberge auszubauen. Das hatte ihm zu einem der landesweit wohl am exponiertesten gelegenen Wanderheime verholfen.

Minutenlang gaben sie sich der Aussicht hin, ließen ihre Blicke über den Steilabfall des Albtraufs und das hügelige Vorland streifen. Dörfer, Städte, Felder, Berge, Wälder, wie ein trotz der kalten Jahreszeit bunter Teppich präsentierte sich das Herzland Württembergs zu ihren Füßen.

Sie kannten das Panorama zur Genüge, genossen es trotzdem wie am ersten Tag. Irgendwann später folgten sie den Stufen nach unten, gesellten sich zu den Gästen der Burg, bestellten Kaffee und Kuchen.

»Drei Jahre. Du hast es nie bereut?«

Marie Luise Ebeling schaute von ihrer Kirschtorte auf. Sie genoss das Aroma der roten Frucht, fand dann zu ihrer Antwort. »Ein einziger Punkt.«

»Ja?«

Die Erklärung lag ihr auf der Zunge; sie kannten sie beide, wussten, was jetzt kam, wollten sie dennoch beide hören.

»Warum mussten wir so lange darauf warten, uns kennenzulernen und zu lieben?« Sie streckte ihre Hand aus, ergriff die ihrer Partnerin.

»Frage nicht nach dem Warum, sondern lebe das Jetzt.« Johanna Weidles Worte benötigten keine Erklärung.

Sie hielten sich fest an den Händen, den Frieden ihres dritten Hochzeitstages mit allen Sinnen genießend. Im selben Moment gellte ein ohrenbetäubend schrilles Schreien durch die Luft. Marie Luise Ebeling spürte die Gänsehaut, die sich augenblicklich auf ihrem Rücken ausbreitete.

24. Kapitel

Mitten in der Hektik des Aufbruchs nach Bissingen hatte Ann-Katrin angerufen. Braig war trotz seiner angespannten Nerven noch aufmerksam genug, den besorgten Unterton ihrer Stimme wahrzunehmen.

»Ist etwas passiert?«, hatte er sofort gefragt, kaum dass sie sich gemeldet hatte.

»Du klingst sehr in Eile.«

»Wir sind unterwegs nach Bissingen. Meisner und einer seiner Engel wurden über ihre Handys dort geortet.«

»Dann habt ihr den Kerl endlich.«

»Hoffentlich. Wenn wir schnell genug sind. Ich fürchte, er will einem weiteren Engel was antun.«

»Dann will ich dich nicht aufhalten.«

»Das tust du nicht.« Braig hatte genau gespürt, dass es ihr auf den Nägeln brannte, ihm etwas mitzuteilen, hatte sich die Zeit abgerungen, auf ihr Anliegen einzugehen. Die Kollegen des Kirchheimer Reviers waren bereits benachrichtigt, ihre Hilfe bei der Suche nach Meisner und Caroline Klenk in Bissingen und Umgebung eingefordert. »Wir sind bereits unterwegs, können sowieso nichts tun, bis wir an Ort und Stelle sind«, hatte er hinzugefügt.

»Dann kann ich es dir ja sagen. Birgit Nestler hat ihr Kind verloren.«

»Birgit Nestler?«, fragte er erschrocken.

»Gestern. Sie wurde angefahren.«

Braig kannte die junge Frau, eine Nachbarin, die wenige Häuser von ihnen entfernt um die Ecke in der Augustenstraße im Stuttgarter Talkessel wohnte. Sie war wenige Jahre älter als Ann-Katrin, erwartete, soweit er wusste, in wenigen

Wochen ihr zweites Kind. Seine Lebensgefährtin hatte sie an der in ihrer Nähe gelegenen S-Bahn-Station *Feuersee* kennengelernt, die Nachbarin mit ihrer kleinen Tochter bereits zwei- oder dreimal besucht und zu sich eingeladen. »Was ist passiert?«

»Ich habe ihren Mann getroffen. Er war ganz bleich, ich habe es ihm sofort angesehen, dass etwas nicht stimmt. Birgit war in der Reinsburgstraße unterwegs, auf dem Gehweg, ihre Kleine an der Hand. Ein Auto war zu schnell unterwegs, krachte auf ein anderes. Dessen Fahrer verlor die Herrschaft über den Wagen, schoss auf den Gehweg. Birgit wurde zur Seite geschleudert.«

»Was ist mit ihr?«, fragte Braig. Ausgerechnet jetzt, wo Ann-Katrin selbst schwanger ist, schoss es ihm durch den Kopf. Sie macht sich Sorgen genug, jetzt auch noch das!

»Sie liegen im Krankenhaus, beide. Die Kleine ist zum Glück nur leicht verletzt. Aber das Baby hat sie verloren.«

Er hörte, wie sie leise schluchzte, versuchte, sie zu trösten. »Wir können sie gemeinsam besuchen, wenn ich hier fertig bin.«

Sie benötigte mehrere Sekunden, sich zu beruhigen, putzte sich dem Geräusch nach die Nase. »Das ist nicht nötig«, erwiderte sie. »Ich fahre heute Mittag hin, du hast sowieso zu viel zu tun.« Sie holte tief Luft, wartete nicht auf eine Antwort. »Aber eins sage ich dir: Ich will raus aus dieser Scheißstadt! Mein Kind soll leben, nicht schon vor seiner Geburt zugrunde gehen. Wir suchen uns eine Wohnung außerhalb, ja?«

Braig sah sich mit diesem Wunsch nicht zum ersten Mal konfrontiert, hatte schon mehrfach darüber nachgedacht, ob es noch zu verantworten war, ein Kind in einer solch kinderfeindlichen Umgebung wie Stuttgart aufwachsen zu lassen, wusste im Moment aufgrund seiner beruflichen Anspannung dennoch keine Antwort.

»Wir ziehen raus«, wiederholte Ann-Katrin. »Versprichst du mir das?«

Er atmete tief durch, versprach es ihr, bat sie, auf sich aufzupassen und verabschiedete sich dann, weil sie sich Bissingen näherten.

Die Suche nach Meisner und der jungen Frau erforderte alle Kräfte, die ihnen zur Verfügung standen. Bissingen, Owen, Dettingen, Guckenrain, Nabern, Brucken – sämtliche Orte im Umfeld der Teck wurden durchkämmt, dann nach und nach damit begonnen, auch die Wiesen und Wälder zu Füßen der Burg zu untersuchen, alles vergeblich. Von Meisner und der jungen Frau keine Spur. Und dann, mitten in diesen Bemühungen, der Notruf aus der Festung.

Der Rest des Tages hatte sich in einen einzigen Alptraum verwandelt.

Wieder einmal waren sie zu spät gekommen. Zu spät, das Unheil, das Verbrechen zu verhindern. Zu spät, das Leben eines jungen Menschen zu retten.

Abgekämpft und voll düsterer Gedanken in Anbetracht dessen, was jetzt nach dem Anruf der örtlichen Kollegen wieder auf sie wartete, hatten sie die Überreste der jungen Frau erreicht. Dass es sich erneut um einen von Meisners Engeln handelte, war auch auf den dritten Blick hin nicht mehr zu erkennen. Der schmale Weg unmittelbar unter der westlichen Stützmauer der Burg Teck bestand aus nichts als rohen, kaum behauenen Felsen. Der Sturz aus mehr als fünfzehn Metern Höhe von einem der niedrigeren Rundtürme der Festung hatte nicht mehr viel vom ursprünglichen Aussehen der Frau erhalten. Braig, Neundorf und Dolde hatten – aller Erfahrung zum Trotz – lange damit zu kämpfen, den Anblick zu verarbeiten, der sich ihnen hier etwa zwanzig Meter hinter der Sibyllenhöhle am Fuß der gewaltigen Burgmauer bot. Ob ihm das je gelingen würde, Braig konnte es noch Tage später nicht ahnen.

Ein grauenvolles Schreien, jeder der an diesem warmen, sonnendurchfluteten Januartag im Innenhof der Burg anwesende Gast hatte es vernommen. Die meisten waren aufgesprungen, wirr und ohne jedes System umhergerannt, die Herkunft der durch Mark und Bein gehenden Verzweiflungsschreie keiner konkreten Lokalisierung zuordnen könnend, solange, bis ein älterer, bereits pensionierter Oberstudienrat am Fuß der äußeren Mauer auf die zerschmetterte Leiche der jungen Frau gestoßen war.

Stunden später, Braig und Neundorf hatten alle anwesenden Burgbesucher wie die Mitarbeiter des Albvereins befragt, ihre Aussagen akribisch protokolliert, war soviel klar: Nicht einem einzigen der aufgeregt Umherirrenden war eine Person aufgefallen, die sich kurz nach dem infernalischen Schreien aus dem Inneren der Burg davon gemacht hatte. Wenn Meisner, wofür im Moment alles sprach, die junge Frau von der Plattform des Rundturms gestoßen hatte, war es ihm gelungen, sich im von Büschen und Bäumen bestandenen und mit mehreren Vertiefungen ausgestatteten Hinterraum des Innenhofes zu verstecken und dann später, im völligen Durcheinander der Aufregung, mitten durch die hin und her hastenden Menschen zu verschwinden.

Dass die junge Frau mit brachialer Gewalt von dem mit einem großen Münzfernrohr bestückten Rundturm gestürzt worden war, hatten Dolde und der hinzu gerufene Rauleder anhand unzähliger Faserspuren sowohl im Innen- als auch im Außenbereich der Turmmauer schnell belegt; nicht viel länger hatte es zudem gedauert, diese Faserreste verschiedenen, nicht nur von der Ermordeten getragenen Kleidungsstücken zuzuordnen. Welchen Textilien ganz konkret diese Feinstbestandteile entstammten, was der Mörder bei der Tat also getragen hatte, blieb freilich weiteren Untersuchungen vorbehalten, die wohl erst im Verlauf des nächsten Tages zu Ergebnissen führen würden.

Dafür hatten sie keine Mühe gehabt, die Ermordete als Caroline Klenk zu identifizieren, Meisners Engel Nr. Eins, wie sie sich ohne langes Nachdenken schnell erinnerten. Anhand eines am Abhang im Wald etwa drei Meter von der Toten entfernt aufgefundenen Handtäschchens waren sie auf den Personalausweis der jungen Frau gestoßen.

»Er hat gestern Abend mit ihr telefoniert und den Termin heute vereinbart. Der Anruf heute Mittag diente nur noch der Vergewisserung, dass sie auch wirklich kommt. Genau wie mit Lisa Haag. Dieselbe Masche. Hätten die Idioten der Telefongesellschaft uns früher über das Gespräch gestern Abend informiert ...« Braig hatte vor Wut auf den Boden gestampft, den neben der Leiche knienden Gerichtsmediziner zu einer heftigen Gegenrede provoziert.

»Hätte, wäre, könnte...Verzeihung, aber die Sache ist wieder einmal gelaufen«, hatte Dr. Schäffler moniert, »ihr solltet euch besser darum bemühen, den Kerl daran zu hindern, uns noch mehr Opfer zu liefern.«

»Vielen Dank.« Braig hatte sich beleidigt von der Fundstelle der Toten abgewandt, war den schmalen, steinigen Pfad ein Stück waldeinwärts gelaufen, hatte sich per Handy bei den an der Durchsuchung der Umgebung beteiligten Kollegen nach deren Erfolg erkundigt – vergeblich, ohne auch nur einen einzigen Hinweis auf Meisner zu erhalten.

»Der ist längst über alle Berge«, hatte Neundorf gegen 16.30 Uhr, kurz vor Einbruch der Dunkelheit erklärt, sich dann verabschiedet, um Riederich aufzusuchen, den Standort der Jagdhütte im Visier. Sie hatte darauf bestanden, den Besuch bei dem Markgröninger Unternehmer selbst zu übernehmen, »allein schon, um dem Kerl zu zeigen, dass ich mich nicht so schnell einschüchtern lasse, auch nicht von Seinesgleichen.«

»Und wenn er dir keine Auskunft gibt oder sich an den genauen Standort nicht mehr erinnert?«

»Dann haben wir immer noch die Hodenentzündung, obwohl ich mir den wirklich ersparen will.«

Braig hatte die Befragung aller zur Tatzeit in der Burg Anwesenden zu Ende geführt, die Leute dann nach Feststellung ihrer Personalien entlassen. Er hatte versucht, die Aussagen auf ihre Glaubwürdigkeit hin zu beurteilen, ihren Kern dann miteinander zu vergleichen, war immer und immer wieder zum selben Ergebnis gelangt: Das markerschütternde Schreien der von dem Rundturm gestoßenen Frau hatte im Burghof eine solche Panik ausgelöst, dass niemand mehr zu einer rational nachvollziehbaren Handlung imstande gewesen war. Fast alle waren aufgesprungen und planlos umhergelaufen, um die Herkunft der aus tiefster Not geborenen Laute zu erkunden; auf einen Mann zu achten, der sich in diesen Augenblicken irgendwo im hinteren Teil des Burghofs zu verstecken suchte, war niemand eingefallen.

»Wer denkt denn auch an so etwas hier oben in dieser Idylle, Herr Kommissar«, hatte Marie Luise Ebeling, eine der von ihm eindringlich befragten Frauen erklärt, »glauben Sie wirklich, wir wandern zur Burg Teck hoch, um nach einem Mörder zu suchen?«

Nein, das war Braig klar, niemand war unter dieser Prämisse an diesem strahlenden Frühsommertag Ende Januar heute hierher gekommen; allein, diese Gewissheit half ihm nicht weiter, nicht einen Schritt. Er spürte den zunehmenden Druck hinter seinen Schläfen, sah die abgekämpften, frustrierten Gesichter der nach und nach in der Burg eintreffenden uniformierten Kollegen, die sich Stück für Stück den steilen, mit dichtem Wald bestandenen Hang hoch gekämpft hatten. Suchhunde bellten, Flüche und Verwünschungen lagen in der Luft. Braig massierte seinen Nacken, versuchte, tief Luft zu holen, um die immer stärker anschwellenden Kopfschmerzen zu ertragen. Warum hatte es wieder so geschehen müssen, weshalb war es ihnen nicht gelungen, dem Mörder zuvorzukommen?

Er wusste es nicht, suchte vergeblich nach einer Antwort. Sisyphos, arbeitete es in ihm, das einzige, was unseren Alltag prägt. Wir wälzen den Felsen mühsam auf den Berg und kaum glauben wir, die Spitze erreicht zu haben, entwischt er uns aus der Hand und rollt zu Tal. Sisyphos hier, Sisyphos da. Wir sind und bleiben die Idioten.

Die Nachricht, dass sie Meisners BMW gefunden hatten, drang nur halbherzig in sein Bewusstsein.

»Wirklich Meisners Fahrzeug? Es gibt keinen Zweifel?«, fragte er skeptisch, das Handy am Ohr.

»Es gibt keinen Zweifel. Das Auto wurde von uns überprüft.«

»Wo steht es?«

»In Bissingen. Auf einem Parkplatz hinter dem Friedhof, wenn Sie den Ort kennen.«

Ob ich den Ort kenne? Langsam fand Braig zu normalem Denkvermögen zurück. Dennis Zeller, Lisa Haags Freund. Er selbst hatte ihn dort besucht. In einer von Bissingens Straßen in der Nähe des Friedhofs. Am letzten Sonntag, vor gerade einmal drei Tagen. Was hatte Dennis Zeller mit Meisners Auto zu tun?

25. Kapitel

Sie?« Dr. Manuel Riederich war die Überraschung ins Gesicht geschrieben. Wenn er auch krampfhaft darum bemüht war, diese Gefühlsregung zu verschleiern, konnte er doch nicht darüber hinwegtäuschen. Er hatte nicht damit gerechnet, dass sie wieder bei ihm auftauchen würde. Jedenfalls nicht so schnell. Nicht, nachdem er seine Kontakte hatte spielen lassen. Kontakte, über die nur Privilegierte wie er verfügten.

»Ja, ich.« Neundorf verzichtete darauf, sich an seiner Verblüffung zu weiden. Etwa ein höhnisches Grinsen aufzusetzen, ihm sekundenlang in die Augen zu starren und damit zu signalisieren: Lass deine Connections nur spielen, mich kriegst du nicht klein. Mich nicht. Sie hatte ihn überrumpelt, okay. Und er war ihr alles, nur nicht sympathisch. Er hatte versucht, ihr eins auszuwischen, sie beruflich niederzumachen. Es gab also einiges zu regeln. Aber nicht jetzt, nicht heute. Es handelte sich schließlich nicht um eine private Kriegserklärung, die verbissene Auseinandersetzung zweier hartnäckiger Dickschädel, sondern um eine dringende polizeiliche Ermittlung. Das Versteck eines zweifachen Mörders zu identifizieren, bevor der – vielleicht – noch einmal zuschlagen konnte. Deshalb stand sie hier in der Altstadt von Markgröningen und begehrte Einlass in Riederichs Haus.

»Sie scheinen wohl nie Feierabend zu machen«, brummte er, warf demonstrativ einen Blick auf seine Armbanduhr.

Zehn nach Sechs, sie wusste es selbst. Hatte in seiner Firma angerufen, dort niemand erreicht, dann seine Privatnummer in Markgröningen gewählt, auch hier ohne Erfolg. Sie war aufs Geratewohl hergefahren, hatte es einfach so versucht.

»Das lässt sich nicht immer einrichten«, gab sie ihm Recht.

»Dann wollen Sie mich tatsächlich erneut belästigen.«

»Belästigen? Nein.« Sie schüttelte energisch ihren Kopf. Es war kalt geworden, wie an einem Januar-Abend normalerweise üblich. Sie war viel zu dünn angezogen, den warmen Nachmittagstemperaturen gemäß, spürte, wie die kalte Luft unter ihre Kleidung kroch. Nur jetzt keine Konfrontation, überlegte sie. Nicht hier vor der Haustür. »Ich benötige Ihre Hilfe. Darum geht es.«

»Meine Hilfe? Die wollen Sie doch angeblich schon seit Tagen.«

»Allerdings, ja. Vielleicht zeigen Sie sich heute mal etwas kooperativer.« Sie hielt ihm den Umschlag vors Gesicht, den sie eigens mitgebracht hatte, zog eines der Bilder daraus hervor. »Es geht um dieses Foto. In Ihrer Wohnung könnten Sie es wahrscheinlich besser studieren.«

Er hatte den Wink mit dem Zaunpfahl verstanden, überwand seinen inneren Widerstand, bat sie ins Haus. Seine Bereitschaft zur Mitarbeit schien jedoch begrenzt; statt sie wie bei ihrem ersten Besuch hoch in seine prächtig ausgestatteten Wohnräume zu führen, nahm er jetzt mit einem nur notdürftig eingerichteten, fast kahlen großen Zimmer im Erdgeschoss vorlieb. Ein Bett, ein Schrank, ein Tisch, zwei Stühle, mehr war nicht vorhanden.

»Ein Foto?« Seine Miene spiegelte Skepsis. Er wies auf einen Stuhl, blieb selbst stehen.

»Es wird Ihnen bekannt vorkommen.« Sie legte das Bild, das sie vorher mit der Schere so bearbeitet hatte, dass Meisner nicht mehr zu sehen war, auf den Tisch, zwang ihn, sich zu bücken und das Foto aufzunehmen.

»Bekannt?« Seine ablehnende Haltung war nicht mehr zu übersehen. Er starrte auf das Bild, schaute dann zu ihr her, erneut völlig überrascht. Er hatte offensichtlich mit weiteren Anschuldigungen bezüglich des Backnanger Geschehens, vielleicht einem zufällig aufgenommenen Unfall-Foto gerechnet, nicht aber mit dieser Erinnerung an einen erfolgreichen Jagdausflug. Seine bisher starre Körperhaltung entkrampfte sich sichtbar, die Falten auf seiner Stirn schwanden zusehends.

»Können Sie sich erinnern?«

»Ja, natürlich.« Riederich schien seine innere Blockade endgültig aufzugeben. »Was wollen Sie mit dem Foto?«

»Mich interessiert, wo es aufgenommen wurde.«

»Wie bitte?«

Nein, überlegte sie, er war kein Schauspieler. Mochte ihr das in den vergangenen Tagen auch manchmal so vorgekommen sein, jetzt lehnte sie diesen Gedanken energisch ab. Diese von Verblüffung gezeichnete Miene, mit der er sie anstarrte, entsprang keinerlei Verstellung. Sie war echt, hundert Prozent.

»Wo es aufgenommen wurde?«

»Genau.«

»Darf ich wissen, warum Sie das interessiert?«

»Wenn Sie mir doch einfach meine Frage beantworten könnten.« Sie sah, wie er wieder auf Ablehnung schaltete, gab sich kompromissbereit. »Wir suchen diese Jagdhütte. Es hat nichts mit Ihrer Person zu tun.«

Er musterte sie abschätzend, schien ihr Glauben zu schenken. »Das war auf der Alb. Ich war zwei- oder dreimal dort. Die Hütte steht im Wald bei Gomadingen.«

»Bei Gomadingen? Sie sind sich sicher?«

»Ja, glauben Sie, ich will Sie anschwindeln?«

Neundorf schüttelte den Kopf. »Nein, natürlich nicht. Ich möchte es nur genau wissen. Es wäre dumm, wenn wir an der falschen Stelle suchen.« Sie bat ihn, ihr die Lage der Hütte samt den Zufahrtswegen so detailgenau zu schildern, wie es ihm möglich war, sah, wie er das Gesicht verzog und den Kopf bedächtig hin und her bewegte.

»Also, so genau bekomme ich das nicht mehr auf die Reihe. Es ist mehrere Jahre her, dass wir dort gejagt haben. Irgendwo am Rand des Großen Lautertals, wenn Ihnen das etwas sagt. Das Gestüt Marbach liegt in der Nähe und das Schloss Grafeneck.«

»Schloss Grafeneck?« Sie kannte das hoch auf dem Berg thronende Gebäude, wusste um seine problematische Vergangenheit. Die Nationalsozialisten hatten dort im Rahmen ihres Euthanasie-Programms mehrere tausend unschuldige Menschen ermordet.

»Ja, nicht weit entfernt. Aber fragen Sie mich bitte nicht nach der genauen Lage oder gar dem Weg zur Hütte. Ich war nur Gast, bin immer nur mitgefahren. Da achtet man nicht so sehr auf all die Abzweigungen unterwegs.«

Sie musterte sein Gesicht, sah keine Veranlassung, ihm zu misstrauen. »Wem gehört die Hütte?«

»Karl Feldkirchner, unserem Steuerberater, soweit ich weiß. Er hatte uns jedenfalls dorthin eingeladen. Hier, Sie sehen ihn doch auf Ihrem Foto.« Er deutete auf den Mann, eine gedrungene, kräftige Gestalt etwas fortgeschrittenen Alters, gab ihr das Bild zurück. »Ich war zwei- oder dreimal eingeladen. Als Kunde seines Büros.«

Sie fragte nach der Nummer des Mannes, wartete, bis Riederich sein Handy aus einem der oberen Stockwerke geholt hatte und die Zahlenfolge auf dem Display präsentierte, notierte sie sich.

»Dann bedanke ich mich für die Auskunft«, sagte sie. »Wobei ich denke, dass Sie meine Fragen nach der Hütte diskret zu behandeln wissen.«

Er hatte den süffisanten Unterton ihrer Stimme offensichtlich vernommen, blieb dennoch freundlich. »Sie wollen mir wirklich nicht erklären, was Ihre Fragen bezwecken?«

Neundorf gab keine Antwort, lief vor ihm her zur Haustür, öffnete sie. »Polizeiliche Ermittlungen, verstehen Sie?« Sie verabschiedete sich mit ungewohnt jovialem Lächeln, wandte sich der schmalen Gasse zu. Die Frau, die genau in dem Moment mit zwei großen Einkaufstüten beladen im Licht einer Straßenlampe auf das Haus zu ging, kam ihr bekannt vor.

»Martina, du warst einkaufen«, hörte sie Riederichs Stimme hinter sich.

Sie sah, wie er ihr die Tüten abnahm, die Frau auf der Stelle umkehrte und zu einem in einer Seitengasse geparkten Auto lief, dessen Kofferraum offenstand. Seine Frau, kam es ihr in Erinnerung an die Fotos, die sie bei ihrem Besuch Riederichs vor wenigen Tagen in der Wohnung gesehen hatte, in den Sinn. Ehefrau, Ehemann, dazu die beiden Kinder, glücklich einander in den Armen haltend, mehrmals hatte sie das Motiv entdeckt. Im selben Moment warf die Frau den Kofferraumdeckel mit einem satten Knall ins Schloss. Neundorf betrachtete das Auto, warf einen Blick auf das Kennzeichen, glaubte, zu träumen.

Wie hatte sie das nur übersehen können!

26. Kapitel

Nicht weit von Stuttgart entfernt stößt der interessierte Naturliebhaber auf einen der weltweit größten *Jurassic Parcs*, in dem vor Millionen von Jahren riesige Saurier, gewaltige Tintenfische und andere Meeresungeheuer unterwegs waren, verspricht eine clevere Fremdenverkehrswerbung Einheimischen wie Touristen. Die Saurier und die übrigen Ungetüme lassen sich in Schieferplatten eingebettet in unzähligen Steinbrüchen selbst aus dem Fels schlagen. Einst ein tropisches Meer mit Wassertemperaturen von 19 bis 23 Grad Celsius, Fischen, Korallen, Seelilien, Ammoniten, überhaupt einer überwältigenden Lebensfülle, wuchs mit dem langsamen Zurückweichen des Wassers aus dem auf dem Boden des Meeres abgelagerten Schlamm mit all den kalkhaltigen Resten der Korallen, Algen und der übrigen Meeresbewohner im Verlauf vieler Jahrmillionen ein gewaltiges Gebirge heran: Die Schwäbische Alb.

Geprägt von der Majorität kalkhaltiger Steine hat sich dort eine einzigartig karge, durch Verkarstung gekennzeichnete Landschaftsform entwickelt, die von unzähligen Höhlen und Dolinen und – trotz hoher Regenmengen – extremer Wasserarmut charakterisiert wird. Die hohe Löslichkeit des Kalks führte im Verlauf vieler Jahrtausende dazu, dass der Regen nicht auf der Alb-Oberfläche bleibt, sondern in vielen Spalten und Ritzen versickert, die in ausgedehnten Höhlensystemen münden – zur großen Freude der Touristen, die sich Sonntag für Sonntag voller Staunen in diesen Aufschlüssen der Unterwelt ergehen.

Des einen Freud, des anderen Leid: So spannend die Exkursionen in die von der Natur geschaffenen dunklen

Welten ausfallen, so katastrophal sind die Auswirkungen dieser starken Versickerung für die Bewohner der Albhochfläche: Seit jeher gilt sie als wasserärmste Region des Landes, zusätzlich belastet mit weitgehend miserabler Bodenqualität. Kein Wunder, dass hier nur wenige Menschen sesshaft werden wollten. Diejenigen, die es dennoch wagten, nahmen von Armut und Entbehrungen in Kauf. Bis heute ist die Schwäbische Alb daher – ganz im Gegensatz vor allem zu ihrem nördlichen Vorland – dünn besiedelt. Menschenleere Regionen laden zu Wanderungen und Urlaubswochen mit besonders intensiven Naturerlebnissen ein.

Braig kannte die Argumente der Fremdenverkehrswerber zur Genüge, wusste die Alb als überaus reizvolle Landschaft zu schätzen. Auf vielen Wanderungen, Radtouren und zünftigen Fahrten mit der *Hohenzollerischen Landesbahn*, dem *Roten Brummer* und dem *Ulmer Spatz*, alten Schienenbussen, die sich an Sonntagen durch einsame Täler von Schelklingen aus die Albhochfläche hinaufkämpften und dort die waldreiche Landschaft um Münsingen, Gomadingen und Engstingen erschlossen, hatte er in den letzten Jahren gemeinsam mit Ann-Katrin in seiner spärlichen Freizeit Teile der Alb kennen- und lieben gelernt. Schafe, Ziegen, Gänse, Wacholderheiden und Orchideen mitten zwischen bunt gemischten Wäldern – wo sonst gab es die Gelegenheit, Relikte einer eigentlich längst vergangenen Zeit so hautnah zu erleben? Ausflüge auf die Alb, gleich in welchem Teil der weitläufigen Landschaft, waren für ihn so zum Inbegriff von Erholung und Entspannung vom Alltag geworden, auf die er sich jedes Mal aufs Neue freute. Nicht aber diese Tour am frühen Morgen des 22. Januar.

Sie hatten Meisners Auto in Bissingen gründlich inspiziert, es dann ins Amt zu weiteren Untersuchungen bringen lassen, waren bisher auf keine außergewöhnlichen Spuren in und an dem Fahrzeug gestoßen. Die Fingerabdrücke des Besitzers überall, dazu die weiterer, bisher unbekannter Personen – die Techniker benötigten Zeit, sich den Wagen genauer anzuschauen. Mehrere Kollegen des Kirchheimer Polizeireviers waren damit beschäftigt gewesen, die Bewohner der Straßen rings um den am östlichen Ortsrand Bissingens gelegenen Friedhof zu befragen, ob jemand zufällig beobachtet habe, wann Meisners BMW dort abgestellt, woher das Auto gekommen und wohin der Fahrer gegangen war – vergebens, niemand hatte etwas gesehen.

Dennis Zeller aufzusuchen, der keine zweihundert Meter vom Friedhof entfernt bei seinen Eltern wohnte, war ihm am Mittwoch Abend nicht mehr gelungen. Die auffällige Nähe des Wohnorts des jungen Mannes zum Fundort von Meisners Wagen und auch der Leiche Caroline Klenks verlangte geradezu nach einer genauen Prüfung, dessen war er sich bewusst. An diesem Abend aber hatte ihm die Zeit gefehlt, eventuelle Zusammenhänge zu eruieren.

Stattdessen hatte er sich den Besuch bei den Eltern der Ermordeten auferlegt, die unangenehmste Pflicht des Tages. Er war in den südlich des Neckars auf einer Anhöhe hoch über Esslingen gelegenen Stadtteil Zollberg gefahren, hatte nach der Neuffenstraße gesucht, die sich in einem weiten Bogen rings um ein dicht besiedeltes Wohnrevier erstreckte. Braig hatte sich an der auch in der Dunkelheit deutlich sichtbaren Christuskirche orientiert, von dort den Weg zur Wohnung der Familie gefunden. Die Begegnung mit den nächsten Angehörigen der Ermordeten hatte für seine Ermittlungen letztendlich nichts erbracht – wie auch angesichts der Botschaft, die er zu überbringen gehabt hatte.

»Polizei? Was hat unsere Caroline mit der Polizei zu tun?«, war er von Manfred Klenk, dem Vater der jungen Frau, mit besorgtem Unterton in der Stimme empfangen worden. Er hatte ihm seine Frau vorgestellt, Braig ins etwas überladen, mit zuviel pompös wirkendem Mobiliar und Schnickschnack in allen Ecken ausgestattete Wohnzimmer geführt.

Der Kommissar hatte erfahren, dass die junge Frau bei einer Esslinger Bank beschäftigt und gerade für eine betriebsinterne Weiterbildungsmaßnahme ausgewählt worden war. Ihr Engagement als Model sei bisher nur nebenberuflich gelaufen, auch wenn sie seit der Erringung des Spitzenplatzes, »*European Angels Number One*«, wie ihre Mutter mit stolzgeschwellter Brust betont hatte, auf eine Karriere in der Model-Branche spekulierte. Herr Meisner, hatte sie Braig mitgeteilt, sei ihnen zwar nur namentlich bekannt, dessen Verdienste um die Förderung ihrer Tochter seien ihnen aber voll bewusst.

»Was wollen Sie von Caroline?«

Er hatte nicht länger mit seiner Botschaft zurückhalten können, mühsam versucht, ihnen den Tod der jungen Frau so schonend wie möglich beizubringen. Müde hatte er sich von ihnen verabschiedet, im Anschluss daran noch den sofort nach Neundorfs Anruf telefonisch verabredeten Besuch bei Karl Feldkirchner wahrgenommen, um sich bei ihm nach dem genauen Standort seiner Jagdhütte zu erkundigen. Der Mann, der ebenfalls in Esslingen, im benachbarten Stadtteil Berkheim wohnte, hatte Braig ohne Zögern den Schlüssel zur Hütte übergeben, dabei jovial betont, dass das Bauwerk jedem seiner Freunde zur Übernachtung offenstehe.

»Oh ja, wir haben den Schlüssel schon mehrfach nachmachen lassen, weil ich ihn schon so oft hergegeben habe«, hatte Feldkirchner, ein etwa 60-jähriger, etwas grobschlächtig, aber sehr herzlich wirkender Typ erklärt, »fragen Sie mich nicht, an wen alles, ich weiß es nicht mehr. Wir selbst waren kurz vor Weihnachten, so Mitte Dezember zum letzten Mal droben. Seitdem nicht mehr. Und Sie glauben ...«

»Ich muss Sie um absolute Diskretion bitten«, hatte Braig erwidert, dann erfahren, dass die Hütte weder über Telefon, noch über Strom- oder Wasseranschluss verfügte.

»Da kann man nicht viel kaputt machen, und wer bereit ist, ohne Luxus zu leben ... Irgendwann will ich mich wenigstens um Strom kümmern, aber bisher ging's ohne, und mir fehlt einfach die Zeit ...« Der Mann hatte mit der flachen Hand auf seine dicke Wampe geklatscht, anscheinend ein Symbol seiner beruflichen Beanspruchung.

Ausgestattet mit dem Schlüssel und detailliertem Kartenmaterial über den genauen Standort der Hütte hatte Braig beschlossen, mit der Erstürmung des Gebäudes bis zum frühen Morgen zu warten. Wenn Meisner sie wirklich als Zufluchtsort benutzte, konnte er nicht ausschließen, dass der Mann am späten Abend noch unterwegs war – und sei es nur, dass er den Weg von der Burg Teck in den Wald bei Gomadingen angesichts der Gefahr, unterwegs entdeckt zu werden, noch nicht bewältigt hatte. Frühmorgens gegen sechs Uhr dagegen – hoffte Braig aus Erfahrung – konnten sie ihn im Schlaf überraschen, falls es ihnen gelang, sich einigermaßen geräuschlos durch den zu dieser Zeit immer noch stockdunklen Wald zu nähern.

»Du willst selbst in die Hütte?«, hatte Dolde besorgt gefragt.

Braig hatte ohne langes Überlegen verneint. »Meisner hat eiskalt zwei seiner Engel ermordet, der ist nicht zimperlich. Da kommt es auf einen Toten mehr oder weniger kaum mehr an. Und weiß ich, wie lange es dauert, bis wir die Tür geöffnet haben? Nein, das geht nur mit einem Kommando.«

Er hatte am Abend noch die Staatsanwaltschaft informiert, dann die Spezialeinsatztruppe angefordert.

Der Zugriff auf die Hütte erfolgte weit schneller und unkomplizierter, als er es sich hatte träumen lassen. Gestartet in tiefschwarzer Nacht, kämpfte sich der Tross aus annähernd zwanzig Personen unten, im Vorland der Alb, durch dichte Nebelschwaden, bis kurz hinter Pfullingen Schloss Lichtenstein, vom gerade noch am Horizont sichtbaren Halbmond in schaurig-fahles Licht gesetzt, aus der feuchten Suppe erstand. Oben, auf der Hochfläche, war der Nebel spurlos verschwunden. Traifelberg, Kohlstetten, Offenhausen, Gomadingen – noch war kaum ein Licht hinter den Fenstern zu sehen. Sie bogen nach Süden ab, tauchten in die dichten Wälder der Münsinger Alb ein. Wenige Minuten später hatten sie sich der Hütte bis auf etwa achthundert Meter genähert, die Fahrzeuge abgestellt, den Marsch begonnen.

Braig blieb zurück, wartete, bis die schwarz gekleideten Männer des Einsatzkommandos im Dunkel des Waldes verschwunden waren. Er hatte den Truppenführer verständigt, ihn über die Gefahr, die von Meisner ausging, informiert. Der Mann hatte alles ruhig zur Kenntnis genommen, die Lage der Hütte auf den Karten ausgiebig betrachtet, war dann zur Instruktion seiner Leute übergegangen. Routine, das ganze Auftreten des Endvierzigers kündete von Routine. Braig wusste, dass die übers ganze Land verteilten Mitglieder der Einsatztruppe alle paar Tage zu einem brenzligen Einsatz gerufen wurden, seien es ein Amoklauf eines aus der Bahn geworfenen Mannes, eine Massenschlägerei junger Partybesucher, Schießereien zwischen verfeindeten mafiosen Clans, ein Banküberfall mit Geiselnahme oder die Erstürmung des mutmaßlichen Verstecks eines Verbrechers wie heute. Die Männer waren alle durchtrainiert, standen unter der ständigen Beratung eines Psychologen, galten ihren Mitbürgern gegenüber als normale Polizeibeamte. Welchen Gefahren sie oft ausgesetzt waren, ahnten bestenfalls ihre Familienangehörigen, niemand sonst. Über alle beruflichen Vorgänge waren sie zu absolutem Schweigen verpflichtet.

Braig hörte über sein Funkgerät den Einsatzbefehl des Truppenführers, spürte die Anspannung. Würde es ihnen jetzt endlich gelingen, Meisner festzunehmen?

Ein lauter Knall erschütterte die Stille des Waldes, rollte im mehrfachen Echo zurück. Stimmen erschollen aus der Ferne, laute Rufe, dann verebbten die Geräusche. Plötzlich Stille, das Dunkel der Nacht. Braig fieberte auf eine Nachricht aus seinem Funkgerät, hörte nur ab und an ein leichtes Knarzen, fühlte sich mehr und mehr beunruhigt. Waren sie dabei, den Mann zu überwältigen, oder war er, vielleicht durch einen ihnen unbekannten Hinterausgang, ein Fenster, einen selbst geschaffenen Spalt, völlig unerwartet doch entkommen?

Braig spürte seine wachsende Nervosität, hatte Schwierigkeiten, die Ungewissheit zu ertragen. Was ist los, ist es ihm wirklich gelungen, abzuhauen? Hat er es tatsächlich geschafft, dieser bestens ausgebildeten Truppe zu entwischen?

Er nahm seine Taschenlampe fest in die Hand, ließ ihren Schein über den Boden flackern, stapfte in die Richtung der Hütte. Äste knackten unter seinen Füßen, alle paar Meter stieß er an einen Stein. Plötzlich knarzte das Funkgerät.

»Herr Hauptkommissar.«

»Ja?« Braig konnte seine Neugier kaum noch zurückhalten.

»Wir haben die gesamte Hütte durchsucht. Erdgeschoss und die Mansarde darüber.« Die Stimme des Truppenführers klang sachlich und ohne jede Emotion. »Sämtliche Schränke, die Betten, auch die nähere Umgebung.«

»Und?«, rief Braig. Er stolperte über einen Ast auf dem Boden, klammerte sich an einem Baumstamm fest.

»Nichts«, antwortete sein Gesprächspartner, »keine Spur eines Menschen.«

27. Kapitel

Neundorf hatte auf der Stelle begriffen, was ihre Beobachtung bedeuten konnte. LB – EL. Ein roter BMW. Riederichs Frau. Alles passte.

Natürlich hatte sie die unter Riederichs Namen angemeldeten Fahrzeuge längst überprüft, die Möglichkeit von Anfang an ins Auge gefasst. Der sich mit jungen Gespielinnen vergnügende Gatte, die gehörnte Ehefrau. Ein BMW war nicht dabei gewesen. Vielleicht hatte sie sich das Auto von jemand geliehen, ein paar Tage oder Wochen, nicht damit rechnend, dass die Polizei zu ihr ins Haus kommen würde. Menschen, die aus Eifersucht handelten, legten oft eine erstaunliche Naivität an den Tag, das wusste Neundorf aus Erfahrung. Getrieben von ihren Emotionen ließen sie die einfachsten Vorsichtsmaßnahmen bei ihrem Vorgehen außer Acht. Hatte es sich so abgespielt?

Riederichs Frau war seiner Untreue auf die Schliche gekommen, hatte ihn und die in ihren Augen Hauptverantwortliche dafür strafen wollen? Vielleicht wusste sie schon länger von seinen Seitensprüngen, hatte hinter ihm her spioniert, ihn endlich ertappt und dann zur Rechenschaft ziehen wollen? Wenn er, wie sie inzwischen herausgefunden hatten, an dieser Model-Agentur Meisners beteiligt war, was sprach dagegen, dass er sich fleißig des dort vorhandenen Angebotes an Frischfleisch bediente? Seine unbekannte Begleiterin in Backnang. Eine dieser erfolgssüchtigen *European Angels*, alle paar Tage, Wochen oder Monate – je nach Bedarf – ausgetauscht gegen den nächsten willigen Engel?

Neundorf zweifelte nach ihren Begegnungen mit dem Mann nicht daran, dass er spielend imstande war, etliche dieser jungen, nach öffentlichem Ansehen und Berühmtheit lechzenden Frauen mit üppigen Versprechungen und viel Geld zu verführen und sie sich sexuell gefügig zu machen, je nach Lust und Laune. Was, wenn er das seit Jahren so praktizierte – die ohnmächtige Ehefrau an seiner Seite mit immer neuen Ausreden beruhigend? Sie hatte es hingenommen und ertragen, mit angesehen und akzeptiert, den Kindern, der angeblich heilen Familie wegen. Man musste den Verwandten und Bekannten schließlich zeigen, in welchem Glück, in welcher Harmonie man lebte. Bis ihr jetzt, aus welchem Grund auch immer, der Kragen geplatzt, die Geduld ausgegangen war. Sie hatte sich das Auto ausgeliehen, ihm nachspioniert, dann die erste Gelegenheit beim Schopf gepackt und das Gaspedal durchgetreten. Mit welcher Folge?

Neundorf atmete tief durch, donnerte mit ihrer Faust auf den Schreibtisch.

Ein Unschuldiger war angefahren worden, lag mit einem komplizierten Bruch im Krankenhaus, währenddessen der eigentlich Schuldige sein rücksichtsloses Spiel unbeirrt weitertrieb. Hatte sie das alles richtig beschrieben? War es etwa so abgelaufen?

Neundorf beschloss, sich kundig zu machen, der Sache auf den Grund zu gehen, griff zum Telefon. Ja, Herr Riederich war in der Firma in Stuttgart, den ganzen Tag über. Wer denn da spreche und von wem ihm die Sekretärin etwas ausrichten könne?

Neundorf verzichtete auf jedes weitere Wort, gab die Privatnummer ein, hatte die Ehefrau in der Leitung. Das genügte, mehr wollte sie nicht wissen. Sie lief aus dem Büro, fuhr auf direktem Weg nach Markgröningen. Keine fünfunddreißig Minuten später stand sie der Frau persönlich gegenüber.

»Sie waren gestern Abend schon einmal hier«, erklärte Marietta Riederich, nachdem Neundorf sich vorgestellt und von ihr ins geräumige Wohnzimmer mit den prächtigen Impressionisten geleitet worden war. »Bei meinem Mann.«

»Wegen dieses Unfalls in Backnang.«

»Sie wissen inzwischen, wer dahintersteckt?«

»Wir wissen es, ja«, erklärte Neundorf, musterte ihr Gegenüber mit scharfem Blick. Marietta Riederich hatte ihr einen schwarzen Tee ausgeschenkt, dann gemeinsam mit ihr auf dem Sofa Platz genommen. Die Frau war mit einem modischen hellbraunen Hosenanzug bekleidet, trug kurze braune Haare, hatte ein schmales, dezent geschminktes Gesicht. Neundorf schätzte sie auf Anfang Vierzig. »Deshalb bin ich hier«, setzte sie hinzu.

»Deshalb?«

»Ja.« Die Kommissarin trank von dem Tee, stellte die Tasse zurück. »Wissen Sie, ich bin in meinem Beruf oft mit Männern konfrontiert, die ausgerechnet der Person, der sie im Leben neben ihrer Mutter am meisten zu verdanken haben, die größten Schmerzen zufügen«, erklärte sie dann. »Ohne die Frau, die sich für sie aufopfert, ihre Sorgen anhört, ihre Unterhosen wäscht und ihre Kinder erzieht, könnte sich doch kaum einer dieser testosterongesteuerten Typen auch nur halbwegs am Leben halten.«

Marietta Riederich blickte mit fragender Miene zu ihr her, hatte offensichtlich Schwierigkeiten, Neundorfs Worten zu folgen.

»Und dann haben einige dieser Egomanen nichts Besseres zu tun als ihre eigene Frau zu betrügen. Die, die sich Tag und Nacht für sie aufopfert.« Sie griff erneut nach ihrer Tasse, trank einen kleinen Schluck. »Hinter jedem Rock herrennen,

Hauptsache, die Tussi lässt sich flachlegen. Das wird richtig zur Manie, ja?«

Ihr Gegenüber zeigte keine Regung, hörte ihr stillschweigend zu.

»Und dann noch der Wahn nach jungem Fleisch und die Dummheit dieser unerfahrenen, halbwüchsigen Dinger. Alle paar Wochen eine neue, möglichst gerade mal zwanzig-, einundzwanzig-, zweiundzwanzigjährige Puppe. Ausführen, anschwindeln, flachlegen. Und kaum mehr Zeit und Interesse für die eigene Frau. Ja, ich habe gut darüber reden, nicht wahr. Für mich ist es ja nur Theorie. Wenn man das aber am eigenen Leib erfährt, fühlt sich das auf einmal ganz anders an. Richtig beschissen, nicht? Richtig beschissen.«

Neundorf erhob sich von ihrem Platz, trat ans Fenster, blickte nach draußen.

»Irgendwann hatten Sie genug davon. Ständig ein neues junges Dummchen. Immer wieder einer dieser nach Fernsehshows, Bekanntwerden, Berühmtsein gierenden Engel. *European Angels*, Sie können es nicht mehr hören, stimmt's?« Sie hatte sich vom Fenster abgewandt, trat auf Marietta Riederich zu, blieb direkt vor der Frau stehen. »Einer dieser Engel nach dem anderen.«

Ihr Gegenüber nickte sachte, kaum merklich mit dem Kopf.

»Monatelang, vielleicht sogar jahrelang ging das so. Bis Sie jetzt endlich begriffen haben, dass das Leben nicht dazu da ist, sich in einem fort betrügen, belügen, verarschen zu lassen. Dass wir Frauen nicht die Fußabtreter dieser feinen Herren sind, sondern wenigstens einen kleinen Rest von Ehre und Glück verdient haben. Einen kleinen Rest nur, aber den ganz bestimmt. Und endlich haben Sie die Notbremse gezogen und es ihm heimgezahlt.« Sie blieb einen Moment ruhig, sah, dass die Frau keinerlei Gegenwehr leistete. »Heimzahlen wollen, muss ich sagen. Sie wollten es ihm und dieser kleinen Nutte heimzahlen. Hat aber, wie so vieles, was wir braven Frauen tun, nicht richtig geklappt. Zum Glück, sagen wir mal so, zum Glück. Denn es wurde zwar jemand verletzt, aber niemand getötet.«

»Der Mann hat das Krankenhaus verlassen?« Marietta Riederichs Stimme klang schwach und verletzbar wie die eines kleinen ängstlichen Kindes.

»Bald«, antwortete Neundorf. »Er lebt. Das ist das Wichtigste.« Sie sah, wie es in der Frau arbeitete, glaubte den Seufzer der Erleichterung zu hören.

»Sie haben sich den BMW geliehen und ihm nachspioniert und dann in Backnang, als Sie sie da Hand in Hand sahen, da war es einfach zu viel.«

Ihr Gegenüber nickte mit dem Kopf, öffnete den Mund, benötigte mehrere Sekunden, Kraft und Worte zu finden und sie zu Sätzen zu formen. »Da war es einfach zu viel, ja.« Sie holte tief Luft, fuhr dann langsam fort. »Das Auto gehört meinem Bruder. Er ist für drei Wochen weg in die USA. Ich bin Manuel drei Tage gefolgt, einmal mittags, zweimal am Abend. Und jedes Mal hat er sich mit diesem jungen Ding in Lippoldsweiler getroffen. Er führte sie in Kneipen und Cafés und dann am dritten Tag in eine Buchhandlung in Backnang. Ich konnte nicht mehr anders und raste einfach los.«

»Wann haben Sie es bemerkt, dass er Sie betrügt?«

Marietta Riederich benötigte eine Weile, die Frage zu verstehen. »Als dieser Drohbrief kam. Ich habe ihn geöffnet, aus Versehen. *Riederich* stand als Empfänger auf dem Couvert, dann unsere Adresse. Kein Vorname, nichts. Deshalb nahm ich an, es ist an uns alle gerichtet. Und da las ich es dann.«

Neundorf erinnerte sich an Braigs Bericht, fragte nach dem Absender. »Unterschrieben war er von einer Lisa und einer

Tina. Sie beschuldigten ihn, sie öffentlich lächerlich gemacht und falsche Versprechen gegeben zu haben, um sie ins Bett zu kriegen, richtig?«

»Sie kennen das Schreiben?«

»Ich glaube, ja. Sie haben es aufbewahrt?«

Die Frau nickte. »Ich wollte es zuerst nicht glauben, weil er Stein und Bein schwor, dass es verlogen sei. *Zwei dieser jungen Schlampen, die sich wichtig machen und mit dieser fiesen Methode an die Spitze unserer Angels kommen wollen*, hat er mir erklärt. *Denen ist der Wahn in den Kopf gestiegen, das werde ich schnell klären*.«

»Sie haben ihn mit dem Schreiben konfrontiert?«

»Ich war so überrascht und wollte es nicht glauben, deshalb. Und er stritt alles ab.«

»Sie wissen von seiner Beteiligung an dieser Model-Agentur?«

Marietta Riederich nickte. »Eine Idee seiner Freunde, dieses Meisner vor allem. Am Anfang wohl einigermaßen seriös, wenn ich das richtig verstanden habe, jedenfalls solange Meisners Frau noch dabei war. Aber dann ... Ich war von Anfang an dagegen.«

»Wann haben Sie den Drohbrief erhalten? Wissen Sie es noch ungefähr?«

»Vor ein paar Monaten. Im letzten Herbst. Soll ich ihn holen?«

Neundorf bat sie darum, wartete am Fenster stehend, schaute die Straße entlang zum Marktplatz, bewunderte die prächtige Fachwerkfassade des weithin bekannten Rathauses. Riederich, dieses verdammte Schwein. Jetzt hatte er auch noch seine eigene Frau ruiniert.

»Hier. Da ist er.« Die Frau hatte nur wenige Minuten gebraucht, reichte ihr das Schreiben. Neundorf erkannte es sofort. Soweit sie sich erinnerte, war es bis auf den Adressaten identisch mit dem, das Braig in Meisners Büro gefunden und ihr vorgelegt hatte. Meisner und Riederich hatten sich offensichtlich gemeinsam an ihre Engel gemacht und deren Gier nach Berühmtheit eiskalt ausgenutzt.

»Was passiert jetzt mit mir?«, fragte Marietta Riederich. »Werde ich verhaftet?«

Neundorf schüttelte den Kopf. »Dafür gibt es keinen Anlass. Sie sind ja nicht nur Täter, sondern vor allem Opfer. Am besten, Sie gehen jetzt mit mir ins Amt. Wir verfassen gemeinsam den Hergang des Geschehens in Backnang und Sie unterschreiben es. Dann können Sie wieder heim. Es wird zwar zum Prozess kommen, aber jeder Richter wird Sie verstehen. Hoffen wir, dass Herr Haigis bald wieder gesundet, dann wird es glimpflich für Sie abgehen. Ich werde mich auf jeden Fall beim Gericht und bei Herrn Haigis für Sie verwenden. Das verspreche ich Ihnen.«

28. Kapitel

Braig hatte es nicht glauben wollen. Die ganze Hütte leer, keinerlei Hinterlassenschaften des Flüchtigen, nirgends ein Hinweis auf Meisner. Hatte er sich, was die Jagdhütte als Zufluchtsort des Mannes betraf, geirrt?

Er war bei den Spurensicherern vorstellig geworden, hatte sie angefordert. Dr. Dolde und Rössle waren erschienen, als der Tag graute, sie hatten mit einem Generator alles ins Licht gesetzt. Braig war mehrfach um die Hütte marschiert, hatte das Foto aus Meisners Büro mit dem Original verglichen. Kein Zweifel, sie waren am richtigen Ort; Riederich hatte die Wahrheit gesagt.

»Ich möchte, dass ihr die Hütte samt Umgebung auf den Kopf stellt«, hatte Braig gebeten, »vielleicht könnt ihr doch Hinweise auf Meisners Anwesenheit finden.«

Dolde und Rössle hatten sich ohne Zögern an die Arbeit gemacht.

War es dem Mann nach dem Mord an Caroline Klenk wegen der starken Polizeikräfte, die rund um die Burg Teck unterwegs waren, noch nicht gelungen, hierher zu kommen? Hatte er auf halbem Weg, vielleicht sogar irgendwo draußen im Gelände, die Nacht verbracht, um erst jetzt, am Tag, in den Gomadinger Wald zu kommen? Dann würde er durch die hier parkenden Fahrzeuge, die Techniker, die in und um die Hütte arbeiteten, von weitem gewarnt.

Braig griff nach seinem Handy, informierte das örtliche Polizeirevier, bat um die Mithilfe der Kollegen. Sie mussten den Wald an dieser Stelle weiträumig überwachen, den Mann erst gar nicht bis zur Hütte vordringen lassen – wenn das nicht zur Zeit der Erstürmung bereits geschehen war.

Hatte Meisner sich vielleicht gerade während dieser Phase seinem Zufluchtsort genähert, die Unruhe im Wald und das Massenaufgebot an Polizeibeamten schon von weitem bemerkt?

Ausschließen konnte er das nicht, andererseits war es doch recht unwahrscheinlich, hatte es sich doch nur um eine relativ kurze Zeitspanne gehandelt, in der sie die Hütte umstellt hatten. Und genau in dem Moment sollte der Mann von seiner Tour auf die Burg Teck zurückgekommen sein?

Braig wollte es nicht glauben, hatte bei der ganzen Sache dennoch ein ungutes Gefühl. Weshalb hatten sie die Hütte in einem derart wohlgeordneten Zustand gefunden, alles aufgeräumt, keine wahllos zerstreuten Kleidungsstücke, kein frisch benutztes, ungereinigtes Geschirr in der Küche, wie das normalerweise zu erwarten war? Handelte es sich bei Meisner um einen solch peniblen Menschen, der sofort alles wieder in Ordnung brachte? Oder hatte er gar damit gerechnet, dass sie die Hütte überprüfen würden und war deshalb bemüht gewesen, jeden Hinweis auf seine Anwesenheit sofort zu beseitigen?

»Wenn der Kerl sich do rumtriebe hat, krieget mir des raus«, hatte ihm Rössle vor Beginn ihrer Untersuchungen nochmals versichert, »mir hent seine DNA und die Fingerabdrück aus seinem Haus in Ludwigsburg, koi Angscht! Mir brauchet nur Zeit, viel Zeit!«

Braig wusste um die gründliche Arbeit der beiden Spurensicherer, war sich sicher, dass sie jedes Staubkorn in der Hütte überprüfen würden, um festzustellen, ob Meisner sich dort aufgehalten hatte. Sie würden seine Hinterlassenschaften finden, auch wenn er sich bemüht hatte, gründlich hinter sich aufzuräumen, daran gab es keinen Zweifel. Was aber, wenn ...

Er wagte kaum daran zu denken, musste sich langsam, aber sicher auch mit diesem Gedanken vertraut machen. Was, wenn Meisner die Hütte doch nicht benutzt hatte?

Braig atmete tief durch, spürte die Schmerzen hinter seinen Schläfen. Es pochte und zog, als wäre sein Gehirn nicht mehr genügend durchblutet. Er konnte der Frage nicht länger ausweichen: Was, wenn Meisner sich doch nicht hier aufgehalten hatte?

Er dachte an den gestrigen Abend zurück, die Verzweiflung der Eltern Caroline Klenks, ihren Schmerz, als er ihnen die schreckliche Botschaft vom Tod ihrer Tochter überbracht hatte. Sollte es ständig so weitergehen, der Mörder der beiden jungen Frauen noch länger auf freiem Fuß bleiben?

Er stand am offenen Eingang der Hütte, starrte ins Innere, wo Rössle gerade den Boden untersuchte.

Der Spurensicherer blickte auf, sah Braigs von Frust und Erschöpfung geprägten Gesichtsausdruck, sah seine Verzweiflung. »Wenn i di so seh«, meinte er, »mir brauchet mehrere Stund, bis mir des alles genau überprüft hent. Gang du derweil hoim und leg di a Weile na, du kriegsch jo koin vernünftige Gedanke mehr uf ´d Reih, so müd, wie du bisch.«

29. Kapitel

Ob er einem von Rössles Ratschlägen schon einmal so schnell Folge geleistet hatte wie an diesem Morgen, Braig wusste es nicht. Er hatte sich auf jeden Fall nach kurzer Diskussion mit den Kollegen verabschiedet und war nach Hause gefahren, das Versprechen im Ohr, beim geringsten Hinweis auf Meisners Anwesenheit in der Hütte sofort benachrichtigt zu werden.

Er hatte sich gemeinsam mit Ann-Katrin eine kurze Ruhepause und ein ohne jede Hast eingenommenes Mittagessen gegönnt, war dann ins Amt und anschließend, nach telefonischer Voranmeldung, nach Bissingen gefahren, um den gegen 16 Uhr von Tübingen zurückgekehrten Dennis Zeller über dessen Kontakte zu Meisner zu befragen. Kurz vor dem Verlassen seines Büros hatte Dolde ihm die ersten beiden Funde von Meisners Fingerabdrücken in der Jagdhütte mitgeteilt.

»Er war also auf jeden Fall hier«, hatte der Spurensicherer erklärt, »auch wenn zwei Abdrücke nach einer so gründlichen Überprüfung, wie wir sie hier durchgeführt haben, nicht gerade weltbewegend ausfallen.«

»Ihr habt alle Räume analysiert?«

»Sogar das Schlafzimmer und die Mansarde. Normalerweise müssten wir auf Hunderte seiner Abdrücke gestoßen sein, wenn er längere Zeit hier war. Entweder der Mann hat Handschuhe getragen, und zwar ununterbrochen, oder er hat alles gründlichst gereinigt. Das Letztere kann aber eigentlich nicht sein, weil wir auf unzählige Abdrücke anderer Personen gestoßen sind.«

»Wo befinden sich seine beiden Abdrücke?«

»Einer an der Wand neben dem Spiegel in der Diele, der andere am Sockel des klobigen Tisches im großen Raum. Das hat uns sehr gewundert, wirkt doch der gesamte Tisch, auch der Sockel, frisch gereinigt. Da hat jemand vor nicht allzu langer Zeit ganz schön geschrubbt.«

»Dann war er tatsächlich darum bemüht, seine Spuren zu verwischen.«

»Mhm«, Dolde hatte seine Schlussfolgerung nicht akzeptieren wollen, »wieso haben wir dann so viele Abdrücke anderer Leute entdeckt? Nein, so ganz stimmt das nicht. Der Tisch wurde geschrubbt, ja, aber der große Rest der Hütte blieb von dieser gründlichen Reinigung verschont. Wir begreifen das im Moment, offen gesagt, noch nicht ganz.«

»Warum soll das nicht zu begreifen sein? Du hast doch selbst die Möglichkeit erwähnt, dass der Kerl Handschuhe getragen haben kann. Und am Tisch, wo er länger saß, hat er sie ausgezogen. Deshalb musste er diesen Bereich gründlich säubern.«

»Wenn du meinst ... Wir suchen auf jeden Fall weiter«, war Dolde zum Ende gekommen.

Braig hatte sich nach dem Anruf trotz aller Bedenken des Kollegen deutlich besser gefühlt. Im Bewusstsein, wenigstens die zeitweilige Anwesenheit Meisners in der Jagdhütte bestätigt zu wissen, hatte er Dennis Zeller aufgesucht. Der junge Mann war kurz zuvor von Tübingen zurückgekehrt, wie er Braig erklärte, bat den Besucher in sein Zimmer im Obergeschoss des Hauses, wo sie sich schon am vergangenen Sonntag miteinander unterhalten hatten.

»Gibt es irgendwelche Neuigkeiten?«, fragte Zeller. »Ich meine, einen Anlass, warum Sie mich schon wieder sprechen wollen?«

Braig hatte wie sein Gegenüber auf einem Stuhl Platz genommen, musterte den Mann. »Wie gut kennen Sie Meisner?«, erkundigte er sich, ohne auf Zellers Frage einzugehen.

»Wie gut?« Kopfschütteln, nichts als Kopfschütteln. »Ich habe den Mann noch nie gesehen. Woher soll ich ihn kennen?«

Braig konzentrierte sich auf die Miene seines Gesprächspartners, sah dessen deutliche Irritation.

»Wieso fragen Sie mich nach dem Kerl? Ich denke, er hat Lisa auf dem Gewissen?«

»Wir haben sein Auto hier in Bissingen gefunden. zweihundert Meter von Ihrem Elternhaus entfernt.«

Zeller starrte ihn entgeistert an. »Meisners Auto?«

»Sie haben sich mit ihm getroffen?«

»Ich?«

»Wieso fährt er sonst hierher nach Bissingen?«

»Das ist doch absurd! Glauben Sie wirklich, ich hätte irgendein Interesse daran, den Kerl zu treffen, der Lisa erst so verhext und dann auch noch er...« Er brach mitten im Wort ab, schlug beide Hände vors Gesicht, schluckte heftig. »Ich kenne den Kerl nicht«, fuhr er nach einer Weile fort. »Ich weiß nicht, wieso sein Auto hier auftaucht.«

»Wo waren Sie gestern?«

»Gestern?« Zeller blickte irritiert zu ihm hinüber. »Wo soll ich schon gewesen sein? In Tübingen natürlich, ich studiere schließlich ... Moment, Sie bringen mich völlig durcheinander. In der Höhle. Gestern waren wir wieder in der Höhle. Den ganzen Tag.« Er starrte von Braig weg auf seine Hände, nestelte nervös am Saum seines Sweatshirts. »Dafür gibt es drei Zeugen. Wollen Sie sie wieder anrufen, wie am Sonntag?«

»Wo liegt die Höhle?«

Sein Handy gab genau in dem Moment Signal, als Zeller zu einer Antwort ansetzte.

»Auf der Alb. Das habe ich Ihnen doch schon einmal erzählt. Bei Gomadingen.«

»Bei Gomadingen?« Braig griff nach seinem Mobiltelefon, sah, dass der Anruf von Dolde kam, erhob sich von seinem Platz. »Einen Moment«, sagte er, zu Zeller gewandt, nahm das Gespräch an.

»Wo bist du?«, fragte Dolde unvermittelt, ohne jede Einleitung.

»In Bissingen.«

»Du hast eine stabile Unterlage zum Sitzen?«

»Wieso?«

»Weil du dich jetzt gut festhalten solltest.«

»Warum? Was ist los?«

»Meisner. Wir haben ihn.«

Braig spürte den kurzen Anfall eines Schwindels, griff mit seiner Linken nach der angelehnten Tür in seiner Nähe, klammerte sich daran fest. »Wie bitte?« Er hatte Mühe, die Worte zu formulieren, schnappte nach Luft. »Du willst sagen ...«

»Meisner. Genau.«

»Moment.« Er atmete tief durch, fiel wieder auf seinem Stuhl zurück. Er sah Zellers verwunderten Blick, signalisierte ihm eine kurze Unterbrechung ihres Gesprächs, konzentrierte sich wieder auf Dolde.

»Ihr habt ihn festgenommen, verstehe ich das richtig?«

Dolde zögerte, verhaspelte sich mit seiner Antwort. »Mhm, festgenommen, nein, das ist nicht das richtige Wort.«

»Menschenskind, was denn dann?«, rief Braig voller Ungeduld. Er bemerkte Zellers große Augen, versuchte, sich zu mäßigen. »Jetzt erkläre mir doch endlich, was los ist. Meisner ist in eurer Gewalt, richtig?«

»Richtig.«

Braig stieß die Luft aus, fühlte sich erleichtert. »Na, endlich. Wie habt ihr ihn erwischt?«

»Rössle«, antwortete Dolde, »du hast alles ihm zu verdanken. Es war seine Idee.«

»Dass ihr ihn entdeckt habt?«

»Ja, nur weil Rössle so hartnäckig war. Sonst wären wir ohne Meisner nach Hause gefahren.«

»Und? Was ist passiert?« Er fühlte sich provoziert, erneut loszubrüllen, musste sich mit Gewalt zurückhalten.

»Der Herr Kollege verlangte nach frischer Luft. Nach stundenlangem, weitgehend erfolglosem Auf-dem-Boden-Herumkriechen in der Hütte eine Ladung frischer Albluft. Gesagt, getan. Er marschiert los, umrundet die Hütte, pirscht quer durch den Wald, seine Taschenlampe in der Hand. Immer mit dem Hintergedanken, Spuren von Meisner zu entdecken, wie er mir erklärte. Irgendwann, ich hatte mir schon Sorgen um ihn gemacht, immerhin war es bereits leicht dämmrig, kam er wieder angetrabt. Über und über voller Erde und Dreck. Ich habe ihn kaum noch erkannt.«

»Er hat ihn im Wald erwischt und überwältigt?«

»Nicht ganz. Er hat ihn entdeckt, ja. Aber das Überwältigen konnte er sich ersparen.«

»Wieso? Der hat sich freiwillig ergeben?« Der Kerl ist am Ende seiner Nerven, überlegte er, schließlich sind wir seit fast einer Woche hinter ihm her. Kein Wunder, dass er sich freiwillig ergibt, jetzt, wo wir sogar seinen Unterschlupf auseinander genommen haben. Das muss ihm den letzten Rest gegeben haben.

»Er hat sich freiwillig ergeben«, bestätigte Dolde. »Allerdings mit einem sauberen Loch im Kopf.«

»Wie bitte? Rössle hat ihn erschossen?«

»Rössle? Nein, so gewalttätig ist der Kollege nicht.«

»Dann war es Selbstmord. Meisner hat eingesehen, dass er keine Chancen hat, uns zu entkommen.«

»Selbstmord?« Dolde ließ ein schrilles Lachen hören, als sei er dabei, den Verstand zu verlieren. »Wenn er nach seinem Tod noch kurz aufstand und die Waffe aus der Höhle schaffte, dann ja. Aber das scheint mir nicht besonders wahrscheinlich. Außerdem ist das schon eine ganze Weile passiert. So wie der aussieht, ist das mehrere Tage her. Fünf, sechs mindestens, vielleicht noch länger. Komm her, schau ihn dir an. Die Höhle, in der wir, Verzeihung, Rössle, – ich habe es ja ausführlich erklärt, – ihn gefunden hat, liegt ungefähr fünfhundert Meter von der Hütte entfernt. Wir haben den Generator hierher verlagert und die Höhle ins rechte Licht gesetzt. Extra für dich!«

Das Zittern, das Braig in den Kniekehlen erfasste, stieg langsam hoch, nahm von seinem ganzen Körper Besitz.

Dennis Zeller starrte auf seinen Besucher, sah, wie der erbleichte, sein Handy in die Tasche steckte und dann, ohne ein weiteres Wort zu verlieren, aus seinem Zimmer verschwand. Seltsamer Typ, dieser Kommissar, überlegte der Student.

30. Kapitel

Bruder, mei Bruder, letscht Nacht do han i träumt,
a Wese kam zu mir, s´hat´s gut mit mir gmoint ...

Braig wusste nicht, warum ihm gerade jetzt der Text und die melancholische Melodie des Liedes ununterbrochen im Kopf umherschwirrten. Er hörte Biggi Binders einfühlsame Stimme, hatte *Gega dr Wend* im Ohr, worüber auch immer er in diesen Stunden nachzudenken versuchte. *Wendrsonn* – er sehnte sich nach einem Auftritt der Band, beneidete jeden, dem es gelang, wenigstens für ein paar Minuten aus der Realität abzutauchen.

Den gesamten Freitag hatte er gebraucht, den Schock über den Fund der Leiche Meisners zu verarbeiten, ganz besonders, nachdem ihm Dr. Schäffler am späten Donnerstagabend gegen 21 Uhr nach eingehenden Untersuchungen noch mitgeteilt hatte, dass der Mann aller Wahrscheinlichkeit nach bereits vor sieben bis acht Tagen getötet worden war – soweit sich das jetzt medizinisch überhaupt noch so genau eingrenzen ließ.

»Weißt du, was das bedeutet?«, hatte er den Gerichtsmediziner völlig perplex gefragt.

»Ja, natürlich«, hatte Dr. Schäffler geantwortet, »aber ich kann dir leider keinen anderen Befund mitteilen.«

Vor sieben bis acht Tagen getötet – die Konsequenzen stellten Braigs bisherige Ermittlungsansätze komplett auf den Kopf: Meisner war nicht nur zum Zeitpunkt des Todes von Caroline Klenk längst nicht mehr am Leben, sondern höchstwahrscheinlich auch bereits zum Zeitpunkt des Mordes an Lisa Haag.

»Wir haben die ganze Zeit nach dem Falschen gesucht?«

»So sieht es aus, ja«, hatte der Arzt lakonisch erklärt.

Gegen 11 Uhr am Freitagmorgen, Braig war gerade dabei, sich durch einen persönlichen Besuch in Tübingen nun doch vom Alibi Dennis Zellers zu überzeugen, hatte Rössle ihm das Ergebnis seiner Untersuchungen bezüglich der Tatwaffe durchgegeben.

»Lisa Haag und Meisner wurden mit derselben Pistole erschossen. Walther PPK 7.65. Meisner nicht in der Höhle. Wir haben Reifen- und Schleifspuren entdeckt. Er wurde erschossen, dann mit seinem eigenen Wagen in die Nähe der Höhle transportiert, von dort etwa hundertfünfzig Meter quer durch den Wald geschleift und dann im Inneren abgelegt.«

»Du bist dir sicher?« Braig hatte nach Luft geschnappt.

»Hätt i dir sonscht agrufe oder hältsch du mich für einen von dene viele Idiote von Sindelfinge?«

Er hatte Zeit benötigt, die neue Erkenntnis zu begreifen, war in die Vorlesungsgebäude der Universität marschiert, hatte eine Veranstaltung gestört, um zwei von Dennis Zellers Kommilitonen zu verhören. Beide hatten felsenfest geschworen, den Mittwoch gemeinsam mit Zeller in ihrer Forschungshöhle bei Gomadingen verbracht zu haben.

Meisner und Lisa Haag mit ein und derselben Waffe erschossen, hatte es in ihm getobt, der Mann wahrscheinlich noch vor der jungen Frau, wer um alles in der Welt steckte hinter diesen Verbrechen?

Er hatte Zeller aufgefordert, ihm die genaue Lage der Höhle zu zeigen, war mit ihm nach Gomadingen gefahren, hatte sich davon überzeugt, dass sie annähernd zehn Kilometer von dem Erdloch entfernt lag, in dem sie Meisners Leiche gefunden hatten. Die eine eher bei Offenhausen, die andere Richtung Grafeneck, beide abseits von Straßen und Waldwegen, deshalb nur über große Umwege zu erreichen. Hatte er Dennis Zeller also zu Unrecht verdächtigt?

Kurz nach 16 Uhr war er im Amt auf Neundorf getroffen.

»Trinkst du einen Kaffee mit?«, hatte sie gefragt.

Er war ihr ins Büro gefolgt, hatte das Angebot gern angenommen.

»Du hast keine neue Spur?«

Braig war ratlos vor ihrem Schreibtisch hin und her marschiert, hatte erst nach einer Weile soviel Ruhe gefunden, es sich auf einem Stuhl bequem zu machen. »Ich fürchte, ich muss Zeller endgültig von meiner Liste streichen.«

Neundorf hatte nach ihrer Kaffeekanne gegriffen, zwei Tassen ausgeschenkt, dann Milch zugegeben.

»Er war in einer emotionalen Ausnahmesituation, als Meisner ihm seine Freundin wegschnappte. Der Kerl habe Lisa Haag völlig verhext, hat er erzählt. Dennis Zeller wurde für die junge Frau zusehends zur Nebensache, die von Meisner versprochene Karriere mehr und mehr zum Mittelpunkt ihres Lebens. Wahrscheinlich ließ sie Zeller immer deutlicher spüren, dass sie sich für etwas Besseres hielt, ihm und seinesgleichen entwachsen war. Einer von Meisners Engeln, keine einfache Studentin mehr. Zur Karriere ausersehen, auf dem Sprung in die weite Welt. Das schmerzt, ohne Zweifel. Dass Zeller vor Wut auf Meisner kochte, wenn er das Mädchen wirklich liebte – vollkommen logisch. Alles andere wäre abnormal. So entstehen Eifersuchts-Tragödien. Er killt also seinen Nebenbuhler ... mit dessen Pistole übrigens«, hatte Braig ergänzt, »denn es scheint sich wirklich um Meisners Waffe zu handeln, soweit ich bis jetzt informiert bin ...«

»Dann aber auch noch seine eigene Freundin?« Neundorfs Gesichtsausdruck hatte deutlich gezeigt, dass es ihr Schwierigkeiten bereitete, die Argumentation auf diese Weise weiterzuführen.

»Er versuchte, sie zurückzugewinnen, glaubte, mit Meisners Ermordung alles dafür getan zu haben, diesen Schritt vorzubereiten. Lisa Haag aber wollte nicht mehr, auf keinen Fall.«

»Na ja, das mag sein. Aber dass er sie erschießt und dann auch noch Caroline Klenk vom Turm stürzt? Du gehst doch davon aus, dass es sich auch bei ihr um denselben Täter handelt?«

»Die fremden Faserspuren an der Turmbrüstung und an ihrer Kleidung, die dadurch zustande kamen, dass der Mörder sie mit Gewalt vom Turm stieß, haben Rössle und Rauleder auch in Meisners BMW entdeckt. Auf dem Fahrersitz.«

»Du hältst es für möglich, Zeller stößt – aus welchem Grund auch immer, vielleicht weil sie ihn als Mörder Lisa Haags verdächtigt – Caroline Klenk vom Turm und lässt Meisners Auto dann in der Nähe seines Elternhauses stehen?«

»Vielleicht hatte er keine Zeit mehr, es wegzufahren und rechnete außerdem damit, dass wir ihn genau aus diesem Grund nicht verdächtigen. Kein Täter ist so dumm, das Tatfahrzeug vor der eigenen Haustür zu parken.«

»Dann muss es sich bei ihm aber um einen eiskalten Killer handeln. Hältst du ihn wirklich für so abgebrüht?«

Braig hatte nicht lange nachdenken müssen, um Neundorfs Frage zu verneinen. Dennis Zeller, ein eiskalter Killer? Nein, so sehr er nach einer positiven Antwort suchte, das hatte er in dem jungen Mann nicht gesehen. Nicht einmal in Ansätzen. Frustriert hatte er den Kopf geschüttelt.

»Warum gehst du nicht von der Tatsache aus, die mir viel naheliegender scheint?«, hatte Neundorf nachgebohrt.

»Welche Tatsache soll das sein?«

»Dass wir Meisners Auto in der Nähe von Zellers Wohnung fanden, war Absicht. Da wollte jemand den Verdacht bewusst auf Zeller lenken.«

»Und wer, bitte?«

»Derjenige, der außer Meisner auch Lisa Haag und Caroline Klenk ermordete.«

»Jetzt musst du mir nur noch verraten, wer das war.«

Neundorf hatte von ihrem Kaffee getrunken, sich den Mund abgewischt, dann ihren Kollegen fixiert. »Manuel Riederich.«

»Der?«

»Ich habe mir den ganzen Tag überlegt, wieso der Kerl nichts davon gemerkt haben soll, dass ihm seine Frau vor lauter Wut über seine ständigen Seitensprünge nachspioniert hat und kurz vor der Explosion steht. Ehepartner bemerken das nicht, wenn der andere ihn regelrecht überwacht? Sie nehmen nicht wahr, dass der andere so verzweifelt ist, dass er sich in den Wahn hineinsteigert, den anderen über den Haufen zu fahren? Das gibt es doch nicht! Sich so voneinander zu entfremden, das ist ein monatelanger Prozess, das geht doch nicht von heute auf morgen! Nein, Riederich wusste genau, wie es um seine Frau steht, wie sehr es sie schmerzt, was er ihr mit all seinen Affären mit immer neuen Engeln antut. Er wusste es genau und trieb es auf die Spitze, lief Hand in Hand mit seiner Geliebten in die Buchhandlung in Backnang und anschließend über die Straße, um seiner Frau endlich Gelegenheit zu geben, loszuschlagen. Warum wurde nur Herr Haigis, aber weder er noch seine Begleiterin, verletzt? Weil er vorbereitet war und genau um die Gefahr wusste, die ihm drohte. Deshalb gelang es beiden, gerade noch rechtzeitig auf den Gehweg zu springen. Nur sein Helfer, der in letzter Sekunde eingriff, wurde zum Opfer – er hatte es unvorbereitet getan, war nicht gewarnt, wie die eigentlichen Ziele des Anschlags.« Neundorf hatte ihren Wortfluss einen Moment unterbrochen, um Braig Zeit zu geben, ihre Argumente nachzuvollziehen. Sie merkte, wie es in ihm arbeitete, fuhr langsam fort. »Und dann werden nicht etwa die Kollegen der Verkehrspolizei mit der Untersuchung der Sache beauftragt, sondern wir. Das LKA. Ist das normal? Menschenskind, wenn wir jeden Unfall untersuchen müssten, der sich hier im Ländle ereignet, wie viele Leute bräuchten wir dann?«

»Und weshalb haben sie uns gerufen?«, fragte Braig.

»Ich habe lange darüber nachgedacht. Jetzt ist mir der Grund klar. Nicht die Kollegen veranlassten das von sich aus – wie hätten sie auch so schnell darauf kommen sollen, extra das LKA zu verständigen? Es war ein Unfall, vielleicht ein Attentat, deshalb ruft man doch nicht gleich nach uns! Nein, Riederich rieb den Beamten seine Bedeutung als Wirtschaftsbonze, als einer der unantastbaren Herrgötter dieses Landes dermaßen eindringlich unter die Nase, bis die begriffen, dass da keine Normalsterblichen ran dürfen, sondern eine Spezialbehandlung notwendig ist. Dann verlangten sie endlich nach uns.«

»Hast du mit den betroffenen Kollegen gesprochen?«

»Noch nicht, aber du weißt doch selbst, wie dieses aufgeblasene neureiche Gebonze sich aufführt. Die Kollegen bekamen Schiss, ganz einfach.«

»Aber weshalb sollte er das tun?«

Neundorf hatte ihre Tasse abgestellt, dann langsam weitergesprochen. »Weil er ein Alibi benötigte, ganz einfach. Und was ist da besser als ein behördlich attestierter Termin?«

»Ein Alibi?«

»Ich habe die Zeit genau überprüft. Der Vorfall in Backnang ereignete sich am vergangenen Freitag um 18.22 Uhr. Das bestätigen mehrere Zeugen. Und Lisa Haag wurde gegen 17.30 Uhr unterhalb der Comburg erschossen. Fast eine Stunde vorher. Wie lange brauchst du von Schwäbisch Hall nach Backnang?«

»Du meinst ...«

»Natürlich muss er sehr schnell gefahren sein. Ein Zeuge hat das Auto doch vom Parkplatz unter der Comburg wegrasen sehen. Mit seiner Begleiterin hatte er vereinbart, sich gegen 18 Uhr mit ihr in Backnang zu treffen. Das ist ihm nicht ganz gelungen. Es war ungefähr 18.10 Uhr, als er ankam. War eben ein Stau zwischen der Firma in Stuttgart und Backnang, kein Problem.«

»Woher willst du wissen, wann er sich verabredet hatte?«

»Ich habe mit der jungen Frau gesprochen. Heute Mittag.«

»Du hast seine Begleiterin aufgespürt?«

»Seine Frau hat mir genau beschrieben, wo sie wohnt. Sie hat schließlich schon mehrfach beobachtet, wie er sie nach Hause brachte. Das war ein Kinderspiel.«

»Es handelt sich um einen der Engel?«

»Natürlich, was denkst du?«

»Und sie hat erzählt, dass er an diesem Tag zu spät dran war?«

»Zehn Minuten, ja. Was nicht weiter schlimm war, weil es öfter vorkam. Auf jeden Fall sind sie gemeinsam in die Buchhandlung, dann über die Straße, wo es passierte. Seine Begleiterin ahnte natürlich nichts davon. Er schon. Bestens getimt, die Sache. Wer bringt ihn jetzt noch mit dem Mord in Schwäbisch Hall in Verbindung?«

»Wie kam dann aber seine Frau nach Backnang? Hat sie seinen Mord mit angesehen?«

»Nein. Frau Riederich wusste genau, dass seine derzeitige Freundin in Lippoldsweiler wohnt, einem kleinen Dorf ein paar Kilometer von Backnang entfernt. Sie gab zu, gewusst zu haben, dass die beiden sich am Freitagabend wieder treffen wollten. Sie passte das Mädchen ab, folgte ihr. So kam sie zu der Buchhandlung.«

Braig hatte schluckweise von seinem Kaffee getrunken, lange über Neundorfs Worte nachgedacht. »Und weshalb soll der Mann Meisner und die beiden jungen Frauen ermordet haben?«

»Weshalb? Denk doch mal nach! Riederich war mit einem ihrer Engel zusammen, der Nummer sechs nach dieser idiotischen Rangordnung. Was erhoffte sich die junge Frau wohl von dieser Liaison? Liebe, Zärtlichkeit? Zugegeben, ja. Aber doch ganz bestimmt auch Karriere. Die *Number One*. Ich denke, Meisner hatte da andere Vorstellungen, er stand Riederich ebenso wie die beiden anderen Engel im Weg. Caroline Klenk – Engel Nummer eins. Lisa Haag – Engel Nummer fünf. Beide waren auffallend hübsch, das siehst du auf den Bildern. Ich nehme an, Riederichs derzeitige Begleiterin bedeutet dem Mann sehr viel. Sehr, sehr viel. Das hat sie jedenfalls behauptet. Er wolle sich scheiden lassen. Gut, das hat er sicher vielen versprochen. Aber seine Frau hat es ebenfalls so empfunden, sonst hätte sie ihn nicht gerade jetzt attackiert. Sie hatte ihn schon lange beobachtet. Ein Engel nach dem anderen. Diesmal aber merkte sie, dass die junge Frau ihm mehr bedeutete. Wesentlich mehr als sonst. Wahrscheinlich alles. Deshalb schlug seine Frau zu. Riederich wollte sie verlassen und alles für seinen Engel tun. Dem Lieblingsengel freie Bahn schaffen. Schließlich bestimmt nach Meisners Tod jetzt er allein über die Karriere dieser Frauen.«

»Das klingt alles logisch und wohldurchdacht. Trotzdem bleibt ein kleines Problem«, hatte Braig erklärt. »Wie willst du das beweisen? Der Kerl ist mit allen Wassern gewaschen, nehme ich an, und hat Beziehungen zu den höchsten Etagen.«

Neundorf hatte genickt, dann auf ihren Schreibtisch gedeutet. »Ich bin gerade dabei, mir einen Plan zu machen, wie wir das in die Wege leiten. Ich glaube, ich weiß auch schon, wie es funktionieren könnte.«

31. Kapitel

Wenn Braig im Nachhinein an den Januar dieses Jahres zurückdachte, in dem ihm der grausige Tod zweier bildhübscher junger Frauen nicht mehr aus dem Kopf ging, dann war er sich einer der finstersten Phasen seiner Laufbahn als ermittelnder Kriminalbeamter bewusst. Eine ganze Woche lang waren sie einem zu diesem Zeitpunkt längst ermordeten Mann als vermeintlichem Mörder Lisa Haags nachgejagt, nur um dann, mitten in diesen Momenten niederschmetternder Erfolglosigkeit, auch noch den gewaltsamen Tod Caroline Klenks hinnehmen zu müssen. Alle Arbeit, alles Bemühen hatte nichts gebracht, nicht einmal das Leben dieser zweiten jungen Frau hatten sie retten können.

»Du siehst müde aus«, hatte Ann-Katrin Räuber ihm mehrfach in diesen Tagen voller Sorgen attestiert, »diese Sache reibt dich zu sehr auf. So kann das nicht weitergehen.«

War es ein Wunder? Hektische, überaus betriebsame Tage, schlaflose Nächte – wie sollte er das bewältigen? Jede Ermittlung erfordert dauerhafte professionelle Distanz, hatte er auf der Polizeiakademie in Villingen-Schwenningen gelernt, Abstand zu dem, was geschehen ist, Abstand auch und vor allem zum Leid der Opfer.

Dämliche theoretische Wortspielereien, war es ihm in solchen Phasen bewusst, von Leuten formuliert, die die meiste Zeit am Schreibtisch oder vor dem Fernsehmonitor verbrachten. Wie sollte er Distanz schaffen zu dem Anblick, mit dem er an jenem Abend unterhalb der Comburg konfrontiert worden war, – wie? Wie Abstand herstellen zu den Momenten, in denen er an der Grundmauer der Burg Teck Caroline Klenks zerschmetterten Körper hatte begutachten müssen?

»Heute hältst du dich von allem fern, was auch nur entfernt mit der Ermittlung zu tun hat«, hatte seine Lebensgefährtin am Sonntagmorgen erklärt, »ohne jede Ausnahme.«

Sie hatten es gemeinsam versucht, waren nach einem gemütlichen Frühstück mit der Stadtbahn zum Mineralbad in Cannstatt gefahren, hatten sich dort zwei Stunden im Wasser geaalt, waren dann anschließend nach einem Bummel durch den Kurpark in *Sophie´s Brauhaus* in der Stuttgarter Innenstadt eingekehrt. Braig hatte zwar immer noch nicht zur erwünschten inneren Ruhe gefunden, sich dennoch zu einem kurzen Nachmittagsschlaf überreden lassen. Kurz nach 16 Uhr waren sie dann, ab Waiblingen – von Neundorf und ihrem Partner begleitet, – nach Winnenden aufgebrochen.

Dr. Kai Doldes Orgelkonzert in der weithin bekannten Winnender Schlosskirche stellte alles in den Schatten, was Braig in den letzten Jahren an klassischem Musikgenuss erlebt hatte. Die unmittelbar neben dem Schloss der kleinen Stadt gelegene Kirche war, wie der gastgebende Pfarrer zu Anfang der gut besuchten Veranstaltung ausführlich erklärte, im 14., ein Vorgängerbau sogar schon im 9. Jahrhundert errichtet worden. Berühmtheit erlangt hatte das evangelische Gotteshaus durch seinen in der Reformationszeit, dem frühen 16. Jahrhundert, aus Tannen- und Lindenholz geschnitzten Jakobsaltar, einem der wenigen spätgotischen Hochaltäre Süddeutschlands. Der dreiteilige Figurenschrein nahm mit seinem Aufsatz aus gotischen Zierskulpturen die gesamte Breite und Höhe des Chores ein. Am Pilgerweg nach Santiago de Compostela gelegen, bildete die sitzend dargestellte Figur des Sankt Jakobus den Mittelpunkt des Altars. Die Schnitzereien zeigten einen legendären Abriss seines Lebens, von der Predigt des christlichen Glaubens über die

Bekehrung des Zauberers Hermogenes und viele andere seiner angeblichen Wundertaten bis zur Hinrichtung des Jakobus und der Überführung seines Leichnams nach Spanien.

Die schlichte Einrichtung der von hellen Pfeilern dominierten Kirche erlaubte es den Konzertbesuchern, sich ganz auf Doldes virtuose Kunstfertigkeit zu konzentrieren. Der Organist begann sein Konzert mit Johann Sebastian Bachs *Toccata und Fuge in d-moll,* präsentierte dann Felix Mendelssohn-Bartholdys *Sonate opus 65 Nr. 6 in d-moll,* die sogenannte *Vaterunser-Sonate,* bevor er als Höhepunkt des Abends zu Olivier Messiaens Zyklus *La Nativité du Seigneur* überging, musikalischen Meditationen, die Gedanken an die erst vor kurzem vergangene Weihnachtszeit aufkommen ließen.

Braig versank mehr und mehr in den für ihn ungewohnten Klangwelten, tauchte – zum ersten Mal in diesen Tagen – völlig aus seiner gewohnten Umgebung, den Schattenseiten des Lebens, Hass, Leid und Zerstörung ab. Er gab sich Doldes meisterlich vorgetragenen Tonkombinationen hin, fand wie andere Konzertbesucher mehr und mehr zu der Frage, wie es einem promovierten Verfahrenstechniker, der sich sein Geld als überaus engagierter kriminalistischer Spurensicherer verdiente, gelingen konnte, Menschen musikalisch auf solch virtuose Weise in andere Realitäten zu entführen.

Sie ließen den Abend in *Ulli´s Café* in der Winnender Fußgängerzone ausklingen, diskutierten über scheinbar widersprüchliche Begabungen, die engagierten Naturwissenschaftlern oft grandiose musikalische Kunstfertigkeiten erlaubten.

»Orgelspiel ist meine Methode, unseren oft doch sehr belastenden Alltag zu vergessen«, erklärte Dolde. »Wenn ich mich auf mein Instrument konzentriere, versinke ich in einer anderen Welt. Oder glaubt ihr, ich könnte den Anblick des Engels unter der Comburg oder den unter der Burg Teck gerade so wegstecken?«

Betretenes Schweigen, verlegenes Räuspern.

»Wisst ihr, wie oft ich seit der Comburg nachts aus dem Traum geschreckt bin, das Mädchen vor meinen Augen?«

Er musste es nicht erklären, fand in der Runde Zustimmung und Verständnis. Thomas Weiss war es zu verdanken, dass das Gespräch in erträglichere Bahnen schwenkte.

»Reden wir lieber über die Engel, mit denen ich mich seit Wochen befasse. Heute Mittag habe ich die Datei abgeschlossen, der Artikel steht.« Er berichtete von den weithin unbekannten Heldentaten engagierter Christen in der dunkelsten Epoche des Landes, die er anlässlich der *Langen Nacht* am letzten Wochenende zum ersten Mal vorgetragen hatte.

Als sie zehn Minuten vor Zehn abends wieder in die S-Bahn stiegen, lag Winnenden bereits friedlich in tiefer Dunkelheit.

32. Kapitel

Der kleine Parkplatz am Rand des Firmengeländes lag verwaist im Dunkel der an diesem Montag vor etwas mehr als einer Stunde angebrochenen Nacht. Ein einziges Auto, eine große Limousine, reflektierte das Licht einer einsamen Straßenlampe.

Kristin Röhrig schlenderte auf dem dunklen, mit weißen Trennstreifen markierten Asphalt hin und her, die Haut unter dem dünnen Sweatshirt von leichtem Frösteln überzogen. Die Temperatur war mit dem Einbruch der Dunkelheit auch hier, mitten in diesem Stuttgarter Gewerbegebiet, deutlich gesunken, hatte die immer noch frühsommerlich warme Mittagsluft verdrängt. *Ein stabiles Januar-Hoch, das sich nur sehr, sehr langsam nach Osten bewegt, bestimmt weiterhin unsere Region,* wie die Wetterfrösche seit Tagen erklärten. Ein Pulk den Berg hinauf lärmender Fahrzeuge schob sich an dem Parkplatz vorbei, hinterließ eine Wolke von stinkenden Abgasen und trockenem Staub.

Kristin Röhrig starrte auf die Pforte, die zu der Firma führte, sah, wie das Licht im obersten Stockwerk des Gebäudes erlosch. Langsam könnte er kommen, überlegte sie, sonst hole ich mir noch eine kräftige Erkältung. Das ist der Kerl garantiert nicht wert. Sie hörte das Quietschen einer Tür, vernahm die kräftigen Schritte eines Menschen. Keine Minute später trat er auf den Parkplatz.

Sie postierte sich in unmittelbarer Nähe des Autos, sah, wie er die Tür hinter sich ins Schloss zog, dann auf seinen Wagen zulief. Er schien in Gedanken, entdeckte sie erst, als er das Fahrzeug fast schon erreicht hatte.

»Wer sind Sie?« Der Mann blieb stehen, starrte zu ihr her, ließ seinen Blick dann über das ganze Gelände schweifen. »Was wollen Sie?«

Sie versuchte, ihre Nervosität und die Abscheu vor ihm zu unterdrücken, so gut es ging, stemmte die Arme in die Hüften. »Du kennst mich nicht mehr?« Die Worte kamen ihr nur schwer aus dem Mund.

Er verharrte noch immer an derselben Stelle, schien von Misstrauen erfüllt.

»Ach, Manuel, jetzt stell dich nicht so an!« Sie legte allen Liebreiz, der ihr trotz der unangenehmen Situation zugänglich war, in ihre Stimme, lief um das Auto, direkt auf ihn zu.

Riederich hielt seine Aktentasche schützend vor seinen Leib, stand steif wie ein Brett auf dem Parkplatz. »Um was geht es?«, fragte er. Seine Stimme klang unnatürlich belegt.

»Um was wohl? Ich wollte dich mal wieder sehen.« Sie breitete ihre Arme aus, als wolle sie ihn umarmen, blieb einen halben Meter vor ihm stehen. »Tina, dein *Angel Number Twenty-five.*«

»Tina?« Er schien in seiner Erinnerung zu kramen, nach dem Orientierungspunkt zu suchen, anhand dessen er sie einordnen konnte.

»Die Fernsehaufzeichnung in Ludwigsburg letzten Mai. Wir waren zusammen im Hotel. Sag bloß, du erinnerst dich nicht mehr?«

Riederich machte einen Schritt zur Seite, wollte sich an ihr vorbeischieben.

»Du erinnerst dich wieder, siehst du«, sagte sie, »die Show, in der du dich so rührend um meine Karriere als Model gekümmert hast. *So beschissen, wie du aussiehst, traust du dich tatsächlich hier unter die Leute? Das ist doch kein Arsch und kein Busen, was du da präsentierst, das ist doch nur labbriges, glibbri-*

ges Fett, pfui Teufel! Warum tust du den Zuschauern das an und versteckst dich nicht zu Hause in der Besenkammer? Der liebe Nico und du, so habt ihr mich gemeinsam angebrüllt, vor allen Leuten, erinnerst du dich noch? Und dann, anschließend im Hotel, als ich völlig fertig war, haben wir gemeinsam diese fetzige *After Work Party* gefeiert. Nico und du, ihr habt mich und die anderen Angels, die ihr fertiggemacht habt, mit Alkohol abgefüllt und uns dann flachgelegt. Das weißt du doch noch, oder?«

Riederich war die Situation unübersehbar unangenehm. Er blickte sich nervös nach allen Seiten um, versuchte, zu seinem Wagen zu gelangen. Kristin Röhrig sprang vor ihm her, lehnte sich mit dem Rücken an die Fahrertür.

»Was soll das?«, rief er, Wut und Besorgnis in der Stimme, »wenn Sie nicht sofort verschwinden …»

»Rufst du die Polizei?«, fiel sie ihm ins Wort. Sie versuchte, frech aufzutreten, ihm Selbstbewusstsein zu demonstrieren, spürte ihr Herz vor Aufregung heftig pochen.

Er verstummte, starrte sie mit großen Augen an.

»Kein Problem. Ruf sie nur. Ich freue mich schon darauf. Dann werde ich nämlich auspacken, von deinem Umgang mit so manchem Angel erzählen, von deinen und Nico Meisners Tricks. Also auf, her mit dem Handy.« Sie musste sich zwingen, durchzuhalten, ihm weiter frech mitten in die Visage zu starren.

Er wich einen Schritt von ihr zurück, stellte seine Aktentasche ab, schüttelte den Kopf. »Was willst du?«, fragte er dann. »Eine bessere Platzierung? Das ist es doch, ja?«

»Eine bessere Platzierung? Was bietest du mir denn an?«

»Siehst du, das ist es doch.« Riederichs Stimme hatte deutlich an Kraft gewonnen. »Das ist es immer, was euch junge Dinger interessiert. Das einzige auf der Welt.« Er lachte laut, fühlte sich wieder sicher und auf gefestigtem Terrain. »Welchen Platz hast du jetzt?«

»Fünfundzwanzig«, antwortete sie.

»Fünfundzwanzig«, wiederholte er laut. Autos dröhnten vorbei, schenkten ihm eine Pause zum Überlegen. Er warf den Kopf zurück, richtete sich zu voller Größe auf, blickte dann von oben zu ihr herab. »Also gut, dann wollen wir mal nicht so knickrig sein. Du rückst zwei Plätze vor, auf der Stelle, okay?«

Kristin Röhrig ließ keine Reaktion erkennen.

»Platz dreiundzwanzig. Das ist doch Spitze, oder?«

Sie nahm allen Mut zusammen, stieß verächtlich die Luft von sich. »Das glaubst du doch selbst nicht! Dreiundzwanzig? Du hast mich wohl nicht richtig verstanden?«

»Wie? Zwei Plätze sind nicht genug? Aber, aber ... Bescheidenheit ist eine Zier, doch weiter kommt man ohne ihr, wie?« Sein Lachen tönte laut in die Lücke zwischen zwei Autopulks, die den Berg hinauf dröhnten.

Sie wartete, bis der schlimmste Lärm verklungen war, setzte dann zu ihrer Antwort an. »Jetzt, wo Nico sich davon gemacht hat, entscheidest du allein. Du musst nicht mehr auf ihn hören, wenn du mich ganz nach vorne rückst.« Sie wartete einen Moment, fügte dann unüberhörbar »*Number One*« hinzu.

»*Number One*?« Riederichs Lachen übertönte selbst das laute Knattern eines Motorrads auf der nahen Straße. »Du bist gut, Mädchen, wirklich!« Er lachte weiter, befreite sich von der Anspannung, die ihn beim Anblick der unbekannten Person gepackt hatte. »*Number One*. Du bist wirklich gut!«

Kristin Röhrig hob ihre Hände, schob sie ineinander. »Ich weiß nicht, was es da zu lachen gibt. Du gibst mir die *Number One*, genau. Ich habe dich nämlich gesehen, am vorletzten

Freitag unterhalb der Comburg. Die Lindenallee, verstehst du?« Sie wartete, bis ihr Gegenüber sich beruhigt hatte, sah die Veränderung seines Gesichtsausdrucks.

Riederichs Grinsen erstarb vollkommen, machte einem ungläubigen Staunen Platz. Er betrachtete sie mit stieren Augen, kniff seine Stirn zusammen. »Wo willst du mich gesehen haben? Unter der Comburg?«

»Mit Lisa Haag. *Angel Number Five*. Du und Lisa. Am vorletzten Freitag kurz vor Einbruch der Dämmerung. Ihr habt euch gestritten, mitten auf dem Weg und plötzlich hattest du die Pistole in der Hand ...« Sie sah, wie es in ihm arbeitete, konnte trotz des schlechten Lichtes verfolgen, wie die Brisanz ihrer Behauptung langsam in sein Bewusstsein vordrang.

»Die *Number One*«, wiederholte sie, »ich habe alles mit angesehen.«

»Wie bitte?« Seine Stimme steigerte sich zu einem wahren Orkan. »Ich soll ...« Er stampfte mit dem Fuß auf den Boden, verfiel plötzlich in ein hysterisch klingendes Lachen. »Du glaubst wirklich, mich so billig erpressen zu können? Oh Mädchen, da musst du dir schon was Besseres einfallen lassen!« Riederich lachte immer noch, schüttelte seinen Kopf. »Du miese kleine Ratte hast wohl geglaubt, mir Angst machen zu können, was?« Er benötigte mehrere Minuten, sich zu beruhigen. »Oh nein, mit der *Number One* wird es nichts, Mädchen, nicht auf diese Tour. Und mit der *Number Twenty-three* auch nicht, das schmink dir ab. Bei der Comburg war ich nämlich noch nie. Weder davor noch darunter und auch nicht innendrin. So was interessiert mich nicht, verstehst du? Aber ich kann dir genau sagen, wo ich an diesem Freitag, als die arme Lisa getötet wurde, war. Und du darfst hingehen und die Damen fragen, ob das stimmt. Die Zeit von Vier bis kurz vor Sechs an diesem Nachmittag habe ich nämlich mit Tanja verbracht, der *Number fourteen*, in einem Hotel in Waiblingen. Womit wir beschäftigt waren, das überlasse ich deiner Phantasie. Aber den Namen solltest du dir einprägen: Tanja Grüber, *Angel No. Fourteen*. Und anschließend habe ich mich mit Marion in Backnang getroffen, kurz nach Sechs. Marion Sigel, *Angel No. Six*, glaube ich, ich weiß es nicht einmal genau. Leider konnten wir an dem Abend nicht viel gemeinsam unternehmen. Wir gingen in eine Buchhandlung und kauften einen Bildband: *Intime Körpermassage*, aber bevor wir das gemeinsam im Hotel praktizieren konnten, passierte leider ein Unfall, und wir mussten uns trennen. Schade, nicht? Wer weiß, wozu es an dem Abend noch gekommen wäre, was?« Riederich schnappte nach Luft, sah keinen Anlass, seinen Wortschwall zu beenden. »Aber vielleicht gedenkt die miese kleine Ratte jetzt, mich mit Caroline Klenks Tod erpressen zu können? Auch da muss ich dich leider enttäuschen. Als nämlich unser *Angel No. One*, zugegeben im Gegensatz zu dir ein wahrer Augenschmaus, am Mittwochmittag von der Burg Teck direkt ins Jenseits flog, hatte ich gerade eine Reihe wichtiger Gespräche mit guten Kunden meiner Firma. *Tuning-Meister*, wenn dir das was sagt. Von morgens 10 Uhr bis abends gegen 17 Uhr. Das werden die Herren sicher gern bestätigen. Es wird also leider nichts mit der Erpressung und auch nichts mit der *Number twenty-three*, siehst du?« Seine Worte gingen in einem heftigen Lachkrampf unter. »Du bist gut, Mädchen, wirklich. Mich so billig erpressen zu wollen ...«

33. Kapitel

Die gesamte Aktion war gut durchdacht und exakt geplant gewesen, Braig hatte nicht den Hauch eines Zweifels. Neundorf hatte am Samstagmittag persönlich Kristin Röhrig in Schwäbisch Gmünd aufgesucht, sich lange mit der jungen Frau unterhalten und sie dann zu dem Treffen mit Riederich überredet. Kein einfaches Unternehmen für die junge Friseuse, nachdem ihr von dem Mann und seinem ermordeten Kompagnon während einer der Fernsehshows so übel mitgespielt worden war.

»Mein Kollege und ich halten uns in unmittelbarer Nähe zu Riederichs Firmenparkplatz auf und stehen die ganze Zeit über in direkter Funkverbindung mit Ihnen, sodass wir jederzeit eingreifen können«, hatte sie ihr versprochen. »Es kann nichts passieren. Garantiert.«

Schweren Herzens hatte Kristin Röhrig schließlich eingewilligt.

Sie hatten in dem zivilen Fahrzeug keine zweihundert Meter von Riederichs Firma entfernt Platz genommen, die Unterhaltung der jungen Frau mit dem Unternehmer mit angehört und aufgezeichnet. Dass das Gespräch einen völlig anderen Verlauf als erwartet angenommen hatte – wer hatte es ahnen können?

Noch am späten Montagabend war Neundorf im Amt vorstellig geworden, um Tanja Grübers Adresse zu ermitteln, jene Person, mit der Riederich angeblich die Stunden vor dem Backnanger Unfall in einem Hotel in Waiblingen verbracht hatte. Die junge Frau wohnte in Schnait in einer kleinen Einliegerwohnung und bestätigte, sich am Freitag, dem 16. Januar, mit dem Mann getroffen und etwa die Zeit von 16 bis 18 Uhr mit ihm verbracht zu haben. Neundorf hatte Tanja Grüber auf Herz und Nieren geprüft, dabei keinerlei Widersprüche entdecken können.

Um alle Irrtümer auszuschließen, hatte sie anschließend noch in Waiblingen persönlich die Eintragungen des Hotels kontrolliert und dabei mit eigenen Augen gesehen, dass Riederich keine Skrupel gehabt hatte, die Buchung des Zimmers mit eigenem Namen zu unterschreiben.

»Ich kenne Herrn Riederich«, hatte der ältere Mann an der Rezeption erklärt, »er kommt öfter mal in Begleitung einer jungen Dame zu uns.« Er hatte nicht einmal anzüglich gegrinst, war ganz neutraler Geschäftsmann geblieben. »Ich erinnere mich, ihn an jenem Freitagnachmittag begrüßt zu haben, ich arbeitete Spätschicht. Nach dem Aussehen der jungen Dame dürfen Sie mich allerdings nicht fragen, dafür habe ich keinen Blick.«

Auch Braigs Anruf und persönliches Gespräch am Dienstagmittag mit Vertretern der Firma aus Reutlingen, mit denen Riederich am vergangenen Mittwoch zur Zeit von Caroline Klenks Tod angeblich wichtige Verhandlungen geführt hatte, war ganz im Sinn des Unternehmers ausgefallen. Jawohl, es habe sich um eine längere Unterredung gehandelt, die fast den gesamten Tag über bis etwa gegen 17 Uhr gedauert habe. Herr Riederich sei selbstverständlich die ganze Zeit über persönlich in die Gespräche involviert gewesen, wer sonst?

Das Alibi des Mannes war hieb- und stichfest, wo immer sie ihn zu packen versuchten.

Abgespannt und frustriert war Braig ins Amt zurückgekehrt, hatte Neundorf über die neuesten Ergebnisse unterrichtet, dann einen ausführlichen Bericht über die Ermittlung verfasst. Es dämmerte längst, als er kurz vor 17 Uhr zum

Telefonhörer griff und seine private Nummer eingab. »Ich habe die Schnauze gestrichen voll«, sagte er, als Ann-Katrin sich meldete.

»Nichts mit diesem Riederich?«

»Nein, sein Alibi ist absolut wasserdicht.«

»Dann lass alles liegen und komm nach Hause. Wir machen uns einen gemütlichen Abend, trotz allem.«

»Das klingt gut«, gab er zu.

»Was willst du essen? Ich habe Zeit, kann gern etwas vorbereiten.«

Braig gähnte leise, freute sich über ihren Vorschlag. »Nur eine Kleinigkeit. Was nicht zu viel Arbeit macht.«

»Mir macht nichts zu viel Arbeit. Entscheidend ist nur die Zeit, die du mir gibst. Wenn du in einer halben Stunde hier bist ...«

»Dann muss ich aber sofort gehen.«

»Gerne. Ich freue mich. Das reicht zum Beispiel für Griechischen Salat und selbst gemachte Pommes aus frischen Kartoffeln.«

»In dreißig Minuten?«

»Warum nicht? Oder stehst du heute eher auf Hawai Toast? Wir haben Ananas da.«

Braig fühlte sich Minute um Minute wohler, hatte nur noch einen Wunsch, das Büro zu verlassen. »Ich überlasse es dir. Hauptsache, ich komme hier raus. So schnell wie möglich.«

»Also gut. Ich freue mich.«

»Ich mich genauso. Bis gleich.«

Braig legte den Hörer auf, erhob sich von seinem Stuhl. Er fuhr seinen Computer herunter, ging zur Kaffeemaschine, schaltete sie aus, griff nach seiner Jacke.

Im selben Moment stand Herb in seinem Büro. »Hallo. Du willst gehen?«

Braig nickte. »Und du? Nicht mehr für die Schlapphüte unterwegs?«

»Nein, das ist passé. Zum Glück. Obwohl ...« Er brach mitten im Satz ab, verzog sein Gesicht zu einem seltsamen Grinsen. »Es ist verrückt, aber ich glaube, es hat sich gelohnt.«

»Ihr habt den Kerl überführt?«

Herbs Grinsen verstärkte sich. »Überführt?« Er schüttelte den Kopf. »Das ist eine Story für sich.«

»Ja? Ich höre.«

»Du wirst es wahrscheinlich nicht glauben. Die Schlapphüte. Alle Vorurteile haben sich bestätigt.«

»Jetzt mache es nicht so spannend.«

»Ich erzähle es dir gern.« Herb nickte, zeigte auf den Gang. »Aber könntest du mal bitte mitkommen? In mein Büro.«

Braig schaute ihn fragend an, schien zu zögern.

»Du willst nach Hause, ich weiß. Aber ... Es ist wichtig, wirklich.«

Braig legte seine Jacke wieder ab, folgte dem Kollegen aus dem Büro.

»Gestern Abend kam die Anordnung zum Zugriff. Ich war schon auf dem Rückweg, sie übernahmen es selbst. Ich nehme an, die haben ihn heute Nacht verhört und seinen Spind im Asylantenheim durchsucht. Heute Mittag wurden sie erneut vorstellig: Ich solle mir den Film anschauen, den sie bei ihm fanden und genau auflisten, wo die jeweilige Szene gedreht wurde. Die Ausflüge der letzten beiden Wochen sozusagen. Lichtenstein, das Pferdegestüt in Marbach, Schloss Grafeneck und so weiter. Kein Problem, ich war ja dabei und habe alles notiert. Ich schaue mir also den Film an, immer sekundenweise, solange eine Szene läuft und versuche, genau zu beschreiben, wo was zu finden ist. Den ganzen

Mittag, versteht sich. Bis auf einen kurzen Abschnitt kam ich mit allem klar. Deshalb rief ich Jan zu Hilfe.«

Sie waren vor Herbs Büro angelangt, betraten den Raum. Ohmstedt saß vor dem Computerbildschirm, betrachtete einen Film.

»Oh, du bist auch da.« Braig klopfte dem Kollegen auf die Schulter, schaute auf den Monitor. Ein schmales, von dunkelgrünen Nadelbäumen und winterlich ausgebleichten Wiesen geprägtes Tal, im Hintergrund ein kleiner, sich langsam nähernder Zug.

»Es ist eindeutig«, erklärt Ohmstedt, »ich habe es mir mit der Lupe noch mal genau angesehen. Du weißt Bescheid?«

Braig merkte, dass die Frage an ihn gerichtet war, hob abwehrend die Hände. »Die Sache mit den Schlapphüten?«

»Ich wollte es ihm gerade erklären«, sagte Herb.

»Dann fang mal an«, meinte Ohmstedt und erhob sich von seinem Sitz. Er stoppte den Film, drückte auf *Standbild*. Der kleine Zug, ein türkis-weißer Schienenbus mit mehreren Anhängern war näher gekommen, seine dick gebalkte Beschriftung bei konzentriertem Blick gut zu erkennen: *Ulmer Spatz*.

»Jan ist es zu verdanken«, erklärte Herb.

»Ich weiß immer noch nicht, um was es geht.« Braig schaute hilfesuchend von einem Kollegen zum anderen.

»Der Film«, fuhr Herb fort. »Ich bat Jan, mir zu helfen, weil ich die eine Szene nicht mehr genau zuordnen konnte.«

»Und? Ihr seid weitergekommen?«

»Weitergekommen? Ach so, ja.« Ohmstedt lachte laut. »Im gleichen Moment, wir schauten den Ausschnitt gerade gemeinsam an, kam der Anruf der Schlapphüte. Wir sollten uns die weitere Arbeit ersparen, die Sache habe sich erledigt.«

»Wieso das?«

»Sie wollten zuerst nicht damit herausrücken«, antwortete Herb, »wurden erst etwas mitteilsamer, als ich anfing zu poltern.«

»Poltern?«, warf Ohmstedt ein. »Du hast geschrieen. Das müsste übers ganze Stockwerk zu hören gewesen sein.«

»Und? Hatte ich nicht das Recht dazu?«, ereiferte sich Herb. Er ballte seine rechte Hand zur Faust, schlug mit ihr auf den Schreibtisch. »Dreizehn Tage haben wir damit verbracht, diesen angeblichen Terroristen zu überwachen. Dreizehn Tage lang jeweils zwei Mann, Stephi inbegriffen. Wir sind ihm gefolgt auf Schritt und Tritt, haben genau protokolliert, wo er sich aufhielt und wie lange er wo verbracht hat. Und jetzt, nach dreizehn Tagen, fällt den Schlapphüten ein, dass es sich bei dem Mann nicht um einen religiösen Fundamentalisten handelt, der Terroranschläge aufs Atomkraftwerk Neckarwestheim vorbereitet, sondern um einen Iraker, der aus seinem Land floh, weil er dort seit dem Krieg der Amis als Christ seines Lebens nicht mehr sicher ist.«

»Ein Christ?«, fragte Braig.

»Offensichtlich ein sehr engagierter«, bestätigte Herb. »Die werden im Irak von dem fundamentalistischen Mob verfolgt und ermordet.«

»Und das haben die erst jetzt gemerkt?«

»Der war jeden Tag zu den gleichen Leuten unterwegs, ich wunderte mich noch darüber. Tag für Tag zur selben Zeit in denselben Häusern, denselben Wohnungen. Und weißt du, weshalb?«

»Keine Ahnung.«

»Weil er im Auftrag des evangelischen Pfarrers kranke und hilfsbedürftige Gemeindemitglieder in Reutlingen besuchte, ihnen den Haushalt erledigte und die Wohnung putzte.

Nicht gegen Geld, wie der Pfarrer betonte, sondern aus christlicher Verpflichtung heraus. Gut, das mag nicht ganz stimmen, vielleicht erhielt er schon ein kleines Taschengeld, und der Pfarrer erzählte das nur, weil er genau weiß, dass Asylbewerber keiner gewerblichen Arbeit nachgehen dürfen, aber das ist nicht der Punkt. Diese Vollidioten lassen den Mann als Terroristen verfolgen und der putzt derweil alten Leuten das Klo. Und zwei Hauptkommissare spionieren ihm dreizehn volle Tage hinterher.«

»Ich bin froh, dass ich mit diesen Verfassungsschützern nicht allzu viel zu tun habe«, bekannte Braig.

»Wenn ich am Telefon nicht so laut geworden wäre, wüsste ich jetzt nicht einmal, warum wir die Überwachung einstellen sollen. Die glaubten tatsächlich, mit Kommentaren wie: *Sie dürfen sich jede weitere Aktivität hinsichtlich Herrn Abdul Zibari ersparen. Die Sache hat sich erledigt,* könnten die mich einfach abspeisen.«

»Wäre vielleicht besser gewesen«, frotzelte Ohmstedt, »dann lebtest du jetzt in dem Glauben, du hättest mit deiner Arbeit einen terroristischen Anschlag auf Neckarwestheim verhindert. Was glaubst du, wie stolz Julia wäre, einen solchen Helden an ihrer Seite zu wissen.«

»Ich kann es ihr ja so erzählen. Die realen Hintergründe dürfen wir eh nicht öffentlich machen, Dienstgeheimnis. Damit die neueste Blamage der Schlapphüte nicht bekannt wird.«

»Blöd gelaufen, tut mir leid für dich.« Braig warf Herb einen fragenden Blick zu. »Aber ihr habt mich doch nicht geholt, nur um mir das zu erzählen, oder?«

»Nein, natürlich nicht.« Ohmstedt zeigte auf den Monitor. »Hier, wir haben etwas entdeckt, das dürfte dich interessieren.«

»Auf dem Film des Irakers?«

»Genau, ja. Ich denke, es ist besser, du nimmst Platz. Deshalb bin ich vorhin extra aufgestanden«, meinte Ohmstedt. »Wenn ich das, was du jetzt zu sehen bekommst, richtig einschätze, bist du der einzige, der von Stephans dreizehntägiger Überwachungstour profitiert. Vielleicht war doch nicht alles umsonst.«

Braig verstand immer noch nicht, worum es ging, setzte sich auf den Schreibtischstuhl, betrachtete das Standbild. »Schloss Grafeneck und der *Ulmer Spatz* in der Nähe von Marbach.«

»Du kennst die Gegend?«, fragte Herb.

»Aber sicher. Mit dem *Ulmer Spatz* bin ich schon oft gefahren. Eine Museumsbahn mit unglaublich engagierten Leuten.«

»Die Aufnahme stammt vom Donnerstag, dem 15. Januar, gegen 15 Uhr.«

»Donnerstag, der 15. Januar?« Das Datum hatte sich Braig ebenso eingeprägt wie die Gegend. Meisners Tod und der Fundort seiner Leiche. »Mein aktueller Fall«, sagte er.

»Schau dir die Szene an«, forderte Herb ihn auf. »Auch wenn du es auf den ersten Blick nicht siehst.«

Er griff zur Tastatur, ließ den Film weiterlaufen. Die Kamera hielt auf den türkis-weißen Schienenbus unten im Tal zu, der sich langsam näherte. Sein Brummen war immer kräftiger zu vernehmen, alte, von der Anstrengung des Anstiegs voll geforderte Motoren, nur kurz von einem scharfen Knall übertönt! Der Zug fuhr weiter, unterhalb des Standortes der Kamera vorbei, verschwand hinter dunklen Bäumen. Braig wartete auf eine Änderung des Motivs, sah, wie die Kamera vom Tal in die Höhe schwenkte, dem Waldsaum folgend. Irgendetwas huschte zur Seite, ein langes Paket vor sich auf dem Boden, dann folgte ein weiterer Hang, und der Bildausschnitt hielt voll auf zwei heftig in die Linse winkende, etwas dunkelhäutigere Männer. Sie lachten, gestikulierten, gaben unverständliche, arabisch klingende Kommentare von sich. Das Motiv hielt mehrere Sekunden, wurde dann plötzlich von einem in einen roten Linienbus steigenden Mann abgelöst.

»Soweit«, erklärte Herb, stoppte den Film.

Braig schaute ihn erwartungsvoll an.

»Ich habe es, wie gesagt, auch nicht bemerkt, obwohl ich damals im Wald richtig erschrocken war. Aber dann habe ich es im Eifer der Überwachung vergessen. Du hast es Jan zu verdanken.« Er ließ den Film zurücklaufen, stoppte erneut.

»Die Lautstärke war es«, erklärte Ohmstedt. »Ich hatte sie viel zu stark aufgedreht.« Er schaute zu Herb, nickte ihm zu. »Lass es ihn hören.«

Der Kollege drehte den Ton voll auf, ließ den Film wieder laufen. Der Zug näherte sich mit ohrenbetäubendem Brummen. Braig riss die Arme hoch, drückte die Hände auf die Ohren, hörte gerade noch den durch Mark und Bein dringenden Knall. Ein Pistolenschuss, wie auf dem Schießstand.

Herb reduzierte die Lautstärke auf das normale Niveau, ließ den Film noch kurz weiterlaufen, bis der Zug hinter den Bäumen verschwunden war und die Kamera in die Höhe schwenkte, hielt ihn dann an. »Und?«, fragte er.

»Ein Schuss aus einer Pistole.«

»Genau. Und hier sind die Folgen.« Er reichte Braig eine auffallend große Lupe, die neben dem Monitor lag, deutete auf die linke Ecke des Bildschirms.

Er sah es schon mit bloßem Auge. Die Umrisse eines Menschen, der eine Pistole in der Hand hielt, den Arm – nach dem Schuss – bereits etwas abgesenkt.

Herb löste das Standbild, setzte den Film wieder in Bewegung, allerdings nur für den Bruchteil einer Sekunde, stoppte dann sofort wieder. Die Szene hatte sich nur wenig verändert. In die untere Hälfte des Bildschirms gerückt, gerade noch sichtbar, die Person mit der Pistole, vor ihr, von zwei winterkahlen Baumstämmen teilweise verdeckt, die Umrisse dessen, was Braig zuvor als eine Art langes Paket wahrgenommen hatte, das war jetzt als auf dem Boden liegender Mensch zu erkennen.

Braig hielt die Lupe vor den Monitor, schrak augenblicklich zusammen. »Verdammt, das darf nicht wahr sein!« Die Leistung des klobig wirkenden Geräts war von außerordentlicher Qualität. Er erkannte das Gesicht des Menschen auf dem Waldboden, hatte es in den letzten Tagen unzählige Male gesehen. »Meisner.«

Ohmstedt nickte. »Uns kam er sofort bekannt vor. So oft, wie er in der vergangenen Woche in den Medien zu sehen war.«

»Und hier siehst du seinen Mörder«, erklärte Herb, auf die Person mit der Pistole deutend.

Braig schob die Lupe nach unten, hatte das Gesicht plötzlich unmittelbar vor sich. Ohmstedt sah, wie er zusammenzuckte, hörte den lauten Seufzer des Kollegen.

»Mein Gott, das darf nicht wahr sein!« Braig starrte auf das Brennglas, erbleichte zusehends.

»Du weißt, um wen es sich handelt?«, fragte Herb.

Braig nickte, schien unfähig, sich zu äußern. Seine zustimmende Körperbewegung wollte kein Ende nehmen.

34. Kapitel

AUßERGEWÖHNLICHE SCHWABEN

Von Thomas Weiss

DIE FRAUEN UND MÄNNER DER EVANGELISCHEN PFARRHAUSKETTE

Doch, es gibt sie, die Lichter in der Dunkelheit, die Engel mitten unter uns, viel zahlreicher sogar, als wir es glauben wollen. Mitten im Wüten des widerlichsten Mobs in der Zeit des Nationalsozialismus riskierte eine große Gruppe von Menschen ihr Leben, um wehrlos Verfolgte, ihnen völlig Unbekannte, vor dem schon sicher geglaubten Tod zu bewahren. Unzählige, vor allem Juden, konnten so gerettet werden.

Angespornt vom Beispiel des Berliner Pfarrers ***Heinrich Grüber****, der von der Hauptstadt aus die Rettung tausender Verfolgter organisierte, ehe er selbst 1940 verhaftet und im KZ ermordet wurde, entstand im Schwäbischen ein Netzwerk von evangelischen Pfarrhäusern, das sich um Menschen auf der Flucht kümmerte und diese über Wochen und Monate hinweg bei sich verbarg und mit Nahrung versorgte. Wurden Nachbarn oder Nazi-Spitzel misstrauisch, wurden die Verfolgten in waghalsigen Nacht- und Nebelaktionen an andere Mitglieder dieser Pfarrhauskette weitergereicht. Welche Schwierigkeiten dies in einer Zeit häufiger Fliegerangriffe, intensiver Überwachung und streng rationierter Nahrungszuteilung beinhaltete, lässt sich heute kaum mehr ermessen. So galt etwa in Reichenbach an der Fils* ***Theodor Dipper****, einer der Initiatoren der Pfarrhauskette, als der »verfressenste Pfarrer«, den der Ort je gesehen hatte. Die Nachbarn beklagten sich, dass »der Pfarrer immer mit vollen Taschen den Berg hochschnaufe und* *bei Fliegerangriffen keinen ins Pfarrhaus lasse.« Dass er gemeinsam mit seiner Frau vertrauenswürdige Bauern der Umgebung zugunsten der bei ihm Versteckten ständig um Essen anbettelte, war im Dorf zum Glück verborgen geblieben.*

Ein großer Teil der engagierten Helfer waren Frauen: Theologinnen, die als Pfarrerinnen arbeiteten; die Ehefrauen der oft als Soldaten abkommandierten Pfarrer; Gemeindehelferinnen, die die Tätigkeit der Pfarrer unterstützten oder an deren Stelle übernommen hatten; Frauen aus der Gemeinde, die von den Mitgliedern der Pfarrhauskette ins Vertrauen gezogen worden waren. Sie alle haben unter Einsatz ihres eigenen Lebens Unzählige über die schreckliche Zeit hinweg gerettet, ohne je großen Dank dafür zu erhalten. Eines der wenigen bekannt gewordenen Beispiele der vor der Ermordung bewahrten Juden war die fast zwei Jahre lang von Pfarrhaus zu Pfarrhaus weitergereichte Familie Karoline und Max Krakauer aus Berlin.

Die Namen aller an den lebensgefährlichen Hilfsaktionen beteiligten Frauen und Männer zu nennen, sprengt den Rahmen dieser Zeilen. Zu fragen bleibt aber, weshalb diese Menschen in unserer von den Medien so dominierten Zeit vollkommen in Vergessenheit geraten konnten. Warum finden wir in den betroffenen Ortschaften nicht ausdrückliche Hinweise auf ihr Verhalten, weshalb stehen ihre Namen nicht in unseren Schulbüchern?

Stellvertretend für die Mitglieder der Pfarrhauskette der evangelischen Bekennenden Kirche seien diese Namen genannt:

PFARREREHEPAAR ELISABETH UND KURT MÜLLER UND PFARRSEKRETÄRIN HAUSNER IN STUTTGART.

PFARREREHEPAAR HILDEGARD UND THEODOR DIPPER IN REICHENBACH AN DER FILS.

GEMEINDEHELFERIN EMMA SCHWILLE UND MUTTER IN NECKARTAILFINGEN UND REICHENBACH.

GEMEINDEDIAKONINNEN ELISABETH BRAUN UND GERTRUD KIRN UND PFARRFRAU HANNAH HOLZAPFEL IN GERSTETTEN.

Pfarrerin Margarete Hoffer und Pfarrfrau Lotte Kurz in Schwenningen.

Pfarrerehepaar Johanna und Eugen Stöffler in Köngen.

Pfarrerehepaar Hildegard und Richard Gölz in Wankheim bei Tübingen.

Pfarrfrau Hildegard Spieth in Kernen-Stetten.

Pfarrerehepaar Gertrud und Otto Mörike in Flacht bei Weissach und Kirchheim/Teck.

Pfarrerehepaar Elsbeth und Hermann Zeller in Waiblingen.

Pfarrfrau Elisabeth Goes, Gebersheim.

Pfarrerehepaar Annelise und Hermann Diem, Ebersbach.

35. Kapitel

Der Schock saß tief.

So also war Meisner ums Leben gekommen, Braig hatte es mit eigenen Augen gesehen. Erschossen am Waldrand in der Nähe von Gomadingen, an einem warmen, sonnigen Nachmittag im Januar. Anschließend wohl zu seinem eigenen Auto geschleift, wenige hundert Meter durch den Wald kutschiert, dann in der Höhle zwischengelagert. Bis der Kriminaltechniker Helmut Rössle auf die Idee gekommen war, die Gegend rund um eine Jagdhütte genauer unter die Lupe zu nehmen, auf den Tag genau eine Woche nach dem Mord ...

Und Lisa Haag? Mit Meisners Handy zur Comburg gelockt, etwa hundertfünfzig Kilometer von Gomadingen entfernt und dort fünfundzwanzig Stunden nach Meisners Tod mit derselben Waffe ermordet. Derselbe Täter?

»Wer denn sonst?«, hatte Ohmstedt erklärt, »oder ist dir schon einmal ein Mörder unter die Hände gekommen, der seine Knarre weitergereicht hat?«

Natürlich nicht, was für eine Frage. Erst Meisner, dann der eine Engel, anschließend der andere. Caroline Klenk. Dreimal dieselbe Person?

»Du weißt es doch längst. Die Faserspuren werden den Beweis liefern.«

Braig war sich darüber im Klaren, was der Kollege andeutete. Die Faserspuren am Turm der Burg Teck und an Caroline Klenks Kleidung würden den Täter endgültig überführen.

»Du solltest dich beeilen«, mischte sich Herb ins Gespräch. »Nicht dass es ein weiteres Opfer gibt.«

Er nickte, stimmte dem Hauptkommissar insgeheim zu. Wer bereits soviel Unheil angerichtet hatte, dem kam es auf ein weiteres Opfer nicht an.

»Willst du die Beamten vor Ort informieren oder sollen wir dich begleiten?«

Braig schaute auf seine Uhr, schüttelte den Kopf. Zwanzig vor Sechs. »Der nächste Zug geht in wenigen Minuten. Wenn mich einer von euch zum Bahnhof fahren könnte?« Er sah Ohmstedts zustimmendes Nicken, zeigte auf den Monitor. »Wie wäre es mit einer Kopie? Nur der kurze Ausschnitt, okay?«

Er lief in sein Büro, blätterte kurz in den Unterlagen, wusste die Adresse auswendig. Er griff nach dem Handy, dann, nach kurzem Zögern, zu seiner Pistole, schob den Schultergurt über, schlüpfte in seine Jacke. Als er auf den Flur trat, kam ihm Ohmstedt schon entgegen, eine CD und die klobige Lupe in der Hand.

»Hier, der Beweis. Ich soll dich wirklich nicht begleiten?«

Braig schüttelte den Kopf. »Nur zum Bahnhof, das reicht.«

Er fuhr mit Ohmstedt in die Tiefgarage, ließ sich von dem Kollegen am Ende der Deckerstraße absetzen, ging die letzten Meter zu Fuß. Der Zug war gut besetzt, viele müde Gesichter, die nach einem langen Arbeitstag den Heimweg angetreten hatten. Braig blieb im Eingangsbereich stehen, zog sein Handy vor, ließ sich mit Ann-Katrin verbinden.

»Ich dachte ...«

»Tut mir leid«, fiel er ihr ins Wort, »das Übliche.«

»Schade. Ich wollte gerade einen Hawai-Toast in den Ofen schieben.«

»Beinahe wäre aus unserem gemütlichen Abend was geworden. Ich war schon auf dem Weg ...«

»Du klingst müde. Schon wieder ein neues Opfer?«

»Opfer? Hoffentlich nicht, nein. Ich weiß, wer es war.«

»Der Täter?«, fragte sie überrascht.

Er berichtete ihr von Herbs und Ohmstedts Auftrag, ging auf das zufällig gefilmte Geschehen ein.

»Dieser Mann aus dem Irak hat den Mord gefilmt?«, vergewisserte sich Ann-Katrin.

»Er selbst oder einer seiner Freunde, mit denen er unterwegs war, ja. Die hielten die Kamera minutenlang auf den *Ulmer Spatz*, verfolgten den Zug vom Bahnhof Marbach bis in den letzten Winkel des Tals, schwenkten dann mit eingeschaltetem Zoom langsam den Waldrand hoch. Genau in dem Moment ist es passiert. Mit bloßem Auge kannst du nur die Umrisse sehen, erst mit einer Lupe haben wir die Gesichter erkannt. Für unsere Techniker ist das aber kein Problem, die haben solche Aufnahmen schon oft stark vergrößert.«

»Dann war Herbs und Ohmstedts Arbeit doch nicht ganz umsonst.«

»Von meiner Warte aus nicht, nein.«

»Und jetzt? Du bist schon unterwegs?«

»Im Zug, ja. Mit etwas Glück habe ich die Sache in einer Stunde erledigt.«

»Du bist bewaffnet?« Der besorgte Unterton in ihrer Stimme war nicht zu überhören.

»Du brauchst keine Angst zu haben. Ich weiß, um was es geht.« Er tastete nach seiner Pistole, spürte das kalte Metall unter seiner linken Achsel.

»Es gibt schon drei Opfer, das ist genug.«

Braig konnte Ann-Katrins Angst förmlich spüren. Seit Beginn der Schwangerschaft hatte ihre Besorgnis hinsichtlich der Gefahren seines Berufes deutlich zugenommen. Wann immer sie ihn in brenzligen Situationen wähnte, bat sie ihn morgens, wenn sie sich voneinander verabschiedeten, um besondere Vorsicht – ein Verhalten, das nicht etwa einer instabilen Psyche oder mangelndem Urvertrauen, sondern ihrer eigenen Erfahrung zuzuschreiben war: Nur mit viel Glück hatte sie vor über sieben Jahren eine heftige Schießerei, in die sie in Ausübung ihres Dienstes als Beamtin der Schutzpolizei in Backnang geraten war, überlebt, monatelange Krankenhausaufenthalte und unzählige Operationen im Gefolge. Braig wusste zur Genüge um ihre Schmerzen infolge dieser Verletzungen, hatten sie sich doch bei dieser gefährlichen Auseinandersetzung mit einem skrupellosen Verbrecher kennengelernt und im Anschluss daran zu gemeinsamer Lebensplanung gefunden.

»Ich passe auf«, versicherte er ihr deshalb mit Nachdruck, »wirklich, sei unbesorgt. Mein Kind soll nicht ohne Vater aufwachsen.«

»Hoffentlich.«

Er versprach, sofort Bescheid zu geben, sobald er den Täter verhaftet hatte, ließ mehrere Fahrgäste passieren, weil der Zug in einem Bahnhof zum Stehen gekommen war, verabschiedete sich dann von ihr. Ich muss die Sache schnell über die Bühne bringen, war er sich bewusst, schon allein, um Ann-Katrin die beruhigende Nachricht zukommen zu lassen. Sie sitzt jetzt die nächsten Stunden zu Hause, macht sich Sorgen.

Und du hast es nicht bemerkt, vor ein paar Tagen, bei deinem Besuch, hatte sie gefragt, als er ihr eben, vor wenigen Minuten, die Identität des auf dem Film entlarvten Mörders enthüllt hatte. Bemerkt, geahnt, jenes ungute Gefühl gespürt, das dich bei so vielen Ermittlungen schon auf die richtige Fährte hat kommen lassen?

Er hatte eine Weile überlegt, sich in Gedanken in die Momente seines Aufenthaltes, des Gesprächs, seiner Empfindungen zurückversetzt, die ihm damals durch den Kopf gegangen waren. Doch, hatte er dann geantwortet, die Reaktionen meines Gegenüber waren mir zu laut, zu plakativ, zu bemüht erschienen – aber aus diesem Gefühl heraus die Verantwortung für die Verbrechen zu erkennen, in der Kürze der Zeit, der Anspannung meiner Nerven, nein, das war nicht möglich, nicht realisierbar, auch nicht nach so vielen Jahren beruflicher Erfahrung, die ich bereits hinter mir habe. Im Roman vielleicht, im Film, wo die ermittelnden Kommissare mit übermenschlichen Sinnen ausgestattet die Täter wie Hellseher aus einer ganzen Gruppe Verdächtiger heraus isolierten, niemals aber in der Realität. Und dann war ihm eingefallen, dass er seinen ersten Besuch bei der inzwischen des Mordes überführten Person vor wenigen Tagen unter ähnlich hektischen Umständen wie jetzt angetreten hatte, zu ähnlich später Stunde, vielleicht sogar mit demselben Zug ...

Mitten in seinen Gedanken hörte er die Lautsprecherdurchsage, dass der Endbahnhof mitsamt den Anschlusszügen nach Hechingen-Sigmaringen und Rottenburg-Horb in Kürze erreicht werde und die Deutsche Bahn allen Reisenden eine angenehme Weiterfahrt und einen geruhsamen Abend wünsche und sich auf ein Wiedersehen in ihren Zügen freue. Einen geruhsamen Abend, überlegte er, ob es wirklich das war, was ihn jetzt erwartete?

Er stieg im Strom unzähliger Passanten aus dem Zug, sah die vielen erwartungsfrohen Gesichter überwiegend junger Menschen, die auf die Ankunft ihrer Freundinnen und Freunde warteten. Laute Rufe, Willkommensschreie, innige Liebkosungen. Braig freute sich über den herzlichen Empfang, denn er liebte die Stadt, ihre verwinkelten, mit pulsierendem Leben erfüllten Gassen, die vielen jungen, noch von Idealen beseelten Menschen, den kleinen, einer gemütlichen Puppenstube ähnlichen, von schmucken Häusern eingefassten Marktplatz, viele der urigen Kneipen, den Anblick der hoch über dem Fluss aufragenden alten Häuser, die große Zahl der Fahrräder auf den Straßen, überhaupt den Flair, der hier aus allen Ecken und Enden flutete, ja, er schätzte sogar das junge Stadtoberhaupt wie sonst kaum einen Politiker im Land. Eine Insel der Seligen, wie manche Geistesgröße in den vergangenen Jahrhunderten vermutet hatte?

Braig kämpfte sich in der fast unübersehbar großen Zahl der Reisenden die Treppen abwärts, bog dann nicht nach links zum Hauptausgang, sondern in die entgegengesetzte Richtung ab. Er erreichte den Platz vor dem vorbildlich restaurierten Gebäudekomplex der prächtigen, wie ein Schloss anmutenden ehemaligen Thiepval-Kaserne, lief am Zoll- und Finanzamt vorbei zur Steinlach, überquerte den kanalmäßig begradigten Lauf des Flüsschens. Ein geradezu überirdischer Friede schien in den schmalen Straßen der Tübinger Südstadt zu herrschen. Trotz der längst angebrochenen Nacht waren noch etliche, meist junge Menschen unterwegs, viele zu Fuß, die meisten auf Fahrrädern, kaum ein Auto störte. Eine Handvoll Straßenlampen duchbrachen die Dämmerung mit ihrem fahlen Schein. Die Luft hatte sich abgekühlt, war dennoch erträglich.

Braig knöpfte seine Jacke zu, schritt kräftig aus. Er musste keine Sekunde überlegen, fand den Weg wie im Schlaf. Eine Woche genau war es her, dass er das Haus in der Eugenstraße aufgesucht hatte. Wieder drückte er die Klingel, die im ersten Obergeschoss signalisierte, dass ein Besucher vor der Tür stand, wartete, bis ihm geöffnet wurde, stieg dann die Stufen hoch.

Er öffnete den Verschluss seiner Jacke, schob sie leicht zurück. Heute war es eine junge Frau, die ihn mit freundlichem Lächeln begrüßte. Er nannte den Namen der gesuchten Person, musste nicht lange warten.

Die blauen Augen. Mehr als blau. Azurblau. Himmelblau. Eine farbliche Intensität, die ihresgleichen suchte.

»Oh, Herr Braig.« Sie hatte sich seinen Namen gemerkt, reichte ihm die Hand. »Gerade wollte ich gehen.«

»Vorbereitungssitzung für die Klausur?«, fragte er.

Christina Schaufler nickte mit dem Kopf. »In freundlicher Konversation allerdings.«

Er wies ins Innere der Wohnung. »Wir müssen miteinander sprechen.«

Sie zeigte sich einverstanden, führte ihn in ein Zimmer am Ende des Flurs, das mit einem großen Bett, zwei Schränken, einem Schreibtisch und zwei Stühlen ausgestattet war. Trotz des reichhaltig vorhandenen Mobiliars fühlte sich Braig auf Anhieb wohl. Viele farbige Tücher und Bilder über dem Fenster und an den Wänden, ein terrakottafarbener Teppich, zwei üppig grüne Pflanzen in großen Blumentöpfen.

Er sah den Computer auf dem Schreibtisch, bat sie, ihn in Betrieb zu setzen. »Ich würde Ihnen gerne etwas zeigen.«

Sie folgte seinem Wunsch, nahm auf einem der Stühle Platz, schob ihm den anderen hin. Der Monitor leuchtete auf, das Laufwerk setzte sich in Gang. Er reichte ihr die CD, sah ihr zu, wie sie sie einlegte.

Das Bild war urplötzlich da. Der türkis-weiße Schienenbus, wie er sich näherte, sein von einem kaum merklichen Knallen übertöntes Brummen, der *Ulmer Spatz*, wie er die Position weit unterhalb der Kamera passierte, dann langsam auf der anderen Seite abtauchte. Braig wartete, bis die Kamera nach oben schwenkte, bat Christina Schaufler, auf Standbild zu gehen. Er zog die Lupe aus der Tasche, reichte sie ihr.

»Hier, sehen Sie die Person? Schauen Sie sie bitte einmal näher an.«

Er blickte in ihre Augen, dieses einzigartige unnachahmliche Blau, sah im selben Moment, dass sie verstanden hatte. Langsam, nur unmerklich schob er die Rechte unter seine Jacke. Erspare es uns, arbeitete es in ihm, es ist vorbei.

Sie konzentrierte sich auf die Lupe, nickte. »Ja«, sagte sie. Ihre Stimme klang unnatürlich belegt.

»Wenn Sie den Film eine Sekunde lang weiterlaufen lassen, verstehen Sie, weshalb ich hier bin. Aber bitte, mir wäre es recht, wenn wir alles friedlich lösen könnten.«

Sie starrte zu ihm her, sah die Umrisse seiner Waffe, an der seine Hand lag, betätigte die Tastatur.

»Nehmen Sie wieder die Lupe, bitte.«

Sie machte sich die Mühe, nickte erneut. »Wo haben Sie das her?«, fragte sie.

Braig sah, dass sie am ganzen Körper zitterte. »Zufall«, antwortete er, »wirklich ein ganz banaler Zufall.«

»Ja«, sagte sie, »dann ist wohl alles vorbei.« Sie legte die Lupe auf den Schreibtisch, vergrub das Gesicht in ihren Händen.

»Warum?«, fragte er. »Warum?«

Sie schnappte nach Luft, keuchte laut. »Wieso interessiert Sie das? Sie haben Ihr Ziel doch erreicht.«

»Drei Menschen«, antwortete er. »Warum?«

Sie war hübsch, selbst in dem jämmerlichen Zustand, den sie jetzt zunehmend bot, konnte er das erkennen. Das auffallend schmale Gesicht mit dem asketischen Zug, die langen blonden Haare, die schlanke, ebenmäßige Figur. Und kein Quäntchen zu viel Schminke, wenn überhaupt.

»Warum?«, wiederholte er. »Sie, so eine bildhübsche junge Frau. Das Leben liegt Ihnen zu Füßen.«

Sie schluchzte leise, fand nur langsam zu der Konzentration, auf seine Frage eingehen zu können.

»Warum?«, wiederholte sie ihn dann. Sie hob ihr Gesicht, Tränen liefen ihr über die Wangen.

Er nickte, ohne ein Wort zu sagen.

»Ich wollte doch nur die Nummer eins sein. Oben stehen. An erster Stelle. Davon habe ich geträumt. Mein Leben lang.«

»An erster Stelle? Aber Sie sind doch beinahe so weit.«

Sie blickte mit ihren blauen, tränenverschleierten Augen zu ihm her, schüttelte den Kopf. »Beinahe«, rief sie, »beinahe. Das ist es doch. Beinahe. Und ohne jede Chance, es ganz zu packen. Dabei hat Meisner mir es hoch und heilig versprochen. Hoch und heilig. Für alles Gold dieser Welt. Aber dann kamen diese Lisa und diese Caroline. Und Meisner hatte nur noch sie im Kopf. Lisa hier, Caroline da. Allen Abmachungen zum Trotz. Dabei hat er es mir versprochen. Hoch und heilig.« Sie musste innehalten, zitterte am ganzen Körper. Angst und Verzweiflung sprachen aus jeder Pore ihres Körpers.

»Wissen Sie, wie sehr ich mich bemüht habe, die Nummer eins zu werden?« Sie hauchte die Worte nur vor sich hin, schien alle Kraft verloren zu haben. »Alles, alles habe ich dafür getan. Seit ich als kleines Kind die ersten Sendungen von Miss-Wahlen und Modelwettbewerben sah, habe ich davon geträumt. Geträumt und gehofft und alles dafür getan. Oben zu stehen als Nummer eins.«

Braig nahm die Hand aus seiner Jacke, erhob sich von dem Stuhl, lehnte sich an einen der Schränke, Christina Schaufler im Blick.

»Können Sie sich vorstellen, was das bedeutet, alles für seinen Körper zu tun? Gymnastik am Morgen, am Mittag und am Abend, Yoga, autogenes Training und immer genügend

Schlaf. Ausgewogene Ernährung, ständig am untersten Level dessen, was sie benötigen, Hunger als Dauerzustand und Verzicht auf alles, was das Leben schön macht, mehrmals am Tag auf die Waage, kein Milligramm zu viel. Eine Bewerbung nach der anderen vor den größten Idioten, dem widerlichsten Abschaum, dem größten Dreck, den diese Erde je hervorgebracht hat, alten, kaputten vor Geilheit nach jungem Fleisch sabbernden Böcken, die nur danach lechzen, dich schon mit ihren Blicken auszuziehen, dir die letzten Fetzen vom Leib zu reißen, sobald die Kameras ausgeschaltet sind. Hohn und Spott über jedes Milligramm zu viel, anzügliche Bemerkungen, zweideutige Anspielungen – und das alles vor Hunderten oder Tausenden von Leuten, in Shows, Fernsehaufzeichnungen, öffentlichen Veranstaltungen. Es gibt nur einen Weg nach oben: Alles hinnehmen, alles ertragen, alles erdulden. Ruhig sein, die Augen schließen, immer nur das Opfer spielen. Vor dem Publikum, vor der Presse, vor deinen Agenten. Riederich und Meisner, zwei besondere Exemplare dieser Gattung. *Wir bringen dich hoch, Mädchen,* haben sie mir hunderttausend Mal versprochen, *ganz hoch, auf den ersten Platz. Du mit deinen blauen Augen, mein Gott, diese blauen Augen, so ein Blau hat die Welt noch nie gesehen, ein himmlisches paradiesisches Blau, du machst es, kein anderes Wesen kommt dir gleich. Du schaffst es, du mit deinem Talent und deinem unglaublichen Fleiß, bald bist du die* Number One. Und zugleich sah ich die Gier in ihren Augen und verstand genau, was mit meinen blauen Augen gemeint war: Arsch und Titten, und lass dich flachlegen, Mädchen, und schon bist du oben.

Ich habe alles mitgemacht, alles erduldet, die Augen geschlossen, war zu allem bereit und dann, vor einem halben Jahr, war es soweit. Sie hatten mich tatsächlich nominiert beim Casting-Wettbewerb als Supermodell und *Angel No. One.*« Sie stockte, warf einen Blick an Braig vorbei ins Weite, mit offenen Augen träumend, der Wirklichkeit entrückt.

Sah sie sich auf der Bühne, umjubelt von Menschenmassen, bewundert von einer riesigen Menge Frauen und Männer?

»Also«, sagte Braig, »dann haben Sie es doch geschafft.« Er merkte, wie sie zusammenzuckte, sich von seiner Stimme brutal in die Realität zurückgeholt fühlte.

»Sie haben doch keine Ahnung, wie das läuft«, zischte sie und warf ihm einen Blick zu, der ihren Augen ein kaltes, eisiges Blau verlieh und ihm alle Verachtung dieser Welt übermittelte. »Was sind schon Worte, Versprechen, Abmachungen? Lisa und Caroline, diese wunderbaren Engel, wissen Sie, wie die sich an Meisner ranschmissen und die Beine breit machten, nur um dort oben zu stehen? Dagegen hatte ich keine Chance. *Süße, du hast traumhaft schöne Augen und einen ebenmäßigen Körper wie ein Engel direkt aus dem Paradies,* versicherte mir der Kerl unmittelbar vor der Entscheidung, *aber Lisa und Caroline ...* Zwei Bomben im Bett, begriff ich sehr schnell ...« Sie blies die Luft von sich, schaute zu ihm hin. »Ich hatte es satt, verstehen Sie, einfach satt. Mich jahrelang so behandeln lassen, alles hinnehmen, alles ertragen, immer nur Ja und Amen ...« Christina Schaufler schüttelte den Kopf. Sie zog ein Papiertaschentuch aus einer Packung, wischte sich die Augen sauber, blickte zu ihm hoch. »Deshalb«, sagte sie mit Nachdruck, »genau deshalb.«

Was ist das für eine Gesellschaft, arbeitete es in Braig, die ihren jungen Heranwachsenden keine anderen Ideale zu vermitteln vermag, als nur diesen egomanischen, vollkommen auf die äußere Hülle bezogenen Körperkult? Was sind wir für erbärmliche Versager, es zuzulassen, dass eine Bande skrupelloser verwahrloster Halunken die Maßstäbe bestimmt, die unseren Kindern von frühester Jugend an den Weg durchs Leben weisen?

Er hörte, wie die junge Frau leise vor sich hin weinte, betrachtete sie lange und intensiv. Ihre Augen hatten die alte Farbe zurückgewonnen. Sie waren wirklich unglaublich blau. Blau, mehr als blau. Azurblau. Himmelblau. Eine farbliche Intensität, die ihresgleichen suchte. Die Augen eines Engels, direkt aus dem Paradies.

KBV-KRIMI

Frauke Schuster
VERGELTET, WIE AUCH SIE VERGALTEN
Taschenbuch, 407 Seiten
ISBN 978-3-940077-27-1
9,90 EURO

Eine brutale Mordserie erschüttert die abgelegene alte Benediktinerabtei in der Nähe von Ravenna.
Als Commissario Luca Manaro fieberhaft nach einem Motiv für die grauenvollen Taten sucht, stoßen er und sein deutscher Kollege Lasse auf eingeschüchterte Mönche, einen alttestamentarisch-strengen Abt und eine Mauer des Schweigens.
Je tiefer die Ermittler in die finsteren Geheimnisse der Klosterwelt eindringen, desto mehr scheinen sich die Fäden des Falls zu verwirren: Wohin geht der Mann, der sich regelmäßig nachts aus dem Kloster schleicht? Schießen die Gotchafanatiker, die in der finsteren Pineta hinter dem Kloster ihre martialischen Kampfspiele abhalten, wirklich nur mit Farbmunition? Und wer veranstaltet das grausame Femegericht im Morgengrauen?
Als sich Luca und Lasse endlich kurz vor der Lösung des Falls wähnen, geraten sie plötzlich selbst ins Visier des skrupellosen Mörders — und zugleich in eine schier ausweglose Situation!

»Frauke Schuster beweist einmal mehr, dass sie ihre Leserschaft gnadenlos in den Bann zieht.« (Mittelbayerische Zeitung)

KBV-KRIMI

Walter K. Ludwig
DIE WANDLITZ-PAPIERE
Taschenbuch, 228 Seiten
ISBN 978-3-940077-21-9
9,50 EURO

Moritz Lenz liebt sein ruhiges Leben als Bibliothekar in Hamburg. Ein Ärmelschoner-Typ mit Hornbrille, Thermoskanne und Bleistiftspitzer. Alles geht seinen geregelten Gang.

Da wird auf seine Kollegin Angelika Maiwald ein Mordanschlag verübt. Ein Profikiller versucht, sie zu töten, aber Lenz ist zur richtigen Zeit am richtigen Ort und rettet ihr Leben. Mehr oder weniger zufällig. Was er nun erlebt, ist so gar nicht nach seinem Geschmack, denn er hat eine Lawine losgetreten. Angelikas Leben ist in Gefahr. Wer steckt hinter dem Anschlag? Was wollen diese Leute von ihr?

Die Spur führt viele Jahre zurück in eine Zeit, in der Deutschland durch eine Mauer getrennt wurde.

»Knallharter Thriller und bitterböse Satire zugleich. Bibliothekar Moritz Lenz ist wirklich ein sympathischer Kotzbrocken.«